TEL PÈ

FABRICE ROSE

# TEL PÈRE, TELLE FILLE

LA BÊTE NOIRE

Robert Laffont

À l'exception d'Alexandra (Alex), tous les personnages de ce roman sortent de l'imagination de l'auteur. Toute ressemblance avec des personnes existantes est entièrement fortuite.

MIXTE
Papier issu de sources responsables
FSC® C003309
FSC www.fsc.org

Pocket, une marque d'Univers Poche, est un éditeur qui s'engage pour la préservation de l'environnement et qui utilise du papier fabriqué à partir de bois provenant de forêts gérées de manière responsable.



ISBN 978-2-266-31366-7
Dépôt légal : janvier 2021

*À mon père*

*Dieu est le seul être qui, pour régner,*
*n'a pas besoin d'exister.*

Charles Baudelaire

# Prologue

# 1

Alex glisse sa carte d'identité dans le compartiment métallique reliant gardiens reclus dans leur guérite et visiteurs tendus par l'attente. Blonde, cheveux très courts, de grands yeux bleus dans un visage poupin, un corps élancé sapé vintage, Alex est le type de jolie fille que l'on imagine plus facilement dans une BD que mêlée à la chorale des proches venant voir leur détenu. Elle a le sentiment d'être l'imposteur dans cette cohorte de silhouettes sexy, d'épouses voilées, de mômes braillards, de mères accablées et de carcasses fourbues par l'excursion en train, en métro, en bus pour une visite au fils, frère, mari, mac, concubin. Des heures de transport et de pied de grue pour trente minutes trois fois par semaine, ça colle des semelles de plomb aux plus assidus et transforme les moins aguerris en âmes mortes.

Alex a vingt-quatre ans, un caractère bien trempé, une existence faite d'instants tour à tour mélancoliques, fantasques, joyeux, tourmentés, heureux ou révoltés, mais jamais toxiques au point de la briser. Elle tente de gouverner sa vie sans la verrouiller à l'amour mille-feuille qu'elle ressent pour son père.

Un amour qui s'émiette parfois quand le souvenir de ses désertions afflue. Adolescente, Alex lui a exprimé ses colères noires, elle lui a dessiné ses douleurs d'enfant, lui a même signifié à quinze ans qu'il n'était qu'un père biologique, mais jamais elle n'a rompu le lien…

Enfin, elle franchit le sas de la maison d'arrêt de Fresnes, traverse la cour d'honneur, gravit quelques marches, passe par un second portique de sécurité, et montre patte blanche aux gardiens. Au dépôt des sacs de linge, Alex s'exile dans un coin, elle n'apporte pas de vêtements à son père. Elle vient sans l'avoir prévenu. Pour lui prendre un peu d'amour et lui offrir une barre chocolatée non détectée au contrôle.

Guidés par les matons, les visiteurs franchissent des grilles puis gagnent les box qui leur sont indiqués. Alex prend place au 17. Elle se souvient du temps des hygiaphones, ces doubles plexiglas de séparation percés pour rendre les échanges plus audibles. Elle n'était pas plus haute que trois golden quand sa mère l'y a amenée pour la première fois, puis elle se revoit adolescente y revenir seule. Rien n'a changé, ils ont juste ôté les plexis. Rien n'a changé, ni ces tabourets, ni cette impossibilité de se rapprocher autrement qu'en tendant les mains. Les box sont à peine éclairés. Sur leurs cloisons défraîchies des cœurs, des prénoms, des tags de dealers sont écrits et dessinés à la va-vite. Des insultes, aussi, tout se croise et se décroise au parloir, esprits chagrins, amoureux transis, mauvais coucheurs, innocents, coupables et leur souffre-douleur. Le brouhaha agace Alex, qui attend l'arrivée de son père en frissonnant. Nous sommes aux prémices du printemps,

Fresnes n'est pas très chauffé, le confort n'y est pas la priorité.

Les premiers détenus apparaissent. Alex les regarde passer. L'un d'eux, l'apercevant, revient sur ses pas et la fixe, l'œil concupiscent. Alex lui fait un doigt, il se renfrogne et disparaît. Le brouhaha s'amplifie, qu'ont-ils besoin de gueuler pour se parler ? Alex se réinvente les *Suites pour violoncelle seul* de J.-S. Bach en attendant son père. Viendra-t-il ? Elle ne l'a pas averti, elle veut lui parler, a besoin de ce huis clos pour lui dire combien sa vie altère la sienne. Elle n'a pas réfléchi à ce qu'il ressentira quand elle lui aura balancé ce qu'elle tait depuis tant d'années, et qu'il se retrouvera entre ses quatre murs, confronté à ses reproches. Alex n'a plus le temps. Entre eux il n'y a plus de place pour le silence. Ce qu'elle voudrait, là, tout de suite : se régaler de barbe à papa avec lui dans un parc d'attractions, hurler à ses côtés dans les descentes vertigineuses d'un grand huit, et qu'il lui gagne un Bambi au tir à la carabine. Non, pas au tir à la carabine, il serait trop content. Son Bambi, il lui gagnerait à la pêche aux canards…

# 2

Il est là, dans l'encadrement du box. Détenu particulièrement signalé, il est arrivé sous escorte. Il ne peut se déplacer seul, ça restreint la communication avec les autres détenus, mais ça offre des avantages. Marc Man savait que sa fille était là, les matons le lui ont dit alors qu'il refusait la visite annoncée. Alex… il en a souri malgré son opposition à ce qu'elle vienne s'humilier ici. Le sang ne trahit pas, et qu'il l'admette ou pas, son émoi en la voyant adoucit la dureté habituelle de son regard.

Alex se lève, il hoche la tête, lui sourit et de la main gauche lui effleure les cheveux, puis ils s'étreignent un instant par-delà le pan de séparation. L'émotion d'Alex fait la courte échelle à ses larmes, mais par pudeur ou par orgueil elle les retient. Elle n'est pas venue pour pleurer, mais parce que son cœur est boursouflé, et qu'elle veut enfin le lui dire.

Chacun s'assoit sur un tabouret ; ne pas perdre de temps, la demi-heure passera plus vite qu'une rage de dents.

— Tu sais que je ne veux pas te voir ici, et tu viens quand même…

— J'ai besoin de te parler, je suis fatiguée, papa, et pleine de bleus…

— Pleine de bleus ?

Son sang se glace.

— Qui t'a cognée ?

— Toi.

La voix d'Alex se grippe, et lui se prend une gifle cinglante à l'âme ou à ce qu'il en reste.

— Tu me manques et j'en ai marre. Tu ne te préoccupes pas de moi, tu ne m'as pas vue grandir, ton absence a esquinté mon enfance, pollué mon adolescence et j'entame ma vie de femme avec un père toujours en prison ou en cavale. J'en ai marre, tu comprends ça ?

— Je suis désolé, ma puce.

Il ne trouve pas les mots, Alex a fait mouche, direct au foie, il est dans les cordes et se voit en elle tel un adversaire.

— Je ne peux rien gommer de ma vie, tu espères quoi ?

— Que tu arrêtes, que tu sois là, que je ne souffre plus de t'imaginer enfermé, recherché ou abattu. Je veux que tu arrêtes, je veux un père présent, je veux mon père…

Silencieux il la regarde droit dans les yeux, regard qu'elle soutient, comme elle s'appuie à l'amertume des plaisirs simples qu'ils ne vivent jamais ensemble. L'armure de son père se lézarde, il a beau garder une distance lucide avec les reproches d'Alex, il savait qu'un jour ou l'autre elle les lui balancerait. Quand on parle la même langue et que l'on est soudés à jamais, que ce soit par les liens du sang ou de l'amitié, de l'amour ou de la parole donnée, les non-dits rampent aussi longtemps que la crainte de décevoir l'emporte sur le besoin de tout lâcher. Là, devant sa fille, Marc Man comprend qu'il est temps de ne plus déambuler à pas feutrés dans les illusions d'une existence sur laquelle il ne reviendra pas.

— Tu es venue chercher quoi ? Un renoncement ? Une promesse intenable ?

— Tu ne sais rien de moi, rien de ma peine, rien des tourments que tu nous as imposés, à maman et à moi, tu ne vois rien. Et ce n'est pas parce que je ne t'en parle pas, mais parce que tu ne veux pas voir…

Alex a tout juste. Marc Man encaisse sa vérité tout en sachant qu'il ne se réinventera pas…

— Tu sais où je suis, là ?

— J'aurais du mal à ne pas le savoir, depuis ma naissance la prison c'est ta résidence principale et le parloir ma cour de récréation.

— D'accord, mais si je renonce, le père que tu attends, tu vas devoir encore l'attendre dix, douze, quinze ans ou peut-être plus, je n'en ai pas fini avec les procès. Si je me résigne, ce sera le prix à payer…

Les larmes d'Alex ruissellent sur ses joues. Hurler sa douleur ou pleurer cette vérité qui les dérange tous les deux ? Plus un mot ne sort. Et ce vacarme autour d'eux qui surexpose la réalité de ce maudit lieu.

Bien sûr que ce n'est pas ce qu'elle souhaite pour son père. Mais pourquoi ils ne le libéreraient pas ? Il leur donnerait sa parole de ne plus braquer de banques… une autre vie est toujours possible sans qu'on soit condamné à attendre des années, non ? Alex renifle, sa peine lui délave les yeux. Bien sûr qu'elle ne veut pas qu'il reste enfermé tout ce temps. Le regardant, elle cède à contrecœur et lui sourit du plus loin de son enfance. Marc Man sort un paquet de Kleenex de la poche de sa chemise en jean, en retire un et lui essuie les joues par petites touches. Elle saisit sa main entre les siennes, l'embrasse délicatement, puis change de sujet…

— J'ai vu Driss la semaine dernière, il m'a dit de ne pas m'inquiéter, que tes amis veillent sur toi et que bientôt tu pourras reprendre tes joggings…

— Il t'a dit ça…

— Oui. Tu vas repartir ?

Se souvenant de sa barre chocolatée, elle la lui offre.

— Je ne suis pas devin, mais à compter de maintenant tu ne viens plus au parloir. Tu dois rester en dehors de tout ça.

Il croque la barre chocolatée, tortille l'emballage et le lui rend.

— Tu vois, s'il m'arrivait quelque chose de grave, tu ne serais même pas là pour m'aider comme le ferait n'importe quel père responsable.

Elle l'observe, espère un sursaut, une réaction de sa part. Il l'écoute, immobile.

— Ce n'est pas grave, tu m'auras au moins appris à me débrouiller…

— S'il t'arrivait quelque chose de grave, je serais là… je te le promets !

— Ah oui ?

Énervée par la cacophonie des parloirs, Alex se lâche.

— Tu appelleras tes gardiens et tu leur diras : « Ma fille a des ennuis, il faut que j'aille m'en occuper », et eux, compréhensifs, t'ouvriront les grilles en te demandant de ne pas oublier de rentrer une fois ta fille en sécurité, c'est ça ?

La sonnerie signalant la fin des visites retentit. Elle tombe à pic sur ce qui pourrait être un jeu de dupes, si l'enjeu n'était cet amour filial qui ne sera jamais en fin de parcours. Se séparer, sans doute le moment le plus douloureux pour Alex, qui ne sait pas quand elle reverra son père, ni même si elle le reverra. Elle refoule ses larmes, mais sa lèvre inférieure se fait boudeuse et son menton tremble. Son père se fige. Il est temps de disparaître.

La séparation est aussi douloureuse pour lui, qui depuis longtemps a conscience d'avoir meurtri sa fille, mais qui sait aussi qu'au point de non-retour où il en est, il n'a plus à espérer de vie sociale, ni même droit à une vie sentimentale. Il regarde Alex et, dans un mouvement inattendu, il lui prend le visage entre ses mains, lui sourit et l'embrasse tendrement sur le front. Alex porte les mains sur celles de son père, les étreint, leurs regards reflètent l'intense émotion de vies amochées. Les larmes qu'Alex ne retient plus s'enfoncent dans le cœur de son père comme autant de dards. Un garrot lui enserre la gorge, comme quoi l'amour paternel si souvent recalé par son alter ego maternel peut parfois réconcilier le père et l'homme, l'homme et l'enfant, l'enfant et la jeune femme.

— Prends soin de toi, ma puce, et embrasse ta maman.

— Elle t'aime toujours.

— Elle a tort, mais embrasse-la quand même.

Deux surveillants, dont un gradé, viennent le chercher. Il s'attarde un instant, admire sa fille si belle en cheveux courts et look d'éternel feu follet, sa fille qui le quitte en chassant ses larmes d'un sourire désarmant. Il lui fait un clin d'œil et lui retourne son sourire. Entre

Alex et lui, l'usure du temps n'a pas prise. Une fille et son père, un père et sa fille, c'est une identité scindée en deux vies, voilà ce qu'il se dit dans ce box soudain vide.

Agacé par l'escorte qui lui répète que la visite est terminée, il se retourne brusquement et s'engage dans le couloir de ses galères. Le bourdonnement des visites s'estompe, les détenus lambda sont enfermés en salle d'attente, lui part directement à la fouille. Là, dans une cellule dédiée, il fait demi-tour et se désape en fixant ses gardiens. Son regard est dépourvu de chaleur humaine. Ne rien leur lâcher, ne rien leur dévoiler de la brèche qu'Alex a ouverte en lui, ne rien laisser paraître de cette lame sentimentale retournée contre lui-même. Le maton préposé à la fouille n'exige pas qu'il se retourne, se penche en avant et tousse. Le gradé détourne les yeux, ce parloir avec sa fille ne flaire pas l'embrouille, alors inutile de mettre les mains dans le cambouis, ils auront d'autres occasions de faire grimper le mercure, à commencer par les fouilles qui suivront.

De retour en cellule, Marc Man se passe la tête sous l'eau, puis s'observe dans le miroir fixé au-dessus du lavabo. Une fois de plus sa fille l'a chamboulé. Il la voit à fleur de visage s'accrochant à ses pensées. Scotché à son reflet, il écoute l'écho de son sang charrier les larmes qu'elle n'a pu retenir et souffre réellement de la décevoir. Épuisant combat clandestin de l'homme et du père sans devenir. Quel est son horizon ? La mort en liberté ou la prison à perpétuité. Son crâne rasé comme ses yeux d'acier verts collent à l'envers du placard, mais fort de ses quarante-huit balais, c'est à l'endroit de la vie qu'il veut poursuivre la sienne.

Il se redresse et passe sa cellule en revue. Hors zone, il est hors zone, hors monde, hors tout, la totale ! S'appuyant contre l'un des murs, il baisse les paupières. La savane, les lions, l'océan, les femmes lui traversent l'esprit. Sa mémoire s'oublie en eaux troubles.

Il rouvre les yeux, tourne le dos à ses souvenirs, change de braquet, retire sa chemise et s'attaque à une série de cent pompes. Il en fera dix… dix séries pour pulvériser les larmes d'Alex, celles de ses amours passés, et son mépris de lui-même plaqué en trompe-l'œil sur le souvenir des cœurs qu'il a brisés. Sa pensée se fait orageuse, Alex a tout bon, il a rempli sa vie d'absences. Il a rempli tant de vies d'absences.

De rage, il exécute méthodiquement ses séries de pompes, les interrompant pour marcher d'un mur à la grille de sa cellule, puis de la grille au mur opposé. Cette grille entre la porte et l'intérieur de sa cellule lui donne encore plus envie de maîtriser son destin. Non, la taule ne le désossera pas ! Demi-tour, il en a encore sous la pédale, se laisse tomber mains à plat sur le sol, épaules et biceps tendus, il s'attaque à une nouvelle série avec la régularité d'un métronome. Son nez touche le carrelage, il expire, remonte, aspire, redescend sans forcer… 96, 97, 98, 99, 100 ! Il se relève à la hache, comme après chaque chute, rembarrant la fatigue musculaire et se brûlant le cerveau en comptant sur ses complices pour s'arracher bientôt. Non, il ne passera pas les prochaines années à expier, hors-la-loi est son droit chemin… Alex devra comprendre qu'il n'a plus le choix.

# 3

Alex repasse sous les contrôles, récupère sa carte d'identité et quitte la prison. Elle broie du noir et patauge dans le doute. A-t-elle eu raison ou tort de venir et de lui balancer ses reproches ? Alex ne sait pas mentir, elle peut se taire, pas mentir. Elle a l'âme bleuie par le sourire de son père, mais tant de gerçures au cœur qu'elle ne croit plus aux contes de fées depuis ses douze ans, c'est aussi pour ça qu'elle lui en veut tant.

Dans le RER, elle s'installe à côté d'un vieux Berbère en djellaba à capuchon. Il la salue, lui sourit puis regarde par la fenêtre. Habituée aux incivilités dans les transports en commun, Alex apprécie cette politesse. Le train s'ébranle. Elle est saisie d'un léger tremblement. La fraîcheur du climat, sans doute, ce que son voisin remarque. D'un sac de courses il sort un thermos et lui propose du thé à la menthe bien chaud. Par ce geste, ce vieil homme envoie cigales et coccinelles sur la mélancolie d'Alex, qui accepte cette imprévisible cérémonie du thé. Comprenant que cette jeune femme est en proie au chagrin, il replonge dans son sac, saisit un paquet de cornes de gazelle, le lui offre et, pour ne pas la laisser cogiter, il lui récite un poème poignant de Mahmoud Darwich. Ainsi se passe le retour vers

Paris, bercé par la voix chaude d'un vieux sage alternant l'arabe et le français selon les passages.

Début juin, Alex apprend l'évasion de son père, sa délivrance, comme elle la nomme. Elle en veut aux médias qui, quelques jours durant, en font leurs choux gras, le réduisant sans le connaître à l'étiquette de malfrat. Elle lui en veut à lui, tout en se réjouissant quand même de le savoir libre.

Entre-temps, elle avait compris, en revoyant Driss, que le jour J était proche, et que la vie de son père était décidément irréconciliable avec une existence normale. Il ne traverserait plus dans les clous et, s'il n'était repris ou tué, il s'en irait sans doute mourir en vieux lion solitaire au milieu de nulle part…

Elle a repris goût à la vie en écoutant Ludo, son petit copain, disserter sur l'anarchie, la liberté, le mensonge et la vérité, le suffrage universel, la révolution, le devoir, la religion et l'hypothèse de Dieu. Elle a souri en se disant qu'il s'entendrait bien avec son père. Les semaines se sont succédé entre son job de barmaid dans un pub irlandais, sa peinture, Ludo, son amie Louise, les copains, les sorties, et l'insouciance de la jeunesse sous le soleil de juillet. Alex ne veut pas que la cavale de son père l'affecte davantage. Après tout, pourquoi infecter sa vie à trop y penser ?

Tout va bien jusqu'à la disparition de Ludo, et sa découverte d'un sac rempli d'argent coincé entre un mur et son canapé. Loin de s'inquiéter pour Ludo, qui a l'habitude de s'éclipser, Alex est furieuse qu'il ait pris son appartement pour un antre à recel, car, le connaissant, ce n'est pas en s'échinant qu'il a amassé cet argent. Et quand bien même, pourquoi le dissimuler chez elle ?

# I

# 1

15 heures, Ludo marche rue du Pas-de-la-Mule, le cœur guilleret du tour qu'il a joué aux keufs. Se tirer trois jours plus tôt des locaux de la 8e brigade territoriale en leur piquant une bagnole, qui dit mieux ? Ludo ! Parce que quand la chance est là, elle est capable de vous câliner six hivers et dix étés. La preuve, rallier Bobigny à Paris avec gyrophare et deux tons stridents, ça vous installe en épicentre dans la circulation, tout le monde s'écarte, du coup la 8e BT s'est vite retrouvée loin derrière.

Rentré dans la capitale, Ludo s'est mis en mode silence passe-partout. Encore tout excité par son coup d'éclat, il s'est garé et a perquisitionné l'Audi A7 banalisée. C'est plus fort que lui, même en couche-culotte il était rock'n'roll, bref, il a fouillé les vide-poches, la boîte à gants, n'y a rien trouvé d'intéressant, pas même une paire de menottes. Il aurait bien embarqué le scanner, le gyrophare et la plaque « Police » du pare-soleil, mais à quelques mètres de là une gardienne d'immeuble l'observait en balayant son trottoir : le soupçon mitrailleur des concierges, Ludo connaît. Il est sorti de la bagnole, résolu à s'éloigner, mais s'est ravisé, a ouvert le coffre et a découvert une tour informatique, deux bonbonnes de gaz, du fil électrique, un truc bizarre genre poudre blanche dégageant une odeur âcre et un sac à dos. À l'intérieur, des liasses d'euros comme il n'en avait jamais vu. Ni une ni deux, il s'en est emparé et s'est éloigné sans forcer le pas, allant jusqu'à se retourner pour saluer la concierge qui, plus soupçonneuse qu'un contrôleur de la SNCF surprenant un ecclésiastique la soutane en vrac et une nonne troussée dans un compartiment couchettes, ne l'a pas lâché des yeux.

15 heures, donc. Il marche rue du Pas-de-la-Mule, entend crisser des pneus, s'ouvrir des portières, se retourne, deux mecs lui foncent dessus. À leur apparence Ludo comprend que ce ne sont pas des keufs. Qui plus est la bombe lacrymogène est rarement le modus operandi des interpellations, eux ce serait plutôt le plaquage au sol et si tu la ramènes ils te fracturent les mâchoires à coups de crosse pour t'enseigner les règles. Là, rien de tel, à peine aspergé Ludo est soulevé par les teigneux et balancé dans le coffre d'une Xantia, qu'un troisième referme sur lui. Le gaz lui envahit les voies respiratoires et des larmes lui submergent les yeux.

Son corbillard repart sur les chapeaux de roue. Claustrophobe, Ludo se voit en bière. Il est ballotté, bringuebalé, envoie des coups de pied dans la tôle, cherche à ouvrir ce putain de coffre… La peur… Une peur sauvage lui inonde les méninges, il panique, une cascade de toux l'empêche de hurler à pleine voix, sa déculottée est totale, sa baraka s'est transformée en bérézina, comme quoi il ne faut pas croire tout ce que la chance vous promet quand tout baigne.

La Xantia ralentit. Ludo sent qu'elle freine, tourne, descend, s'arrête, repart et redescend, virages en colimaçon, ça suppose un parking souterrain. La voiture s'immobilise, Ludo aussi. Le moteur tourne, trois portières claquent. Ludo tente de raisonner entre quintes de toux et sensation d'étouffement. Pas le temps de s'improviser une cavale. L'ouverture du coffre sur deux tronches à faire flipper un jury d'assises le prive d'inspiration. Le troisième, en retrait, surveille les alentours ; quatrième sous-sol, ils sont peinards. Sans échanger un mot, les deux mecs l'empoignent, l'extirpent du caisson, le projettent au sol, le rouent de coups et le saucissonnent. Ils parachèvent le boulot en lui enfonçant une loque crasseuse au fond de la gorge, le soulèvent pour le recoller dans le coffre en lui assenant un coup de nerf de bœuf sur le crâne. Juste avant de perdre connaissance, Ludo voit le visage d'Alex esquisser l'un de ses plus beaux sourires. La brume s'épaissit, Alex se volatilise en emportant son sourire.

Yeux, nez, gorge, poumons cramés par le gaz lacrymogène, il reprend péniblement ses esprits, renifle une odeur de sang, dans ce coffre. Cette odeur, il connaît, son père est boucher, du coup il sait faire la différence entre cheesecake et sang ; il saurait même la faire entre sang séché et sang frais, et là, ce qu'il flaire n'est pas encore desséché. Ses membres sont engourdis, il tousse et se racle la gorge.

Ludo en est là. Pas besoin de sous-titres pour comprendre que le fric qu'il a emporté appartient à ces mecs. La vision des tours, des bonbonnes de gaz, du fil électrique et de la poudre blanche lui assène un direct à l'estomac. Si ces enfoirés sont ce qu'il croit qu'ils sont, il est mort. Ludo est terrifié, il grelotte, l'anxiété pulvérise ses pensées ; incapable de gamberger, il se voit écharpé avec férocité. Quand il pense que les keufs l'avaient convoqué pour une broutille, qu'est-ce qu'il lui a pris de se faire la malle en leur piquant une bagnole ? Il ne faut jamais se fier à la chance, jamais !

Carbonisé, il galope de flash-back en flash-back, quand Alex lui traverse de nouveau l'esprit. Et si elle était en danger ?

Ludo se calme, il réfléchit, remonte le fil des événements. Comment ces ordures l'ont-ils retrouvé ? Les journaux ! Évidemment ! L'arrestation d'Hamid Bensalli, un islamiste, le barouf dans la cour de la 8e BT : le mec à peine extrait de la bagnole plante ses dents dans la gorge d'un keuf et s'acharne à faire couler le sang. Il est déchaîné, sûr qu'il carbure à la nitroglycérine. De la fenêtre du rez-de-chaussée d'où il suit la scène, Ludo pourrait témoigner que jamais il n'a vu pareil enragé. Une escouade de flics, dont celui qui l'interrogeait, fonce à la rescousse des collègues et, se jetant dans la mêlée, parvient à lui faire lâcher la gorge ensanglantée. Les keufs en oublient la bagnole et là, Ludo, plus inspiré que jamais, s'offre un trip en profitant du bordel pour ouvrir la fenêtre, l'enjamber et se tirer avec la fameuse Audi A7. Du coup, lui aussi fait la une des médias.

Dans un premier temps les policiers, incrédules, ne font pas le lien entre sa disparition et le vol de l'Audi. Ludovic Nolan, vingt-trois ans, fiché gaucho-anarchiste, condamné à un an avec sursis pour dégradation d'un car de CRS, rébellion au cours d'une manifestation et détention de cannabis, n'a pas le profil. Ils optent pour des complices du mec qu'ils ont serré, lesquels les auraient filés jusqu'à la 8e BT et auraient profité de la pagaille pour récupérer les saisies. Difficile à encaisser pour la brigade des stups.

L'A7 sera retrouvée deux heures plus tard grâce à la concierge, pas dupe du comportement de ce gamin fouillant la voiture et disparaissant avec un sac à dos. S'en approchant, elle voit le gyrophare et la plaque de police sur le siège passager, ni une ni deux, elle rejoint sa loge et appelle police secours. La suite sera sur toutes les chaînes d'infos en continu.

Les flics n'en reviennent pas : se faire bluffer par un morveux qui n'a même pas calculé dans quel merdier il se mettait ! La sacoche volée contient sans doute le produit de la *zakat*, l'impôt obligatoire pour tout musulman, et non le fruit d'un commerce de dope dont ils n'ont trouvé aucune trace. Au ministère de l'Intérieur, l'affaire a déclenché une avalanche de sanctions administratives dont les cibles font l'objet de railleries dans la presse, et se retrouvent de facto ringardisées. Pourquoi la brigade des stups a-t-elle marché sur les plates-bandes de la SAT, la section antiterroriste, et de la DGSI, la direction générale de la sécurité intérieure ? Parce qu'elle pensait arrêter un caïd du trafic de came. Pas convaincant pour les plus hautes autorités policières… Les fusibles sautent.

Ludo pense à Alex. Non, ils ne la trouveront pas. Les flics ne connaissent même pas son existence : Ludo squattait régulièrement chez des potes quand il ne regagnait pas l'appartement familial. Sa relation avec Alex a beau remonter à quelques mois, ils ne l'ont jamais officialisée et aucun indice ne pourrait aider à la loger. Ludo se rassure comme il peut, Alex est à l'abri, le sac à dos aussi, puisqu'il l'a planqué chez elle. Il a certes manqué d'élégance, mais, la connaissant, elle n'aurait jamais accepté d'être complice d'un vol, chat échaudé craint l'eau froide, son père qu'elle adore est en cavale. Fille de braqueur, elle n'a pas choisi, mais complice de son boyfriend, pas question ! Il déconne, il assume et dégage.

S'il en avait le loisir, Ludo méditerait sur la complexité de l'être humain, mais englué comme il l'est dans un merdier sans nom, il préfère se convaincre qu'ils ne la retrouveront pas. Le magot, car il s'agit bien d'un magot, il l'a compté billet par billet, 270 720 euros en coupures de 500, 200, 100, 50, 20 et 10. Il n'en croyait pas ses yeux, mais ils y étaient, les 270 720 euros, il a compté et recompté trois fois pour être sûr. Où planquer une somme pareille ? Dans un squat, chez ses vieux, au cimetière du Montparnasse ou dans les catacombes ? Il a bien songé à louer un coffre dans une banque, mais le temps d'y réfléchir, sa gueule était dans les journaux et, compte tenu de sa dégaine revendiquée de jeune révolutionnaire, sûr qu'à peine franchi le sas d'une banque, la sécurité le bloquait à l'intérieur et appelait la police. L'appartement d'Alex était la seule solution sensée. Qui irait chercher 270 720 euros chez une artiste peintre inconnue sur le marché, hein, qui ? Même pas Alex, c'est dire.

Les oreilles saturées de silence il entend, provenant d'une radio, l'écho à peine perceptible d'un appel du muezzin. La panique s'engouffre en lui, le privant du peu d'oxygène qu'il parvenait à inspirer. Il suffoque, expire péniblement un filet de gaz carbonique, s'étouffe avec ce putain de chiffon et, dans un ultime effort, trouve l'énergie de gigoter si fort qu'un de ses kidnappeurs assène un coup violent sur le coffre en hurlant :

— Ferme-la, fils de chienne !

L'instant d'après le coffre s'ouvre, une gueule de pitbull se penche sur lui, remarque qu'il s'asphyxie et lui arrache le bâillon de la bouche. Ludo avale une grande bouffée d'air. Dans ses poumons, c'est la ruée d'oxygène. Il reprend peu à peu une respiration normale. Son cerbère le fixe avec l'envie de le voir crever le chiffon dans la gorge, mais l'émir veut ce fils de chienne vivant, et il l'aura vivant !

Ludo retrouve peu à peu ses esprits, la lumière du jour lui caresse le visage, il ouvre grand les yeux, aperçoit un rayon de soleil à travers un vasistas. Il lui semble être dans un entrepôt. Son gardien, mine renfrognée, regard glacial, est claquemuré dans un dilemme : lui renfoncer le bâillon pour l'empêcher de gueuler, refermer le coffre au risque de le laisser mourir et rejoindre les autres pour la prière, ou le laisser reprendre des forces pour le livrer bien vivant à l'émir. Laissant échapper une moue de mépris, il décide de rester là à le surveiller. Dieu comprendra qu'il fasse sa prière à un autre moment, après tout ce fils de chienne a volé la zakat, qu'il en soit châtié à hauteur de son crime.

# 2

Saucissonné sous le regard implacable de son pitbull, Ludo déprime. Sa bonne étoile s'est volatilisée, son corps est douloureusement engourdi et, pour comble de tout, sa vessie lâche. Bien qu'il ait le trouillomètre à zéro il se jure de la boucler, même s'ils l'écorchent vif. Sa résurrection, il la gagnera en les piétinant comme il le ferait d'une serpillère. Résurrection… et pourquoi pas la fuite dès qu'ils le détacheront ? Ludo se raccroche à cette idée, oui, c'est décidé, il va leur jouer un putain de tour de passe-passe, à ces enfoirés, et après ça à lui la belle vie ! 270 720 euros, mieux qu'une bouée de sauvetage, un yacht ! Il en est là, Ludo, quand il entend des pas descendre un escalier en fer. Pas lourds, déterminés ; grandissants, hostiles. Du coup Ludo voit son yacht en panne sèche au milieu de l'océan, et lui en plein naufrage immobile dans ce maudit coffre.

Sans un mot, son garde et la baraque qui l'a rejoint l'empoignent. Traîné dans l'escalier, Ludo n'a même pas l'énergie de leur compliquer la tâche. Il est sans force, happé par la détermination de ces deux enfoirés. Son corps se dérobe, ses genoux et ses chevilles heurtent le métal des marches. Ses bras entravés dans le dos lui arrachent un grognement de douleur. L'esprit en lambeaux, il encaisse.

Parvenus à l'étage, ils débouchent dans une vaste pièce quasiment vide à l'exception de quatre tapis de prière au sol. Ludo peine à fixer son regard, les stigmates du gaz lacrymogène l'obligent à cligner des paupières, mais ce qu'il aperçoit lui indique que le bâtiment est désaffecté et qu'ils seraient quatre. Une silhouette corpulente s'avance. Il ne l'entend pas marcher, pourtant le bonhomme se plante devant lui. Il est si proche que Ludo sent son parfum malgré les relents âcres de la lacrymo qui lui tapissent encore les narines. Pas besoin d'être extralucide pour comprendre qu'il est le chef. Ses pitbulls, en resserrant leur étreinte, le maintiennent droit devant l'émir Mohamed Aboubakr al-Din.

Revêtu d'une djellaba, barbe et moustache fournies et entretenues, l'émir porte un turban sur le crâne. Son regard souligné au khôl est aussi noir que sa djellaba. D'une voix doucereuse Mohamed Aboubakr al-Din fait remarquer que jamais un musulman ne se présenterait devant lui pantalon souillé.

— L'islam est propreté, ajoute-t-il, le visage tout contre celui de Ludo.

Puis, s'écartant, il poursuit sur un ton mielleux :

— As-tu à te plaindre du traitement que mes frères t'ont réservé ?

Ludo, une peur viscérale agrippée à l'estomac, trouve néanmoins le courage de lui cracher au visage. Dans la seconde, il est plaqué au sol et roué de coups par ses deux gardiens. Un mouchoir immaculé dans la main droite, l'émir s'essuie le visage, puis d'un geste lent met fin à la volée de coups. Ludo a plusieurs côtes cassées, un hématome à la tempe gauche, l'oreille en sang et une fracture du maxillaire inférieur. La sauvagerie avec laquelle ils l'ont cogné, loin de le réduire à l'état de poisson évidé, l'enrage. Ludo est humilié, la fureur qu'il ressent cristallise sa pensée ; il va mourir, il le sait, le sent. Et alors ? Tout plutôt que de servir de faire-valoir à ces empaffés. Ludo les emmerde, eux, leur fatwa et leur au-delà. Il les emmerde et ne leur dira jamais où sont planqués leurs putains de 270 720 euros. Jamais !

— Descendez ce fils de truie, et que Tariq alimente le brasero, ordonne l'émir Mohamed Aboubakr al-Din.

Sa voix étrangement fluette pour un individu de cette corpulence n'en est pas moins tranchante. Toujours aussi brutalement, les deux pitbulls embarquent Ludo. La descente qu'ils lui imposent vire au casse-gueule sauvage. Du haut de l'escalier, ils le placent devant eux et le poussent. Précipité dans le vide, Ludo dégringole dans un bruit infernal. Son corps ricoche sur les marches, sa tête rebondit pour retomber et rebondir encore, tandis que les os de ses bras et de ses jambes se brisent. Arrivé sur le plancher des vaches, Ludo a perdu connaissance. Ses tortionnaires descendent lentement, puis s'immobilisent près de lui, le toisant, l'œil moqueur.

Attiré par le vacarme, Tariq s'approche. La trentaine, silhouette trapue de 1,68 mètre, il est vêtu d'une tunique sombre à manches longues et d'un pantalon ample. Il porte un keffieh et, de son visage rond moulé en carton-pâte, seul le regard perçant indique la dureté.

— Vous êtes responsables de sa vie jusqu'à ce qu'il nous dise où est la zakat. S'il meurt avant… vous en répondrez devant Dieu, le Tout-Miséricordieux, le Très-Miséricordieux.

Puis, avant de s'éloigner, il ajoute :

— Allahu Akbar.

L'un des nervis en se prosternant lui transmet l'ordre de l'émir, puis tous deux le saluent, « Al-salamou alaykoum ».

À l'étage, l'émir s'est retiré dans une pièce étroite aménagée en cuisine de fortune. Après avoir prononcé la *bassmallah*, il s'assied sur un pouf, et de sa main droite pioche dans un plat composé de mouton et de semoule. Le cérémonial se déroule dans un silence de mort. Il mâche lentement, ingurgite morceaux de viande, poignées de semoule, puis se rince la bouche à l'eau. Front plissé, yeux clos, il réfléchit et se demande pourquoi Hamid Bensalli s'est fait arrêter, pourquoi il gardait tout cet argent chez lui, quelles informations compromettantes se trouvent sur l'ordinateur saisi. Et comment faire dire où est l'argent de la zakat à ce fils de truie qui apporte les tracas dans son assiette ?

L'émir Mohamed Aboubakr al-Din repousse son plat, se lève et rejoint ses molosses. Les trouvant au bas de l'escalier près du corps inerte de Ludo, il vrille son regard obscur et inquisiteur dans le leur, y laisse planer mille corbeaux puis, rompant leur vol funèbre et s'exprimant de façon étrangement suave, il les cloue au pilori :

— J'espère pour vous que mon repas ne va pas me rester sur l'estomac.

L'angoisse rabougrit le cerveau des gardes, qui blêmissent. D'un coup d'œil à peine perceptible, l'émir leur intime l'ordre de tirer la cause des tracas jusqu'au brasero. Quatre mains épaisses à la poigne ferme saisissent Ludo et le traînent vers le fond de l'entrepôt, où s'amoncellent des palettes de bois, les contournent, sortent dans une cour encombrée de déchets divers, et l'adosse contre un mur près du brasero.

La nuit commence à tomber ; l'air frais lui cinglant le visage, Ludo sort des vapes. Il ouvre les yeux, aperçoit des saletés et, au-delà du grillage délimitant le terrain, des dizaines de wagons abandonnés sur des voies ferrées. Et d'un coup se sent transpercé par mille et une souffrances. Son visage est tuméfié, au niveau des fractures de ses membres les hématomes sont impressionnants. Pantin désarticulé, Ludo émet un râle à peine audible, puis sourit vaguement en songeant à son projet de course-poursuite. Respirer même faiblement lui occasionne de fortes douleurs. Ludo maudit ces fumiers et fulmine intérieurement contre son impuissance. Ludo voudrait juste avoir la force de fracasser ces empaffés avant de leur plaquer son faire-part sur la tronche. Ludo voudrait juste partir en beauté. Il voudrait qu'Alex puisse le voir, témoigner du courage dont il fait preuve au bord de l'abîme.

Tariq s'approche de lui et, de la pointe du pied droit, pousse sa jambe gauche. La douleur lui vrille le cerveau, elle est partout dans son corps, même le râle qu'il émet lui enfonce des griffes dans la chair.

L'émir, impassible, le fixe en savourant des chocolats Ghraoui importés direct de Damas. L'homme est impressionnant. Il se penche sur Ludo et lui dit :

— Tu craches le morceau ou je t'étouffe avec tes boyaux après t'avoir éventré avec les dents.

Se disant que plus vite ce sera terminé, plus tôt cessera son martyre, Ludo trouve encore la force de le mollarder. Outré, Mohamed Aboubakr al-Din se redresse brusquement, manque de suffoquer de colère tant la vue du crachat sur sa djellaba le met en rogne. Il éructe des injures dans sa langue maternelle – le français ! –, étouffe sa nature de tueur à l'état brut, se rappelle mentalement le *hadith* : « Ne vous fâchez pas », puis dans un silence de plomb décide d'abattre ses foudres sur Ludo. La sonnerie d'un portable le stoppe en plein élan. Tariq et les deux cerbères arrêtent leur horloge interne pour graver l'instant dans leur mémoire. L'émir les regarde, cherchant à localiser la sonnerie du téléphone, quand l'évidence s'impose :

— Vous l'avez fouillé ?

Penauds, tous trois admettent en signe de dénégation ne pas l'avoir fait.

— Imbéciles !

Pour l'émir Mohamed Aboubakr al-Din, c'en est trop. Il fond sur Ludo et, ignorant ses cris, il lui retourne sans ménagement les poches tandis que le portable continue à sonner. Trouve un portefeuille, des clés, une barrette de shit, un paquet de tabac à rouler et un briquet, qu'il balance. Débusquant enfin le portable, il s'apprête à répondre quand la sonnerie s'arrête. D'un geste rageur, il le jette en direction de Tariq, le plus responsable à ses yeux, puisque le moins idiot des trois. Tariq le rattrape au vol et, avant que l'incident ne dégénère, il calme l'émir en mimant l'enregistrement d'un message. Effectivement, la sonnerie du répondeur retentit. Mohamed Aboubakr al-Din, fixant froidement Tariq, attend. Ludo, poussé dans les ultimes retranchements de la douleur, ne comprend pas ce qu'il se passe. Tariq pianote 123 sur le clavier du portable et porte l'écouteur à son oreille. Un sourire gourmand lui éclaire le visage. Imparable : les deux hommes de main, qui le connaissent, devinent que l'apaisement va venir de ce téléphone. Leur bévue devrait passer aux oubliettes.

Tariq appuie sur la touche 2 puis tend l'appareil à l'émir, qui le porte à son oreille droite. Un sourire de brasseur d'affaires ayant réussi un bon coup lui illumine la face.

« C'est quoi le sac plein de fric que j'ai trouvé chez moi ? Tu me prends pour une gourde ou quoi ? Je ne veux pas être mêlée à tes conneries, alors tu viens le récupérer ou je le fous à la Seine ! »

Message terminé. Mohamed Aboubakr al-Din est aux anges. Il appuie à son tour sur la touche 2 et porte l'appareil à l'oreille de Ludo. Quand la voix d'Alex lui parvient, il est sous le choc. À peine a-t-il écouté le message et compris le danger qui la menace qu'un millier de talons aiguilles lui piétinent le cerveau. Il s'évanouit. Levant les yeux au ciel, l'émir remercie Dieu, le Tout-Miséricordieux, le Très-Miséricordieux puis, reportant son attention sur le portable, regarde la provenance de l'appel. Un fixe… S'il n'est pas sur liste rouge, cette mécréante n'aura pas le loisir de jeter la zakat à la Seine.

Il rend l'appareil à Tariq, lui intimant l'ordre de rechercher à qui est attribué ce numéro. Tariq s'exécute en consultant les pages jaunes. La réponse tombe immédiatement : ce numéro correspond à la Brasserie des Archives, rue des Archives, au cœur de Paris. Satisfait, l'émir promet le paradis et ses plaisirs à Tariq, l'enfer et ses supplices à Ludo, toujours évanoui à ses pieds. L'émir l'enjambe, pose le pied droit sur sa poitrine et force l'appui de toute sa masse. Tiré des vapes, Ludo rugit de douleur, tente de se dégager puis s'immobilise. L'œil attentif, Mohamed Aboubakr al-Din veille à ne pas le tuer sur-le-champ. Il relâche la pression, attend que l'air reprenne possession des poumons de ce fils de truie, et avance la main droite en direction du brasero.

Tariq, qui connaît le sadisme de son émir, sait ce qu'il lui reste à faire. Il saisit le tisonnier qu'il a préalablement déposé sur les braises et le lui donne. D'un revers droit aussi précis que violent, l'émir en cingle le visage de Ludo. Le sang jaillit de son nez brisé et lui emplit la bouche. L'émir évalue son état, sourit en direction de ses hommes et en remet une couche en lui assenant un coup sur le crâne. Ludo perd conscience.

L'émir redonne le tisonnier à Tariq, qui le replace illico sur les braises. Puis il se penche sur l'inconscient, lui prend la tête entre les mains, la soulève, l'observe et la laisse retomber en jurant. Considérant sa victime avec mépris, il la secoue. Aucune réaction. Il réclame de nouveau le tisonnier et l'enfonce dans l'œil droit de Ludo. L'atrocité du châtiment le sort de son sommeil artificiel. L'âcre odeur de chair brûlée emplit l'air. Embrasant la cornée, l'iris et la pupille, le tison ardent consume le cristallin, la rétine et le corps vitré. La brûlure se propage le long des cellules nerveuses, réduit le nerf optique et projette ses instruments de torture jusqu'au cerveau. Ludo est pris de convulsions. Il bafouille des mots incompréhensibles et tente de rouler sur lui-même pour échapper au lance-flammes qui le martyrise.

Impassibles, les tueurs observent la scène. D'un sourire obscène, Mohamed Aboubakr al-Din affiche son sadisme. Les secondes s'égrènent sur la fournaise qui dévore Ludo. Peu à peu les soubresauts se font moins violents, la douleur se fixe sur son arc cérébral tandis qu'un gémissement rauque témoigne que la vie est encore en lui. Excédé par cette résistance, l'émir laisse échapper « Fils de truie » puis, se tournant vers l'un de ses pitbulls aux bras hérissés de muscles, il réclame son couteau. Privé de réflexes combatifs, assommé par la souffrance et parasité par son renoncement à vivre, Ludo subit tandis que l'émir lui sectionne l'œsophage, la trachée-artère et les artères. Le sang afflue, un liquide aqueux suinte de la plaie boursouflée qui recouvre l'emplacement de son œil, et les faibles battements de son cœur s'arrêtent.

Repu de sadisme, l'émir intime à Tariq l'ordre de se débarrasser du corps, puis de se rendre à l'adresse indiquée et de lui ramener l'argent et la mécréante. Tels des robots guidés par un système nerveux unique, les nervis empoignent le cadavre, tournent les talons et disparaissent sans un mot.

Mohamed Aboubakr al-Din regagne l'étage, se dirige vers le coin cuisine, ouvre le robinet et se passe méticuleusement les mains et les avant-bras à l'eau, puis il remplit une bassine qu'il pose au sol pour se laver tout aussi soigneusement les pieds. Il les essuie, enfile ses babouches et se dirige vers son tapis de prière. Le soleil n'est pas encore couché, mais l'émir éprouve le besoin de prier, et comme l'y autorise Dieu, le Tout-Miséricordieux, le Très-Miséricordieux, il fera son *du'a*, prière volontaire et personnelle pour Le remercier de l'avoir guidé une fois de plus dans son djihad.

En bas, on entend s'éloigner la Xantia.

# 3

Stationnés à quelques dizaines de mètres de la Brasserie des Archives, les pitbulls patientent à l'avant de la Xantia, tandis que Tariq réfléchit à l'arrière. L'émir leur a bien ordonné de se débarrasser du corps mais sans préciser où, or Tariq a l'intention de l'utiliser à bon escient. Comptant sur l'affect des *kouffars* lorsqu'ils sont confrontés à la mort et sur leur propension à se recueillir si le cadavre est un des leurs – alors qu'ils dînent paisiblement devant des images de guerres lointaines avec leurs monceaux de cadavres –, Tariq rumine son plan pour cueillir la mécréante. Si le résultat est payant, Mohamed Aboubakr al-Din lui en sera reconnaissant. S'il a mal évalué la réaction de l'impie et que son plan tourne au fiasco, il mourra en *chahid* et Dieu le Tout-Puissant lui pardonnera. Tariq sourit en songeant au cadavre dans le coffre. Ce fils de chienne est à sa place, à l'avant-dernière porte des supplices de l'enfer, tandis que lui ira au paradis, où il goûtera à la félicité permanente, savourera les mets les plus exquis et, sous le regard de ses jeunes vierges, boira le vin qui ne rend pas saoul.

Tariq en est là de ses pensées quand son portable sonne. Youssef, auquel il a demandé de les rejoindre, lui signale qu'il est devant la brasserie. Tariq lui explique qu'ils doivent récupérer la zakat qu'un kouffar a volée. Le sac serait en possession d'une prénommée Alex qui l'a appelé depuis ce café, où il suppose qu'elle se prostitue, sinon que ferait une femme dans un café ?

— Entre mais ne te fais pas remarquer, tu peux même consommer un alcool, Dieu le Tout-Miséricordieux, le Très-Miséricordieux accorde son pardon à ceux qui le font pour le djihad, mais n'en bois pas trop, ton esprit doit rester clair, et quand tu auras identifié la voleuse, gagne sa confiance et tâche de savoir où elle habite.

Si Tariq a choisi Youssef pour exécuter son plan, c'est que Youssef est né ici, a toujours vécu parmi les mécréants, l'a sans doute été, or depuis qu'il a rejoint le djihad, c'est un petit soldat sérieux qui sait parfaitement se fondre dans le paysage. Et puis il est instruit, très beau et plaît aux femmes. Quand Tariq l'a rencontré, Youssef, récemment sorti de prison pour une série de cambriolages, était portier d'hôtel la nuit et garçon de bains l'après-midi, c'est dire si les occasions de séduire n'ont pas manqué. Sa conversion, Tariq n'en connaît pas trop la raison, mais il a fait ses preuves, et pour attirer cette prostituée, il est l'homme de la situation. Tariq est d'ailleurs certain que Dieu le lui a désigné et qu'Il le guide dans cette mission. Pour preuve : il a débusqué cette chienne grâce à son intuition, et qui transmet l'intuition, si ce n'est Dieu ? Certes, il lui a suffi de fouiller le portable pour y éplucher les textos, notamment ceux échangés avec cette infidèle. Il a bien tenté une recherche de localisation à partir du numéro, mais en vain ; bien heureux qu'elle l'ait appelé du bistrot, sinon il ne lui restait qu'à draguer la Seine pour retrouver la zakat.

La nuit est tombée, Youssef s'installe au bar et commande une bière. Les clients sont nombreux. Brouhaha et musique lui rappellent ses virées d'antan, son commerce d'expédients, sa vie malhonnête durant laquelle il jurait sans vergogne, autant de blasphèmes souillant Dieu, autant de souvenirs à effacer de sa mémoire, autant de péchés effrontés dont il doit désormais se purifier. Youssef vire au somnambule en se remémorant cette vie de débauche. Il se ressaisit, avale une gorgée de bière et se concentre sur sa mission : repérer l'infidèle et, dès que ce sera fait, la séduire pour mieux la mordre. Le cobra prépare ses crochets.

Parmi les allées et venues, Youssef ne peut éviter celles d'un serveur qui imite la démarche des mannequins sur les podiums. Cette imitation de filles sur talons hauts lui glace le sang. Comment un homme peut-il s'avilir ainsi ? Youssef en a la nausée. Il avale une seconde gorgée de bière quand le téléphone du bar sonne. C'est le serveur en question qui décroche.

— Bonsoir, Manu à l'appareil… Alex, non, elle n'est plus ici. Elle est soit au Petit Fer à cheval, où elle a accroché quelques-unes de ses toiles, soit à la soirée DJ au Rex Club… Oui, je lui transmettrai si je la vois demain. Ce soir ? Je ne pense pas la revoir… Ah, c'est important ! Attendez, je note.

Il prend un calepin et, tout en écoutant, il inscrit un prénom et un téléphone que Youssef ne peut déchiffrer.

— C'est noté, mon collègue habite au-dessus de chez elle, il glissera votre message sous sa porte, voilà… Oui, c'est promis, bonsoir.

Il raccroche et, s'avisant du retour derrière le bar de son collègue, lui tend le message en lui disant :

— Tiens, Antony, c'est pour Alex, glisse-lui sous sa porte, c'est de Shakespeare en personne.

Puis il reprend son service en pouffant. Youssef hallucine ! Comment a-t-il pu patauger dans cette fange ? La honte s'engouffre dans son cœur et lui gangrène le sang. Heureusement, il n'a pas raté une miette de la conversation et n'a plus qu'à faire son rapport à Tariq, qui décidera de la suite. Il règle sa consommation et quitte si discrètement ce lieu de perdition qu'après son départ nul ne se souviendra avoir remarqué sa présence, sauf Manu qui, bien que le trouvant à son goût, n'a pas aimé son regard fuyant.

S'installant au côté de Tariq, Youssef lui relate ce qu'il a entendu à propos de cette Alex, qui serait artiste peintre, s'il a bien tout compris. Prostituée, voleuse et artiste peintre, Tariq sent le blizzard des nuits polaires lui courir dans les veines. Tant d'atteintes morales à sa foi lui donnent envie d'anéantir le quartier et Paris avec.

Tariq, de son vrai nom Cédric Cadet, s'est converti quatre ans plus tôt. Creusois né à Évaux-les-Bains d'un père chauffeur routier et d'une mère blanchisseuse, il pousse en chien battu, subissant railleries de l'école primaire à la majorité en raison de son imbuvable lâcheté. Toujours à fuir et à se cacher à la moindre bourrasque, à renoncer devant l'obstacle, à en vouloir au monde entier pour une rebuffade. Même les filles, dont il a une peur panique, lui déglinguent l'esprit. Enfant il se venge sur les insectes, comme les abeilles qu'il traque à coups de torchon avant de leur couper la tête avec une lame de rasoir. Être témoin de leur lente agonie le met en transe. Le petit Cédric est fasciné par leurs antennes et mandibules s'agitant encore après la décapitation.

L'ado Cédric, que son paternel emmène à la pêche, fait de même avec les poissons, sitôt chopés, sitôt décapités au couteau suisse. Ses parents ne s'intéressent pas vraiment à ce gosse plus trouillard que le plus poltron des poltrons, son père plutôt couillu en a honte, même ses collègues le mettent en boîte à cause de son froussard de rejeton. Ils reportent leur affection sur leurs deux filles. Adulte et toujours puceau, Cédric quitte le domicile familial. Il coupe le cordon ombilical, s'installe dans l'Allier et se fait embaucher de nuit dans un abattoir. Sa mission : passer le Kärcher en zone d'abattage et effacer toutes traces des tueries avant la reprise des mises à mort. Là, il se lie d'amitié avec Kamel Merabek, avec lequel il fait équipe. Kamel ne le rabroue pas, il l'écoute et lui donne un coup de main quand Cédric est dépassé par la charge de travail. De fil en aiguille, il lui parle de sa religion et des actes charitables exaltés dans le Coran et dans les hadiths. Cédric est ravi d'avoir enfin un ami. Appâté par ce qu'il entend sur cette religion, il finit par accompagner Kamel à la mosquée. C'est là qu'il tombe sous la coupe de l'imam Abdelkrim Aallaa. Envoûté, Cédric se laisse entraîner dans une lecture partiale du Coran. Il se convertit et ne mange plus qu'hallal. Malgré les mises en garde de Kamel, qui défend un islam modéré,

Cédric est captivé par les prêches de l'imam, qui appelle insidieusement au djihad. Le trouillard dont tout le monde se moquait se métamorphose. Le coup de grisou s'abat sur sa famille qui ne s'aperçoit de sa conversion qu'en apprenant son départ pour la Syrie, où il reste trois ans, le temps de faire ses classes auprès des fous de Dieu dont il est l'un des plus fêlés. Là-bas, il se marie et combat sous le nom de Tariq al-Mansur. Sa conscience d'Occidental, il l'envoie black-bouler au diable – les remords égarent et empêchent d'y voir clair. Tariq se rappelle s'être porté volontaire pour se faire sauter dans un parc d'attractions. Son retour en France y étant conditionné, c'est avec une jouissance morbide qu'il se spécialise dans la confection de ceintures d'explosifs. Combien a-t-il équipé de kamikazes au pays de Shâm, terre du levant ? Cédric n'a pas compté, mais Tariq l'a fait : treize martyrs grâce à lui, treize moudjahidin montés au paradis grâce à lui, et des dizaines d'impies, de kouffars et de renégats expédiés en enfer toujours grâce à lui. Qui aurait cru ça du petit Cédric Cadet ? Qui oserait encore moquer sa couardise, le traiter de serpillère et l'humilier, hein, qui ? Tariq pense aux cadavres pourrissants de ses ennemis et à ceux qui adviendront quand, la zakat récupérée, il pourra enfin se faire sauter !

Immobiles et silencieux sur leurs sièges avant, les molosses semblent momifiés. Tariq réfléchit, puis, s'adressant à Youssef :

— Si la fille ne rentre pas, tu attends que ces infidèles ferment boutique, tu suis son voisin et quand tu connaîtras son appartement, tu m'appelles. Et dis-toi que Dieu entend ceux qui Le louent. Allez, va, mon frère, la paix soit sur toi…

Youssef s'incline et promet qu'il logera la fille avant le lever du soleil, puis il quitte la Xantia pour se diriger vers un porche, d'où il espère surveiller le café sans être vu. Tariq replonge dans ses pensées, lesquelles prennent l'apparence de la charogne camouflée dans le coffre. Sachant ce qu'il va en faire, il ne boude pas son plaisir, espérant simplement que l'attente ne s'éternise pas. Devant, les pitbulls ne bronchent pas. Immobiles et insondables, ils attendent l'ordre qui sera leur pitance.

Youssef s'apprête lui aussi à prendre son mal en patience quand il aperçoit le dénommé Antony qui sort de la brasserie et disparaît à l'intérieur de l'immeuble mitoyen. Mû par l'instinct du carnassier ayant repéré sa proie, Youssef traverse rapidement, s'assure que personne ne le voit, et pose une main sur le portail, qui s'ouvre. Il se faufile par l'entrebâillement et tend l'oreille. Une porte couine dans les étages, troublant à peine le silence, et la lumière de la cage d'escalier s'éteint. D'une allure propre aux prédateurs, Youssef monte silencieusement dans le noir. Premier étage, rien ; deuxième étage, la porte d'un appartement est ouverte, la lumière est allumée. Youssef entend le bruit d'une chasse d'eau, celui d'un lavabo, suivi d'une toux souffreteuse et de borborygmes. Convaincu d'être devant l'appartement du serveur, il autopsie chaque bruit, étouffant même le silence pour n'en rater aucun. Une porte qu'on claque, une lampe qu'on éteint, des pas… Youssef grimpe quelques marches et se fond dans l'obscurité. Le serveur sort, appuie sur le bouton de la minuterie, éclaire la cage d'escalier, referme son appartement et descend. Alors que Youssef lui emboîte discrètement le pas, il le voit s'arrêter au premier étage et glisser un papier sous une porte avant de reprendre sa descente. Youssef s'immobilise. Il va enfin pouvoir annoncer à Tariq qu'il a rempli son rôle avec succès. Replongé dans l'obscurité, il s'assure qu'aucun signe de vie ne troublera sa tranquillité, et saisit son portable.

Tariq décroche.

— J'ai l'appartement, je fais quoi, maintenant ?

Tariq accueille la nouvelle avec une joie à la saveur de loukoum. Un parfum d'amande et de pistache flotte un instant dans ses pensées puis s'estompe, le laissant revenir à l'essentiel :

— Tu peux y entrer ?

— J'ai mon forceur, je vais essayer, avec l'aide de Dieu.

— Si tu y parviens, rappelle-moi, je t'enverrai Moussa pour la fouille.

Les oreilles de Moussa, assis à la place du mort, frémissent.

Youssef, retrouvant ses réflexes de casseur, observe la serrure à la lumière de son portable. De plus en plus sophistiquées, elles lui résistent parfois ; c'est d'ailleurs à cause de l'une d'elles qu'il s'est retrouvé dix-huit mois à Fresnes. Il ajuste son forceur et l'actionne. N'en déplaise à sa prudence, un craquement brise le silence, et la serrure cède. Sa réputation de casseur à poigne n'est pas usurpée. Survolté par ce second succès, il entre et referme doucement derrière lui.

Tariq écoute Youssef lui relater son intrusion. De plaisir, il prononce trois fois : « Loué soit Dieu, le

Très-Haut, qu'Il soit loué », puis confirme à Youssef qu'il lui envoie Moussa, tandis qu'Ali et lui surveilleront les alentours.

Sur son ordre Moussa quitte la Xantia. Malgré sa carrure d'iceberg, Moussa, ancien champion de lutte en Irak, n'a rien perdu de sa souplesse. Tariq le regarde traverser la rue, passer devant la brasserie où musique et brouhaha absorbent l'attention des clients, puis se diriger vers l'immeuble.

# 4

L'appartement est petit, de style haussmannien, avec moulures aux murs et au plafond. Un salon, une chambre avec dressing, une cuisine, une salle de bains et très peu de meubles. La fouille n'en sera que plus rapide. La pénombre servant mieux leur dessein, Moussa et Youssef n'allument pas. L'un et l'autre se déplacent furtivement sur le vieux parquet. Youssef commence par la chambre, Moussa par le salon. Ils retournent chaque endroit susceptible de dissimuler l'argent de la zakat. Les tiroirs sont vidés, l'intimité de la mécréante mise à sac, son appartement décortiqué. Dans la chambre, Youssef a éventré puis retourné le matelas posé à même le sol. Tout y passe, le matériel de peinture, les toiles, le bureau composé d'une planche et de tréteaux, la vieille télé vintage dont la télécommande n'est rien d'autre qu'une longue latte de bois sur laquelle l'artiste a peint le mot *zapette* agrémenté de chiffres symbolisant les chaînes. Youssef l'utilise pour sonder en vain la cheminée. Dans le salon, Moussa a fait un sort au canapé Togo en cuir naturel de chez Ligne Roset. S'il avait su que ce canapé offert à l'artiste avait été la star de plusieurs films porno, il en aurait fait une crise d'apoplexie. Consciencieux, il démonte la chaîne stéréo, la tour à CD, puis passe à la cuisine, tandis que Youssef investit la salle de bains. Minuscules l'une et l'autre et équipées du strict minimum. Ils en ont vite fait le tour, arrachant au passage des photos d'amis scotchées aux murs et des dessins d'Enki Bilal, Youssef s'acharnant particulièrement sur celui représentant Jill Bioskop.

Plus de deux heures durant, Youssef et Moussa font preuve d'une patience de chirurgien conclue par un saccage en règle, et tout ça pour rien. Frustrés de n'avoir pas trouvé l'argent, les deux hommes errent dans l'appartement, cherchant ce qui aurait pu se soustraire à leur regard. Un orpailleur lavant des alluvions à la recherche de paillettes d'or n'aurait pas été plus vigilant qu'eux et pourtant, en dehors de quelques euros, c'est un fiasco…

Entre-temps la brasserie s'est vidée de ses clients, la musique s'est tue et, à l'exception de quelques luminaires, les néons sont éteints. Les voitures en démarrant ont renseigné Youssef et Moussa de cet exode. La rage au cœur, Youssef appelle Tariq pour lui annoncer la mauvaise nouvelle, laquelle lui fracture carrément le tympan par où elle s'est insinuée jusqu'à son cerveau. Sa rage est palpable et, s'il n'y prenait garde, il se transformerait sur-le-champ en tyran, écrasant son portable sur le crâne d'Ali. Mais Tariq est homme de foi, homme de sagesse, il ne doit pas insulter Dieu en laissant éclater sa colère. C'est égal, qu'elle le veuille ou non, la mécréante rendra l'argent, il le jure devant Dieu, et si elle l'a déjà jeté dans la Seine, il la prostituera jusqu'à ce qu'elle ait remboursé le dernier centime du dernier euro.

Dans la brasserie Manu et Antony s'affairent à débarrasser les tables sur lesquelles ils mettent les chaises en prévision du ménage pour l'un, de la plonge pour l'autre. La rue est calme, seul un chat installé sur le capot d'une voiture pourrait témoigner de ce qui va suivre, mais si certains chiens sont policiers aucun chat ne saurait l'être, fût-il celui d'un fin limier.

Sur ordre de Tariq, Ali et Moussa, qui les a rejoints, sortent le cadavre du coffre. Il faut se hâter, ne pas gaspiller une seconde, ou un emmerdeur pourrait foutre en l'air le plan de Tariq et l'humeur de l'émir virer au vinaigre. En deux temps trois mouvements, Ali et Moussa emportent le corps tandis que Tariq referme doucement le coffre avant de leur emboîter le pas et de disparaître avec eux dans le hall d'entrée. Les pitbulls entrent si vite qu'ils bousculent Youssef, descendu à leur rencontre. À peine encaisse-t-il le choc que la voix de Tariq le presse de les rejoindre. Youssef se relève, referme le portail, grimpe les marches quatre à quatre et pénètre dans l'appartement pour découvrir, allongé au milieu du salon, un cadavre. Il comprend d'un coup dans quoi il s'est embarqué ; une enclume lui alourdit l'estomac. Des services qu'il rendait jusqu'à présent et qui, au pire, l'auraient mené devant le tribunal correctionnel, le voici passé dans la catégorie supérieure, celle qui, en cas d'échec, vous conduit direct en cour d'assises. Si Dieu entend ceux qui Le louent, fasse qu'Il l'aide à se sortir de ce pétrin et veille en même temps à ce que Tariq soit sourd.

Tariq est à mille lieues d'entendre la prière de Youssef. Il est tellement fier de son idée que si Dieu en personne lui murmurait que ce n'en est pas une bonne, sûr qu'il ne L'entendrait pas. Pour résumer l'état d'esprit dans lequel Tariq se trouve, un seul mot suffit, lui aussi prononcé trois fois : « Vengeance, vengeance, vengeance !!! »

— Si la mécréante ne comprend pas le message, son enfer sera plus impitoyable que celui infligé à ce fils de chienne, lâche-t-il en crachant à la face du cadavre.

Puis il ordonne poliment mais fermement à Youssef et à Ali de rester dans l'appartement, tandis que Moussa et lui reprendront place dans la voiture. Dès que la mécréante se montrera, ils la serreront en étau et ça en sera fini de son insulte à Dieu, le Tout-Miséricordieux, le Très-Miséricordieux.

# 5

Malgré son ingéniosité, Tariq commence à douter de sa tactique. Assis à l'arrière de la Xantia, il trouve le temps long, voire insultant. L'attente s'éternise, provoquant en lui un malaise confinant à la souillure.

Parti quelques heures plus tôt la fleur au fusil et sûr de lui, le voici frustré, infichu de maîtriser son impatience et en retard de prières. Impasse sur celle du coucher du soleil, récidive sur celle du soir, heureusement en cas d'empêchement on peut se rattraper en privé, mais dans cette rue ou dans la Xantia, ce serait saugrenu, et Tariq n'aime pas déroger. Pour preuve, voyageant beaucoup il a toujours sur lui ses feuilles imprimées avec les horaires qui lui indiquent en temps exact l'heure de la prière, quel que soit le pays où il est.

Moussa l'extirpe de sa dépression en lui désignant les serveurs qui sortent du café. Tariq jette un coup d'œil à sa montre ; 3 h 15. Il se redresse et les observe. Ils allument leur cigarette et discutent. Pourvu que la fille ne rentre pas maintenant ! Tariq peste intérieurement : si seulement il pouvait les empoigner et les expédier en enfer ! Les secondes s'égrènent, bientôt trois minutes qu'ils sont là quand Moussa lui fait remarquer qu'ils regardent dans leur direction. En effet, les serveurs fixent leur attention sur la Xantia. Une rage crépusculaire envahit l'esprit de Tariq. D'une voix claire et douce il dit à Moussa que, s'ils approchent, il devra les traiter. Moussa sourit à l'idée d'en découdre avec ces deux gringalets, amuse-gueule dont il est friand, même s'il pense que sa force naturelle devrait être mieux utilisée.

Tout à cette considération il avise trois silhouettes remontant la rue dans leur direction. Tariq les a également aperçues. Les gringalets qui leur tournent le dos, non. À leur aspect Tariq identifie des skinheads, le genre à lui coller de l'eczéma. S'il s'écoutait, il ferait un lot de ces cinq zigotos et direct au tout-à-l'égout. Le trio a presque rejoint les serveurs qui, les entendant arriver, se retournent. Les trois crânes rasés, apparemment pas mal éméchés, s'arrêtent à leur hauteur. Celui qui semble être le leader demande une cigarette à Manu, qui lui tend son paquet. Il se sert et passe le paquet à l'un de ses compères, qui puise dedans avant de le donner au troisième, dans la poche duquel le paquet disparaît. Ça sent l'embrouille. Manu et Antony n'en mènent pas large mais n'en laissent rien paraître. Une discussion s'engage, hélas inaudible pour Tariq et Moussa. Quelques mots échangés, quand subitement le leader assène un méchant coup de boule à Manu, qui chancelle puis encaisse un direct en pleine poire et s'écroule. Le leader ayant sonné la curée en s'acharnant sur lui à coups de lattes, les deux autres skins décochent coups de poing et de pied à Antony, qui tente de se réfugier dans la brasserie en se protégeant comme il le peut. Déchaînés, ils le poursuivent et le cognent au poing américain avec une violence inouïe. Ces mecs puent la haine recuite et l'alcool à plein nez. L'un d'eux, armé d'un couteau à cran d'arrêt, lui plante plusieurs fois sa lame dans la poitrine et l'abdomen. Sa volonté de tuer vire à la furie. Abandonnant Manu inconscient et ensanglanté sur le bitume, le leader entre et se précipite vers le bar, s'empare d'un tabouret et fracasse verres et bouteilles avec sauvagerie. Ses acolytes ivres de violence achèvent Antony à coups de Dr. Martens dans la tête.

— Ils n'avaient qu'à planquer leur cul ! tonne le leader.

L'adrénaline en zone rouge, il balance les chaises à travers la pièce. En se brisant dans la rue le verre entraîne le déclenchement d'une alarme. Le vacarme occasionné par ce saccage réveille les riverains. Ici et là on allume les lumières, on ouvre les fenêtres, on se penche pour voir, comprendre, appeler la police, tandis qu'au loin retentissent déjà les premières sirènes. Le trio contemple son chef-d'œuvre et, sur un signe du leader, décampe en poussant des hurlements et en insultant le voisinage.

Dans la Xantia, Tariq est plongé dans un dilemme : filer pendant qu'il en est temps et abandonner Ali et Youssef, ou prendre le risque d'une confrontation avec les policiers alors qu'il n'est même pas armé. Il s'en remet à Dieu le Tout-Puissant, et donne l'ordre à Moussa de démarrer. Appelant Youssef, il lui résume la situation a minima et lui dit qu'ils vont se garer à quelques rues, le temps que le calme revienne, puis lui ordonne de rester dans l'appartement et d'attendre la fille. Dès qu'elle sera là, Youssef doit le rappeler.

Quand ils quittent la rue, la première voiture de patrouille arrive si vite qu'elle manque de les emboutir. L'accrochage évité de justesse, Moussa remonte la rue des Archives, rejoint celle du Temple, croise d'autres voitures de police plus discrètes d'apparence mais aussi bruyantes. Ce sont des véhicules de la brigade anticriminalité, sirènes hurlantes et gyrophares en action. Ils atteignent la rue des Vertus, où Tariq ordonne à Moussa de se garer.

Rue des Archives, c'est l'effervescence. Six voitures de police et deux équipes médicalisées des pompiers de Paris ont convergé vers la brasserie. Le voisinage est aux balcons, certains sont descendus en joggings, pyjamas, robes de chambre. Un cordon de sécurité est installé. Médecins et infirmiers se précipitent. Le bilan d'ambiance est rapidement établi. Le cœur et le pouls de Manu, toujours inconscient, battent faiblement. Scope, oxygène, perfusion, les pros agissent en relais radio avec le SAMU pour l'embarquer vers l'hôpital le moins surbooké. Le médecin qui s'est précipité sur le corps d'Antony saisit l'état d'urgence absolue. La surveillance cardiaque est alarmante. Monitoring, deux grosses voies d'abord avec sérum physiologique en chute libre, oxygène au masque, on prépare l'intubation, le set de drainage thoracique et celui d'autotransfusion. Deux infirmiers s'activent mais Antony lâche prise. Arrêt du cœur, pas le temps de s'enrhumer, massages cardiaques, course contre la montre, rien à faire, Antony est déclaré cliniquement mort. Brigade criminelle et police scientifique sont appelées à la rescousse. Le signalement des trois fuyards est transmis à toutes les patrouilles. La traque est lancée.

Angoissé par la présence du cadavre de Ludo dans le salon, et paniqué par cette avalanche d'événements dont l'écho monte jusqu'à l'appartement, Youssef, privé de toute capacité à raisonner et mû par son seul instinct de survie, se précipite à l'extérieur, déboule dans l'escalier, fonce sur le portail, l'ouvre, heurte un policier qui tente de l'empoigner, le déséquilibre et détale à toutes jambes. Action réaction, les mecs de la BAC se lancent illico à sa poursuite. Youssef court comme un dératé mais pas assez vite pour les policiers, qui le rattrapent et le plaquent au sol. N'y allant pas avec le dos de la cuillère, ils lui passent les menottes, le relèvent et le collent contre un mur pour une fouille en règle. Des collègues arrivés en renfort sécurisent leur position. Youssef, visage contusionné dans la chute et tout tremblant, se laisse palper sans broncher. Portefeuille, portable, clés et forceur changent illico de destinataire. L'un des lieutenants, voyant le forceur, dit à ses collègues :

— On dirait que tout ce merdier a dérangé un casseur en plein exercice.

Puis, s'adressant à Youssef :

— Si c'est le cas, tu t'en sortiras mieux que si tu es mêlé à la rixe.

Youssef ne sait plus quoi penser, il ne songe même pas à implorer Dieu le Très-Haut, car si quelqu'un devrait être loué ce soir, c'est bien lui, qui, pour rendre service à Tariq, s'est jeté dans la gueule du loup. Il est embarqué, sans illusion sur ce que les jours prochains lui réservent. Et cet enfoiré de Tariq qui les a abandonnés, Ali et lui, que Dieu le maudisse…

# 6

Loin des atermoiements de Youssef, et à l'écoute de l'agitation extérieure, Ali capte que cette nuit sera sa dernière sur terre. Par la porte entrebâillée, il entend des voix provenant du rez-de-chaussée, le grésillement de talkies-walkies, beaucoup trop d'agitation pour espérer le retour de la mécréante. Ali ne transige pas avec les principes de sa foi et les règles de son djihad. Hors de question de se livrer aux apostats ! Quant à tenter de fuir comme ce lâche de Youssef, il n'y pense même pas. Ali embrasse le talisman qu'il porte autour du cou, puis s'agenouille et se prosterne. Le front touchant terre et les deux mains à plat sur le sol, il dit trois fois : « Loué soit Dieu, le Très-Haut, qu'Il soit loué. » Il se relève, pose un regard dédaigneux sur le cadavre, puis se dirige d'un pas déterminé vers le palier. Il ouvre la porte et, rassemblant toute son énergie, il surgit dans l'escalier en hurlant : « Allahu Akbar. » Voyant débouler ce malabar en furie, trois policiers dégainent et le criblent de balles. Ali tressaille à peine sous les impacts. Lancé de tout son poids il dévale les dernières marches et se jette sur les policiers, tel un gorille dans un jeu de quilles. Tous trois s'écroulent sous son poids, tandis qu'attirés par la fusillade d'autres policiers surgissent dans le hall. Puisant dans ses ultimes ressorts, Ali saisit une gorge au hasard et la serre de toutes ses forces. La détonation qui s'ensuit met fin à sa vie. Elle retentit si fort que les flics en ont les oreilles soufflées. Seul Ali ne l'aura pas entendue.

Dépassés par les événements alors qu'ils étaient appelés pour mettre fin à une rixe, tous les keufs du secteur ont maintenant le doigt sur la détente. Aidés par leurs collègues, les trois policiers au sol sont libérés de leur encombrante charge. Salement secoués ils se regardent, se rassurent et se reprennent. Tandis qu'au loin d'autres sirènes se rapprochent en déchirant le ciel de Paris, tous les hommes présents dans le hall entament, arme au poing, l'exploration de l'immeuble. Se couvrant les uns les autres ils gravissent prudemment les marches. En bas, l'un d'eux est resté près du corps d'Ali.

Devant la porte grande ouverte de l'appartement d'Alex, le premier se positionne en protection, le deuxième entre, suivi d'un troisième, et tous s'arrêtent, incrédules, devant le corps de Ludo. D'un simple coup d'œil ils comprennent que, mis à part ce cadavre, l'appartement est certes saccagé mais vide de tout autre occupant. Déterminé à ne pas cochonner la scène de crime, le commandant leur fait signe de reculer vers le couloir et informe la criminelle de la découverte d'un nouveau cadavre. Deux agents restent devant l'appartement, les autres reprennent leur ascension dans les étages. Apeurés, les locataires présents sont terrés dans leur logement. Au cri de « Police, ouvrez ! », les vérifications commencent.

À peu de distance à vol d'oiseau, Tariq et Moussa attendent un appel de Youssef. Le va-et-vient des sirènes leur conseille de ne pas outrager la chance, ce dont ils se garderont tant que le calme ne sera pas revenu.

## 7

De son côté l'émir a étripé l'attente en se gavant de loukoums et de chocolats. Mohamed Aboubakr al-Din est aussi gourmand qu'il est roublard, aussi violent qu'il excelle dans les bobards. Mohamed Aboubakr al-Din n'a jamais été un mec fiable. Enfant, il planait sur tout ce qu'il convoitait comme un vautour sur une carcasse. Si son thermostat lui commande parfois d'être glamour, c'est soit par gourmandise, soit pour s'enfiler une femelle. Mohamed Aboubakr al-Din est capable de s'enticher d'un œuf de Pâques tout en clouant un mec sur un fauteuil roulant pour violer sa moitié. Crapule sans cause élevé aux hormones de vaches folles, il est dynamité de l'intérieur. Tout ce qu'il a pu siphonner depuis sa naissance, il l'a pompé jusqu'à la dernière goutte, allant jusqu'à écharper sa mère pour s'épargner la concurrence. Sa passerelle pour se faire un nom : l'attaque bestiale. C'est biologique, il ne s'explique pas ; à chacun son continent noir, et si le sien c'est la chocolaterie et les filles, Abdoullah ! il a bien le droit de jouer au billard à trois bandes avec ses règles. Baiseur compulsif, à seize ans il plonge pour le viol d'une momie desséchée assoupie sous les ponts. Une patrouille l'embarque direction le dépôt, les guenilles de la pénitentiaire et l'étiquette de pointu. De quoi être mal vu en taule. Mais, pas rabougri des biceps, il s'est imposé à ceux qui voulaient lui en imposer. Un an plus tard, l'excuse de minorité aidant, il a payé sa dette. À peine libéré il replonge, le harpon planté dans les fesses d'une guerrière hardiment cambrée. Tout juste chiffonné, il repart pour deux ans. De la peau ridée des hauts murs il fera son rite d'initiation. Des salles de musculation il fera son plan marketing. Et toujours pas de religion. Nouvelle libération, mais le baiseur compulsif n'est pas en voie de cicatrisation.

Quelques mois de liberté, et le voilà qui décapsule une bigote dans l'arrière-cour d'un cinéma où est projeté *La Dernière Tentation du Christ*. Manque de bol, des intégristes catholiques manifestent contre cette diffusion. Nouvelle arrestation, nouvelle condamnation à huit ans. Normalement, une telle scoumoune laisse des traces durables sur le plus endurci des criminels. Pas sur Mohamed Aboubakr al-Din. Loin d'être con, il comprend que les temps changent en prison. Les tapis de prière fleurissent, les barbes poussent et la religion lui révèle que, pour régner sur les pieds nickelés, une foi bien brandie a raison des ardeurs du plus récalcitrant des frères. Il renifle la poule aux œufs d'or. En moins de temps qu'il n'en faut pour presser un citron, le Coran devient son manuel de navigation. Il capte tout ce qu'il peut en tirer. À force de le lire et de le relire il acquiert le sens du sacré et articule les actions du droit islamique dans son seul intérêt. Pour le culte de la prière, son comportement est exemplaire. Pour ses obligations envers les autres, il braconne en territoire religieux, s'autoproclame émir et claironne des fatwas dans les cours de promenade. Jamais l'administration ne cherchera à le désamorcer. À chacun ses vertus cardinales : tant qu'il se cantonne à gérer les frères tandis que les truands gèrent leurs forces vives, le grand-guignol carcéral joue sa partition sans faire de vagues.

Ce soir, Mohamed Aboubakr al-Din se souvient, une lueur d'orgueil brille dans son regard. Se forger un corps, c'est bien ; se forger une légende, c'est mieux ! Répugnant comme pas deux, il joue discrètement l'indic pour l'administration pénitentiaire, engrange les remises de peine et, sitôt libéré, se tire au bled, où il ensevelit son passé, s'invente des faits d'armes durant les années de plomb et réapparaît en Mohamed Aboubakr al-Din. Sa foi ? Un soin régénérant aux huiles essentielles lui ripolinerait davantage la conscience que la plus infime particule de croyance. Si Mohamed Aboubakr al-Din s'est épris du Coran, c'est qu'il a vite compris l'intérêt à en tirer. Ça bouillonne sous la théière du lascar, qui veut bien rabâcher sa foi à qui veut l'entendre pourvu qu'il commande et s'en mette plein les poches pour se bichonner un avenir sans choper d'eczéma.

# 8

Rentrant en taxi, Alex découvre sa rue comme elle ne l'a jamais vue. L'état de siège au bas de chez elle la sidère, l'étau d'une appréhension lui étreint la gorge, la poitrine et le cœur. Se frayant un chemin parmi les badauds et les journalistes, de plus en plus nombreux malgré cette heure très matinale, Alex s'approche des agents en faction devant le périmètre de sécurité. D'un geste autoritaire l'un d'eux lui fait immédiatement comprendre qu'elle doit s'éloigner. On les sent tendus par la succession d'événements à laquelle ils ne s'attendaient pas en intervenant pour une échauffourée. On a beau être policier, entendre hurler Allahu Akbar, par les temps qui courent ça rend nerveux. Devant les vitres de la brasserie brisées, le chassé-croisé entre policiers en civil et secouristes, l'angoisse d'Alex croît. Manu et Antony sont ses amis, elle y descend tous les jours, y connaît un tas de monde. Déterminée à comprendre, elle avance vers l'agent, lui montre le portail de son immeuble.

— J'habite ici, je les connais tous, c'est chez moi…

Surpris mais compréhensif, l'agent lui demande un instant, puis appelle une collègue et lui confie Alex.

Gentiment, la fonctionnaire l'entraîne vers deux lieutenants, qui vérifient immédiatement son identité et les noms inscrits sur les sonnettes. Alex, qui ne peut détacher son regard de la façade meurtrie de la brasserie, leur précise qu'elle est locataire au premier étage.

— Quel appartement ?

— Celui de droite sur le palier.

Instantanément l'hostilité tombe, la suspicion fait place à l'empathie, car d'instinct ils ont compris que si cette fille était directement impliquée dans la mort du type qui gît dans son salon, elle ne serait probablement pas ici. Endurcis par la pratique, ils ont appris à reconnaître les signes qui vous classent dans telle ou telle autre catégorie de témoins, y compris chez ceux qui prennent des mines de circonstance et jouent les chiens battus alors que le sang n'est pas encore sec entre leurs lèvres et sur leurs dents.

L'un d'eux appelle un lieutenant et lui transmet l'info. « Préparez-la et faites-la monter », chacun sachant que, dans ce type de situation, les prêchi-prêcha sont autant de placebos posés sur une brûlure au troisième degré.

Alex n'aura pas d'explications à l'emporte-pièce ; ils lui font un topo des événements et la préparent subtilement à ce qu'elle va découvrir dans son appartement. Enlisée dans ce qu'elle vient d'entendre – l'agression de Manu et le décès d'Antony, la fuite des trois suspects, l'arrestation d'un casseur, la mort d'un islamiste présumé sortant de chez elle, et la présence d'un cadavre dans son salon –, Alex perd pied, prend peur, pense à Ludo, tout va si vite, trop vite. Une succession d'images violentes la précipite à contre-emploi de ce qu'elle est, jeune femme libre, insouciante, artiste et heureuse de vivre. Elle ne peut refouler ses larmes, elle pour qui pleurer relève du jardin secret, elle qui n'a jamais pleuré devant des keufs malgré les multiples arrestations de son père.

À l'évocation de ce père qu'elle adore, elle se ressaisit, essuie ses larmes d'un revers de la main, respire profondément pour chasser la poussée d'oppression qui lui enserre la poitrine, et fait signe aux flics qu'elle est prête. Elle pénètre dans le hall, aperçoit le corps d'Ali recouvert d'un drap et sent s'envoler d'un coup les derniers perce-neige encore en fleur dans son cœur de midinette. Montant l'escalier, elle revoit soudain ce sac empli de billets, et tout lui paraît cruellement évident.

Pas le temps de se repasser le film : elle est accueillie par le lieutenant et deux types de la brigade criminelle qui lui demandent si ça va aller. Tous trois s'assurent de sa capacité à affronter ce à quoi elle va être confrontée. Alex, dont la dureté de caractère est unanimement reconnue par ses proches et ses connaissances, est prête.

À peine entrée, et avant même de découvrir le corps de Ludo qui lui est encore dissimulé par deux fonctionnaires de la police scientifique, elle est consternée par ce qui s'apparente à une destruction systématique de son logement. Au box-office du vandalisme, les merdeux, qualificatif dont elle les gratifie mentalement, qui ont agi figureraient dans le top 10. Mais Alex n'a pas le loisir d'inventorier la liste de leurs destructions : on l'invite à s'approcher du corps pour aider à son identification, puisqu'ils n'ont trouvé aucun document sur lui.

Épicentre de tous les regards, Alex, qui pressent ce qui l'attend, fait quelques pas, baisse les yeux sur la dépouille et découvre Ludo. Elle a un mouvement de recul et une furieuse envie de s'enfuir. Bouleversée, elle fait une brusque volte-face, ressort de l'appartement et s'appuie contre le mur de la cage d'escalier. Le lieutenant de la brigade criminelle la rejoint. Il lui propose un verre d'eau, qu'elle refuse. La voyant choquée, il l'invite à s'asseoir sur une marche et se retire en demandant au planton de veiller sur elle. Ce qu'Alex a vu laissera des traces indélébiles en elle.

Ludo martyrisé au-delà du soutenable, et tout ça pour un sac de fric. Maudit fric ! Mais pourquoi l'a-t-elle emporté et caché sans réfléchir à sa toxicité ? Pour le rendre à Ludo, bien sûr, et qu'il aille au diable avec. Par peur, aussi, une peur insidieuse, de ces peurs qui nous font parfois basculer dans l'irrationnel.

Alex en est là quand le gars de la criminelle revient vers elle. S'enquérant de son aptitude à répondre à ses questions, il s'assied à son côté et commence par lui demander si elle a un endroit où elle peut aller dormir. Oui, chez sa meilleure amie, rue des Rosiers. Il enregistre et poursuit :

— Le corps dans votre salon, qui est-ce ?

— C'est Ludo, mon copain, on se connaissait depuis quelques mois.

Alex est pâle, ses cordes vocales sont comprimées dans le larynx, les mots sortent difficilement. Elle essuie une larme et serre les dents. Pour s'être frotté à une multitude d'enquêtes et s'être aguerri à tout un panel d'individus allant du simple témoin au suspect, de l'indicateur au bluffeur, du multirécidiviste au blanc-bec, de la mère infanticide au laissé-pour-compte s'accusant de crimes inexistants, le policier comprend qu'il ne tirera pas grand-chose d'elle cette nuit. Le choc est trop grand. Il va la faire reconduire chez son amie, mais souhaite pouvoir la joindre pour l'interroger plus officiellement dès le lendemain. Alex lui communique son numéro de portable et lui dit qu'il y a trois jours, Ludo s'était sauvé des locaux de la 8e BT, l'histoire était dans tous les journaux. Le lieutenant fait immédiatement le rapprochement avec l'arrestation d'Hamid Bensalli, suspecté d'appartenir à un réseau salafiste, et l'évasion de ce jeune gaucho-anarchiste. Sa fiche de recherche est encore dans tous les esprits, et cette info tombée négligemment des lèvres d'Alex explique sans doute la présence du barbu qui gît en bas. Se redressant, le flic lui demande si, malgré le désordre régnant dans son appartement, elle souhaite prendre quelques affaires. Non, elle se débrouillera avec son amie. Encore une question :

— L'aviez-vous revu depuis son escapade de la 8e BT ? Était-il en possession d'un sac ou de tout autre chose qui aurait attiré votre attention ?

— Non !

Sa réponse tombe abruptement. Alex ment mais s'en fout. D'ailleurs elle se fout de tout, elle est épuisée et plus qu'à Ludo elle songe à Manu et à Antony qui ne se seraient pas englués dans un tel merdier pour du fric. Alex appelle son amie, résume la situation. Bien sûr qu'elle peut venir dormir, quelle question !

Avant de la laisser partir, l'officier lui demande si Ludo l'a contactée récemment. – Non, pas depuis cette histoire. – N'était-elle pas inquiète de ne pas avoir d'appels ? – Non, leur relation n'était pas celle d'un couple fusionnel, chacun menait sa vie en toute liberté…

Un dernier point : l'appartement sera mis sous séquestre le temps de l'enquête. Si elle a besoin d'y venir pour prendre des effets, elle devra en demander l'autorisation et être accompagnée. Alex s'en fiche, une partie de son monde vient de se fissurer, elle voudrait juste se réveiller, sortir de ce cauchemar, se préparer un thé et écouter à fond *Smells Like Teen Spirit* par Kurt Cobain. Elle voudrait qu'Antony descende lui dire de baisser sa musique, elle voudrait rire, chanter, peindre, danser, faire la folle dans son appart, allumer sa télé et regarder un dessin animé de *Bip Bip et Coyote*. Oui, elle voudrait juste que tout ça ne soit pas arrivé.

Une jeune policière en civil la rejoint pour l'escorter chez son amie. Alex s'apprête à descendre quand elle entend les policiers évoquer l'arrestation mouvementée des skinheads. L'officier le lui confirme, ils se sont fait serrer dans le square Albert-Schweitzer, repérés par une patrouille alors qu'ils en escaladaient la grille. Il aura fallu l'intervention d'une quinzaine de mecs de la BAC pour en venir à bout. Ils sont sous les verrous, ou plus exactement en cellules de dégrisement.

# 9

Alex quitte l'immeuble en y abandonnant une partie de ses rêves. Un dernier regard en direction de la brasserie, elle a froid, la nuit lui semble glacée et elle ne comprend pas pourquoi tous les autres sont en tenue d'été. S'installant à l'arrière de la voiture sur le toit de laquelle tourne un gyrophare bleu, elle ressent un grand vide, de ces vides paresseux qu'elle éprouve parfois devant les toiles de Francis Bacon. La voiture démarre, Alex se laisse aller sur le siège et ferme les paupières sur *Figure with Meat*, l'une de ses peintures préférées. Elle songe à la mort qui ne punit pas toujours ceux qui devraient l'être mais se montre parfois trop pressée envers ceux qui entament à peine leur vie.

Il est 4 h 58, nombreux sont les riverains, journalistes et noctambules de passage à être encore debout sur les trottoirs. En quittant l'endroit pour la rue des Rosiers, ils croisent deux véhicules banalisés occupés par des mecs cagoulés de la section antiterroriste. Après la mort d'Ali au cri d'Allahu Akbar, les ordres sont tombés sans équivoque : on ne touche plus à rien ! L'individu n'est pas encore identifié, mais sa seule profession de foi relève du domaine réservé.

Débarquant sur les lieux, ils investissent l'immeuble, se répartissant le hall et l'appartement. Ça sent la testostérone et la recherche d'efficacité sous les cagoules. Mis au parfum du cas Ludo par les collègues de la criminelle, ils connaîtront rapidement les moindres détails de sa vie. Tout sera passé au crible, y compris Alex, dont ils réclament les coordonnées. À compter de cet instant, elle tombe dans leur garde-manger. Le point sur l'agression et le saccage à la brasserie est vite fait. Pas de corrélation directe avec les deux morts de l'immeuble ; dès lors, jusqu'à plus amples informations, les skinheads resteront dans le giron de la brigade criminelle.

Jetant un coup d'œil furtif par la porte, le planton est impressionné par ces gars dont chaque action semble codifiée. Dommage qu'il n'en ait pas assez sous la cafetière pour intégrer l'une de ces brigades. Du coup, il passe son temps à poireauter devant un commissariat ou un bâtiment sensible, quand il n'est pas en faction à un carrefour ou en patrouille. Même l'Élysée et les ministères lui sont refusés ; trop grassouillet ! Tu parles ! Ce n'est pas parce qu'il est parfois coincé dans son uniforme qu'il ne saurait pas se montrer vigilant. La preuve, son regard est attiré par un bout de papier que personne ne semble avoir remarqué. Il se baisse et s'en saisit. Un nom et un numéro de téléphone… Il se racle la gorge, se signale et le tend à celui qui interrogeait Alex.

— Vous l'avez trouvé où ?

— Ben là…

Tout est dit. Même pas un merci. Planton, c'est tout ce qu'ils voient en lui, ce qui l'afflige et le meurtrit.

Rue des Vertus, l'attente devient franchement insupportable pour Tariq. L'aube va se lever et, parti comme c'est parti, il ne pourra même pas faire sa prière du début de journée. Que Moussa ressente ou pas la même frustration, Tariq s'en bat la crête. Il perd patience, voilà ! Moussa est sorti pour assouvir un besoin naturel, et le voici parti à se dégourdir les jambes en faisant les cent pas sur le trottoir. Bienheureux que les policiers ne rôdent pas dans les parages. Un type de sa corpulence, avec barbe fournie et crâne rasé, vêtu d'une tunique et d'un large pantalon, attiserait forcément leur curiosité. Tariq bout intérieurement, c'est à croire que Moussa veut lui attirer le mauvais œil. Tariq redoute autant le mauvais œil que les djinns malfaisants, du coup il se protège de ses mains en écartant bien les doigts et s'en remet à Dieu le Tout-Miséricordieux, le Très-Miséricordieux. Et Youssef, qu'est-ce qu'il attend pour le tenir informé ?

Au paroxysme de l'impatience, il prend son portable et l'appelle. Une, deux, trois sonneries, puis cette voix qui questionne. Tariq coupe la communication : il n'a pas reconnu la voix de Youssef. De rage il balance son portable contre le pare-brise. Youssef a dû foirer, qu'ils soient maudits, lui et l'ânesse qui l'a mis au monde ! Tariq rameute Moussa et lui ordonne de décamper fissa. Revigoré par la marche et stimulé par l'action, Moussa démarre sans poser de question. Tariq veut en avoir le cœur net, ils passeront donc rue des Archives et, avec la grâce de Dieu, il pourra expliquer la situation à l'émir.

L'esprit en ébullition, il imagine le sang des blasphémateurs couler sous son glaive. Athées, mécréants, apostats, tous y passeront. Loué soit Dieu, le Très-Haut, qu'Il soit loué ! Moussa bifurque rue des Archives, ils aperçoivent des gyrophares, l'attroupement. Éviter les ennuis, tourner rue des Francs-Bourgeois, puis rue Vieille-du-Temple et rue des Rosiers. Un véhicule en double file, gyrophare allumé ; Moussa passe au ralenti, Tariq s'enfonce dans son siège, aucun des deux n'imagine que la fille qui en descend est celle qu'ils recherchent…

Parasité par une succession d'idées noires, Tariq doute. Pourquoi tout vire au chaos depuis trois jours ? L'arrestation d'Hamid Bensalli, le vol de la zakat par ce maudit kouffar, Youssef et Ali en mauvaise posture, la mécréante introuvable… Le mauvais œil est sur lui, ça l'empêche de faire sa prière, sa lessive et de mener à bien son djihad. Tariq redoute aussi la fureur de Mohamed Aboubakr al-Din. Déboussolé, il se demande si une lecture de la Torah en yiddish ou faire Yom Kippour dans un kibboutz ne serait pas plus paisible…

Au volant, Moussa cogite. Abandonner Ali est contraire à leur serment d'indéfectible amitié nouée au fil de leur engagement dans la garde rapprochée de Saddam Hussein, avant qu'ils soient envoyés à Paris en tant qu'hommes de main à l'ambassade d'Irak. Un parcours sans faille jusqu'à l'effondrement du régime, puis l'ordre de rester en France et de rejoindre les rangs salafistes pour faire payer à l'ennemi le sang versé. Amis avant tout, sauf en religion. Ali fervent croyant, lui incrédule. Et voilà qu'il a abandonné Ali ! Moussa ressasse cet insoutenable sentiment de désertion. Ali qui doit compter sur lui pour vaincre une fois de plus… C'est décidé : il déposera

Tariq à l'entrepôt et filera récupérer son frère d'armes. Que l'émir et Tariq soient d'accord ou pas lui importe peu ; seul Saddam avait droit de vie et de mort sur lui et, sans vouloir offusquer Dieu, Moussa n'a de comptes à rendre qu'à sa conscience.

Direction l'A6, puis la planque de Brétigny-sur-Orge. Son instinct lui dit qu'Ali et lui ont gobé trop de mouches au service de ce Mohamed Aboubakr al-Din qui les traite avec mépris, ce que Saddam Hussein Abd al-Majid al-Tikrit n'a jamais fait. Saddam ! C'est à son service qu'ils auraient dû rester jusqu'à la mort. Renfrogné, il observe Tariq dans le rétroviseur. Ce petit râblé ne lui inspire plus la moindre confiance. Moussa n'apprécie pas les couards, et celui-là en est un. Une lueur noire lui traverse l'œil. Moussa ne laissera pas ce fardeau lui tarauder la conscience. L'amitié, la seule qui vaille, lui enjoint de retourner rue des Archives.

## 10

Assise dans le canapé, Alex boit une tisane. Son récit, reconstitué comme un puzzle, a plombé son amie. Pour la toute première fois de leur vie, elles sont confrontées à la mort. Les yeux d'Alex, habituellement pleins de facéties, sont arides de douleur. Dans ceux de Louise, l'effroi le dispute à l'incompréhension. Cette mort qu'elles regardent en face désosse le corps de leur vie faite d'insouciance, de légèreté, d'insolence parfois, de complicité toujours, et les plonge dans la barbarie. Volatilisés, leurs soirées rock'n'roll, le chocolat et les croissants chauds au Bread and Roses, les dégustations de mojitos et de cheesecakes à tomber. Envolés, les fous rires à faire hurler, les coups de cœur au tournant des expos, leur vie trépidante d'artistes peintres plongées dans l'incandescence de la création. L'une et l'autre voient s'éclipser tout ce qui, à leurs yeux, avait l'attrait du bonheur. Rejoindre les copains à la brasserie, rire aux éclats en regardant Manu imiter Naomi Campbell. Mettre la musique à fond en peignant, oubliant qu'Antony habite au-dessus. Lui faire le coup du bisou sur ses yeux noirs de colère. Alex tressaille en se rappelant qu'elle ne le verra plus jamais. Et Ludo, cet enragé de Ludo qui se prétendait vendeur de révolution ambulante. Il l'avait séduite en citant Proudhon, Bakounine, Victor Serge, Stirner, Kropotkine, Émile Henry et tant d'autres. Les anarchistes étaient sa bible, son carburant, sa barricade. Allongée sur son canapé, Alex riait en le voyant faire les cent pas dans son studio comme un ours en cage. Il s'emportait contre les mensonges ; la liberté, quelle liberté quand tant d'hommes sont enchaînés ? L'égalité entre oppresseurs et oppressés ? Mensonge ! La fraternité ? Foutaises ! La force pour les uns, l'humiliation pour les autres ! Le crime perpétuel, le crime institutionnel, le crime intellectuel, les crimes officiels !!! Et d'un coup Ludo s'arrêtait, à bout de souffle ou de citations, criant : « Vive Louise Michel ! », puis il partait s'enfermer dans les chiottes.

Alex le trouvait loufoque mais admirait sa culture générale. Ludo avait tout lu, tout enregistré, ne mettant rien au rebut. Il lui parlait aussi bien des textes interdits de Voltaire que de la correspondance entre Lou Andreas-Salomé et Rainer Maria Rilke. Il était incollable sur la cueillette des champignons, la fabrication du pop-corn, la confection de la pâte brisée, la préparation des pets-de-nonne et même les mœurs du homard. Il avait lu les plus grands textes de la philosophie occidentale ; de Spinoza à Kant et Camus, il tenait le crachoir aux plus férus. Pareil pour la philosophie orientale. Alex se souvient de l'avoir vu se lancer dans un exposé du *Traité des cinq roues* sur les marches du palais de Tokyo. Il pouvait disserter des heures sur le refus de renoncer à un idéal, comme il sidérait Alex quand il lui parlait peinture. Alex raconte à Louise comment il lui a fait découvrir

*Les Piliers de la société*, de Georg Grosz, en partant de ses envolées révolutionnaires pour l'amener à cet artiste qualifié par les nazis de « bolchéviste culturel numéro un ». « Tu imagines, lui disait-il avec une conviction viscérale, ce mec a pris la route de l'exil dès l'accession d'Hitler à la Chancellerie. Ses toiles étaient du militantisme politique, Alex, du militantisme politique ! » Grisée par ce qu'elle entendait, Alex se laissait engloutir par ce gars pas ordinaire. En se remémorant ce Ludo-là, elle oubliait l'autre Ludo, le pote des SDF, le trapéziste voltigeant toujours entre deux magouilles, le gamin désopilant lui disant : « Je vais lui trouver des planques, à ton père » après qu'elle lui avait dit qu'il était en cavale et recherché pour braquages de banques et de fourgons blindés, et qu'il lui manquait…

Le problème de Ludo, c'est que son cerveau était greffé à une gazinière. Alex prend conscience qu'ils ont partagé plus qu'un baluchon d'étreintes. Silencieuse, Louise l'écoute, blottie dans son coin de canapé. La lumière du jour vient lui lécher le visage. Aussi brune qu'Alex est blonde, les yeux légèrement bridés, Louise n'est pas une contrefaçon d'Alex. Belles l'une et l'autre, elles allument de nombreux brasiers dans le regard des mecs et chamboulent bien des cœurs lorsqu'elles jouent les excentriques en écoutant de la house dans les rues de Paris. Alex aimerait se réinventer un monde, se le dessiner sans clair-obscur, sans saloperies, un monde sans prothèse, sans sécheresse, sans haine, sans losers, sans vainqueurs. Un monde où les cailleras deviendraient danseurs, où les branleurs ne se laisseraient plus embrigader dans la violence, où les fusils-mitrailleurs seraient recyclés en sculptures éphémères.

Alex voudrait que, dans les hôpitaux, les compte-gouttes distillent du bonheur, que Monsieur Tout-le-monde puisse se payer un haut-de-forme et une queue-de-pie s'il en a envie, que chacun soit libre de croire ou pas en Dieu, que plus personne ne meure de faim, de soif, que les cités bunker soient transformées en jardin d'enfants, et qu'Armageddon tombe amoureux en trébuchant sur un bikini. Alex voudrait que sur cette planète tous les connards soient changés en midinettes, et que toutes les pestes deviennent DJ, comme Laurent Garnier, ou groupies de Daft Punk. Louise l'écoute et l'observe. Louise est hantée par la mort de Ludo et d'Antony, le sort de Manu, mais en écoutant Alex refaire le monde elle retrouve peu à peu sa moue mutine.

— Et tu sais quoi, poursuit Alex, on devrait mettre des semelles de plomb au temps, arrêter de courir après tout et n'importe quoi, remonter les horloges à l'envers et faire que cette putain de nuit n'ait jamais eu lieu. Tu sais quoi, dit-elle en se levant, on va se coucher, et quand on se réveillera, tout ça n'aura pas existé.

Louise, qui ne demande qu'à la croire, s'imprègne de ces mots puis se lève et la rejoint.

Leur nuit sera courte. On tambourine à la porte. Louise est la seule à réagir. Elle s'éveille, cherche à faire le tri dans le brouillon de ses pensées. Elle rêvait ou elle a vraiment entendu des coups contre la porte ? « Police, ouvrez ! » Elle sursaute, se redresse, se tourne vers Alex qui dort à poings fermés, se lève, enfile un long sweatshirt gris, jette un regard au réveil. 6 h 30 ! Encore imprégnée de sommeil, elle ouvre sur trois policiers en civil, dont une femme. L'œil implacable de la loi s'abat sur elle. Louise remarque leur brassard, puis s'écarte machinalement pour leur céder le passage.

— Alex Talisker ?

— Non, elle dort.

— Réveillez-la !

Louise note l'autorité de la voix calme, légèrement cuivrée, de la policière. Elle acquiesce, fait demi-tour et va vers la chambre tandis qu'ils investissent l'appartement. Réveiller Alex n'a jamais été simple. Elle a le sommeil lourd, la torpeur anesthésiante, le repos sourd. L'arracher des bras de Morphée relève du défi. De ses premiers pas à l'école à son adolescence, de son atterrissage dans l'univers adulte à ce matin particulier, le réveil pour Alex est synonyme de calamité. Louise la secoue

— C'est la police.

Alex enserre son oreiller et y enfouit le visage. Elle comprend confusément que quelqu'un veut lui parler, mais pas maintenant, elle dort. Louise insiste :

— Déconne pas, Alex, c'est la police.

Elle s'en fout, Alex. Bras ballants, Louise se retourne vers les policiers.

— Vous ne pouvez pas repasser plus tard ?

Les policiers n'en croient pas leurs oreilles. La femme écarte doucement Louise puis avance vers la chambre, s'approche du lit et, d'une voix acérée comme un éclat de verre :

— Debout, mademoiselle, nous n'allons pas y passer la matinée !

Alex a entendu. Les événements de la nuit lui reviennent brutalement à l'esprit, elle hésite à sortir de sa torpeur, oscille entre se lever, ne pas bouger, les faire attendre, puis se ravise, jette son oreiller au sol, repousse ses draps et se lève sur un « Faites chier ! » avant d'entamer un crawl taiseux vers la salle de bains. La policière sourit ; voilà une fille avec laquelle on saura très vite sur quel pied danser. Bruit de chasse d'eau suivi de celui de la douche. La policière rejoint ses collègues, qui s'entretiennent avec Louise. Connaissait-elle Ludovic Nolan ? – Elle l'a croisé plusieurs fois chez Alex. – L'a-t-elle vu récemment ? – Non, pas depuis la Fête de la musique. – Qu'ont-ils fait ce soir-là ?

— On s'est amusés, Ludo était toujours plein d'idées dingues, comme quand il avait organisé un pique-nique spécial SDF au Forum des Halles.

— Expliquez-nous…

— Il a demandé à ses copains de faire le tour des boulangeries, restos, épiceries pour récupérer de quoi offrir un gueuleton à un tas de clochards qu'il connaissait. Avec Alex, on a écumé tous les commerces du quartier et ça été une super fête, jusqu'à ce que vos collègues interviennent pour nous chasser. Enfin, ils traquaient surtout les clodos, et là Ludo a eu une super idée qui a fait marrer tout le monde, sauf vos collègues après coup…

Intéressés par ce qu'ils peuvent apprendre sur la personnalité de Ludovic Nolan, les policiers sont attentifs.

— Il voulait que tout le monde soit heureux à ce pique-nique, surtout les SDF, alors il avait prévu d'apporter des bombes de gaz hilarant au cas où… mais jusqu'à l'arrivée de vos collègues, tout le monde se marrait…

— Et alors ?

— Ben quand ils s'en sont pris aux SDF, Ludo est allé balancer ses bombes dans leurs fourgons. Vous imaginez la suite, non ?

— Oh, très bien… Un petit marrant, ce garçon, un peu tête brûlée mais pas spécialement dangereux. Vous n'auriez pas la moindre idée de ce qui a pu lui coûter cette fin horrible ? l'interroge la policière.

— Ludo était trop cool pour qu'une meute se lance à ses trousses.

Alex les a surpris en laissant tomber cette sentence. Accaparés par le récit de Louise, ils ne l'ont pas entendue s'approcher. Elle est prête à les suivre et à leur parler de Ludo, mais tout aussi déterminée, au cas où ils l'interrogeraient à propos du sac à dos, à éluder et à mentir. Vêtue d'une chemise ample, d'un jean et chaussée de tennis empruntées à Louise, les cheveux encore humides et l'œil étonnamment vif pour quelqu'un qui a si peu dormi, Alex est parée. Sans doute l'hérédité ; on ne renie pas ses origines sous prétexte qu'il faut se confesser sur réquisition policière.

— Vous ne voulez pas avaler rapidement quelque chose avant de nous suivre ?

Non, Alex ne veut rien avaler, ni rapidement ni lentement, elle veut juste en finir au plus vite. Si seulement elle pouvait rejoindre son père à Barcelone, où il patiente dans l'attente d'un exil plus lointain et plus sûr. Lui seul saurait l'écouter, comprendre ce désarroi qu'elle dissimule depuis le cauchemar de la veille. Lui seul saurait la conseiller si elle est en danger à cause du sac à dos.

La policière invite Alex à leur emboîter le pas.

— Vous m'emmenez où ?

— À Levallois-Perret, section antiterroriste de la brigade criminelle.

— Antiterroriste… Vous êtes dingues !

Alex est stupéfaite. Ludo terroriste, ils sont barges ou quoi ?

— Nous devons élucider son meurtre, démêler le vrai du faux, et j'espère que vous pourrez nous aider…

Tandis qu'elle s'apprête à les suivre, l'un des policiers lui demande si elle a un portable.

— Oui.

— Sur vous ?

— Non.

— Prenez-le, nous en aurons besoin.

Elle retourne dans la chambre, débranche le chargeur et le leur rapporte sans un regard pour celui qui le prend. Angoissée, Louise la regarde disparaître sans un mot.

Alex n'avait jamais eu l'occasion de tester la traversée de Paris en deux tons et gyrophare. Si ce n'était les circonstances, la réjouissance serait totale. Feux rouges grillés grave, dépassements scabreux, couloirs de bus empiétés, cheptel de cyclistes effrayés, piétons scotchés sur les passages protégés… quand les flics exhibent la panoplie, ça déménage. Pas le temps de faire du tourisme.

Levallois-Perret, siège de la section antiterroriste, on y est. Ici, pas de rocking-chair, rien que l'odeur du soupçon, un pur régal pour les cordes sensibles, les questions sont métalliques, les réponses notées en décortiquant les zygomatiques.

Alex pense à son père. Cette immersion lui rappelle qu'elle doit enfouir ses larmes, se taire et faire face.

La brutalité des événements la plonge dans un huis clos toxique aux antipodes de sa vie. Alex découvre le monde par les épines. Chassé-croisé dans les couloirs, terre de traque et d'interrogatoire, au cœur du bunker, même les murs empruntent aux sous-titres. Café, chocolat, thé ? Détendre l'atmosphère, amadouer le témoin, le mettre en condition ; le régime sec et le bûcher ne sont pas pour Alex, même si la plus insignifiante question peut, selon la réponse, valoir suspicion. Que peut-elle leur apprendre sur Ludovic Nolan, gamin brillant dans l'incapacité chronique d'accepter la société telle qu'elle est ? Sa vie sera passée au rouleau compresseur, mais si elle peut aider à débriefer le profil, ce sera toujours ça de gagné. Ils ne sont pas là pour le noircir, il est mort. Le rendre plus beau qu'il n'était non plus. À la brigade antiterroriste, pas de chiropracteur, uniquement des faits et un profil. Alex peut comprendre ? Une image pour l'aider : les amateurs de polars comprendraient, on n'est pas là pour s'écharper, on est là pour élucider les causes de son meurtre et arrêter le ou les coupables.

L'interrogatoire est sobre, quand et comment ils se sont connus, fréquence de leurs rencontres, nature de leurs échanges, le cul ils s'en foutent, ce qu'ils veulent, c'est se faire une opinion, coller Ludovic dans une case et enquiller direct sur les auteurs de cette barbarie. Ludovic évoquait-il ses fréquentations ? En connaît-elle ? Alex pense au portable de Ludo. S'ils le trouvent, ils verront qu'elle l'a appelé la veille. Qu'ils lui posent la question, elle se prépare, regorge de raisons de l'avoir fait, tout en tâtonnant sur un doute : s'il n'a pas eu le loisir d'effacer son message, ils sauront pour le sac à dos. Brusquement, la distance qu'elle s'ingéniait à maintenir entre elle et ce sac ne lui semble plus sûre. Pire, si les mecs qui ont fait à Ludo ce qu'ils lui ont fait ont écouté ce message, Alex comprend pourquoi ils ont cassé son appart et déposé son corps chez elle. Sous la torture, il leur a peut-être donné son adresse.

Alex décroche. Un cataclysme lui envahit l'esprit. Une inquiétude anxiogène attise sa peur. Les policiers, rodés aux interrogatoires, remarquent son trouble. D'anodin, l'interrogatoire se fait graduellement plus précis pour glisser là où elle l'attendait : le sac à dos ! Qu'en aurait-il fait ? Elle n'en a aucune idée. Sait-elle ce qu'il contenait ? Oui, les journaux l'ont ressassé.

On fait une pause. Alex regarde la pièce totalement déshumanisée, aucune âme, pas la plus infime vibration positive. Mortelle !

Le temps s'étire, puis les questions reprennent. La personnalité de Ludo, borderline sans aucun doute, mais à part ça ? Alex dépeint Ludo avec sincérité et évoque leurs quelques mois d'intimité sans broder. S'ils n'étaient aussi aguerris, les policiers s'arrangeraient de ce portrait, mais la suspicion étant le cœur de leur métier, ils adhèrent d'autant moins aveuglément à son angélisme.

Fin du premier round, Alex est libre mais ne doit quitter Paris sous aucun prétexte, l'enquête ne fait que commencer. Ce qu'Alex ignore, c'est qu'à compter de cet instant elle fera l'objet d'une surveillance rapprochée, tant pour les nécessités de l'enquête que pour la protéger.

# 11

À l'exception des bruits lointains de la circulation, le silence règne dans la planque de Brétigny-sur-Orge. Déterminé à mettre son plan en application, Moussa entre lentement dans le hangar, se retenant d'alerter Mohamed Aboubakr al-Din en faisant du barouf. Il s'arrête, Tariq ouvre sa portière, descend et se dirige vers l'escalier qui mène à l'étage. Moussa enclenche la marche arrière, recule, passe la première, fait un demi-tour et repart. Surpris, Tariq le regarde s'éloigner, tandis que le goût du sang lui emplit la bouche. Mâchoires serrées, sourcils froncés, il suit la Xantia des yeux jusqu'à la voir disparaître. Il maudit le jour où il quitta le sol du califat pour revenir dans ce pays de mécréants. Là-bas, il était respecté, peut-être même craint, tant des soldats que des lionceaux ; il tenait son rôle dans la oummat et avait une épouse digne de lui, puisque cheffe d'une brigade al-khansaa, chargée de faire appliquer la charia. Ici, il est le vassal d'un émir au sujet duquel il se pose de plus en plus de questions, et voici que l'un de ses gardes du corps s'enfuit, le plantant au milieu de nulle part, quand l'autre n'a même pas été capable de remplir sa mission : ramener la fille et la zakat. Depuis des semaines, il s'éreinte à réunir des fonds pour semer la mort chez les kouffars. Depuis des semaines, il recrute des gens qu'il connaît à peine, comme ce Youssef, casseur habile mais d'une foi plus que douteuse. Depuis des semaines, il se plie aux ordres de Mohamed Aboubakr al-Din, qu'un imam réputé lui a présenté comme l'homme de la situation… Et patatras, tout fout le camp, même Hamid Bensalli, arrêté avec la zakat ! Pourtant, celui-là lui plaisait, trafiquant de drogue redoutable et redouté sur son territoire, assez branque pour faire sniffer de la coke à son chien, un molosse que Tariq n'a vu qu'une fois et qui lui a filé une trouille inimaginable depuis qu'il ne s'appelle plus Cédric Cadet. Sans la présence d'Hamid Bensalli, Tariq se faisait bouffer tout cru. Hamid Bensalli, un mec toxique qui lui donnait la chair de poule quand il le voyait recycler ses bonbonnes de gaz tout en s'allumant des joints, admettant que ce n'était peut-être pas *haram* d'agir ainsi, mais tant pis, son projet d'anéantir des charognards lui dynamitait l'esprit. Parce que le projet d'Hamid n'était rien de moins que de poser le cul du ministère de l'Intérieur sur ses bonbonnes de gaz. Hamid, recrue d'exception qu'il aurait ramené au califat si le mauvais œil n'en avait décidé autrement.

Pour la première fois depuis qu'il est rentré en France, Tariq doute de sa mission, mais sa foi en Dieu, le Tout-Miséricordieux, le Très-Miséricordieux, lui dicte de la poursuivre. Moussa disparu de sa vue, Tariq grommelle encore un instant au bas des marches puis, déterminé à semer la mort en territoire impie, il s'élance dans l'escalier sans craindre les foudres de l'émir, puisqu'il a agi au mieux avec les moyens du bord.

Mohamed Aboubakr al-Din s'éveille en sueur et en sursaut. Un bruit de moteur le tire du cauchemar où, entravé au sol, les bras en croix et couvert de moisissures sous un soleil de plomb, il se faisait dévorer vivant par trois verrats rose. Tout juste chiffonné, il se redresse, s'étire, se lève, bâille et secoue sa carcasse. Bouffé vif par trois verrats, pourquoi pas asphyxié par un hippopotame en goguette à Brétigny-sur-Orge ? Mohamed Aboubakr al-Din s'ébroue en se disant que l'hippopotame, c'est lui, et que les verrats seraient bien inspirés d'aller bouloter du maïs ou des épluchures de patates ailleurs plutôt que de pointer leurs groins dans son sommeil. Il se dirige vers le coin cuisine, nouant, dénouant, renouant le fil des dernières heures, quand il s'entend héler sur un ton auquel il n'est pas habitué. Reconnaissant la voix de Tariq, il tourne les talons, le transperce du regard et lui intime l'ordre de s'adresser à lui d'une autre manière. Desservi par la voix fluette, l'ordre n'impressionne pas Tariq, qui n'est pas d'humeur à se faire rabrouer. Faisant front, il fixe l'émir et lui cloue le bec en résumant son aperçu de la situation : Youssef et Ali coincés rue des Archives ; des policiers partout à cause d'ivrognes au crâne rasé qui ont déclenché une bagarre au restaurant où on espérait trouver la mécréante ; Moussa qui vient de disparaître sans qu'il sache pourquoi ; et ses prières qu'il n'a pas faites. Prenant subitement conscience de son retard en la matière, Tariq se referme comme une huître, fusille l'émir des yeux et se dirige vers le lavabo. Là, il ôte ses chaussures, se lave pieds et mains, va s'agenouiller sur un tapis de prière, puis se prosterne à deux reprises, son front touchant terre, les deux mains à plat au sol, en prononçant trois fois : « Loué soit Dieu le Très-Haut, qu'Il soit loué », et termine par le *takbir*.

Mohamed Aboubakr al-Din l'observe avec mépris tout en réfléchissant aux implications désastreuses du récit qu'il vient d'entendre. Ali et Moussa se seraient conduits comme des débutants ? Des types qui ont voué leur vie à Saddam Hussein seraient en perdition ici, à Paris ? Que cette petite merde de Youssef le soit, pas étonnant, mais Ali et Moussa ! L'émir n'y croit pas. Il se souvient des termes en lesquels l'imam Abdelkrim Aallaa les lui recommandait pour créer cette cellule de choc. Aguerri aux fréquentations douteuses et passé maître dans l'art de l'imposture, il a du mal à gober cette histoire.

L'expression de son visage, à l'opposé de celle qu'arborerait ce bon vieux Yoda, est cruelle. Son regard se fixe sur le dos de Tariq. Supposons que ce fumier ait mis la main sur la zakat et veuille la garder… Supposons que Moussa soit parti la mettre à l'abri… Se faire plumer par un djihadiste venu semer le chaos à Paris et qui, mission accomplie, repartirait au califat pour être nommé commissaire de la pureté islamique ? Jamais !!!

Un autre doute s'incruste dans sa mare à suspicions. L'arrestation d'Hamid Bensalli : hasard, travail de fins limiers ou trahison d'un indic ? Les journaux en font leurs choux gras : trafiquant de drogue notoire, chez qui on a trouvé des bonbonnes de gaz, du fil électrique, un ordinateur, la zakat et un chien furieux abattu par les policiers. Dans les minutes qui ont suivi l'interpellation d'Hamid Bensalli, le téléphone arabe a si bien fonctionné que l'émir, qui vivait à deux pas avec Ali et Moussa, a déguerpi en emportant ce qui pouvait l'être. Des armes, 4 kilos de peroxyde d'acétone P37, une dizaine de milliers d'euros, leurs tapis de prière, un ordinateur portable et une radio.

Empoté qu'il est… l'ordinateur et la radio ! Comment a-t-il pu négliger cette fenêtre sur l'extérieur ? Même en prison il écoutait la radio. Il n'écoutait pas l'appel à la prière lancé par le muezzin du haut de son minaret, appel enregistré et diffusé à qui veut l'entendre, mais la radio, oui ; il regardait même la télévision, surtout les films pornos, mais sans en parler dans les cours de promenade. On ne devient pas caïd en racontant qu'on se paluche sur du X.

Remisant ses fantômes au placard, il se demande comment il a pu ne pas écouter la radio pour se tenir informé des événements extérieurs. Quand on se lance dans une guerre, même si elle n'est qu'un prétexte pour s'en mettre plein les poches, on ne se déconnecte pas des sources d'informations.

Plantant là Tariq, Mohamed se précipite dans la pièce où sont entreposés l'explosif, les armes, l'ordinateur et la radio. À force de se prendre vraiment pour un émir et de faire ses cinq prières par jour, il en oublie le b.a.-ba des précautions les plus élémentaires : ne jamais se couper des infos.

Arrivé en catastrophe dans l'entrepôt, il avait bien tenté de se connecter sur Google mais, sans wifi, autant chercher à capter des rayons solaires six pieds sous terre. Il avait appelé l'imam Abdelkrim Aallaa, qui l'avait dirigé vers cet entrepôt le temps d'apprendre par les médias si des informations susceptibles de les confondre se trouvaient sur l'ordinateur d'Hamid

Bensalli ; l'imam avait précisé que la prière valait bien Google, et que lui-même quittait sa mosquée par précaution. Une dernière chose, c'est lui qui rappellerait, d'ici là plus de téléphone. Inch Allah !

Avant la fin de sa prière, Tariq ajoute : « La prière est meilleure que le sommeil », puis enchaîne par la formule consacrée : « Allahu Akbar », se prosterne une dernière fois et s'assied sur les talons. Pensant à Dieu le Très-Grand, le Plus-Grand, Tariq ne peut s'empêcher de Le solliciter pour l'affaire en cours. Puisque la générosité de Dieu est reconnue, ne pourrait-Il l'aider à trouver la mécréante et à remettre ainsi la main sur la zakat ? Seul le Tout-Miséricordieux, le Très-Miséricordieux doit savoir où elle se trouve.

Le bruit d'une radio attire son attention. Il se redresse, tend l'oreille, se rechausse et se dirige vers la pièce d'où provient le son. Assis dans un vieux fauteuil de cuir, le visage sombre et l'œil charbonneux, l'émir écoute les nouvelles. Voyant Tariq, il l'invite à prendre place dans l'autre fauteuil. Édition spéciale sur France Info, les événements de la rue des Archives tiennent les auditeurs en haleine. On y rappelle l'arrestation d'Hamid Bensalli, on évoque ses liens supposés avec le terrorisme islamiste, les reportages se succèdent, les spécialistes de la lutte antiterroriste et autres chroniqueurs y vont de leurs laïus, des pages pub succèdent aux brèves qui succèdent aux sports et à la météo. Retour sur l'info, la rixe mortelle entre skinheads et serveurs, la découverte du corps de Ludovic Nolan, ce jeune anarchiste recherché depuis quelques jours, la mort d'un présumé islamiste dont on ignore à ce stade de l'enquête l'identité, l'arrestation d'un casseur sans doute impliqué dans le saccage de l'appartement où se trouvait le cadavre de Ludovic Nolan, la jeune femme locataire de l'appartement entendue par les policiers de la section antiterroriste… Un flot qui finit par saouler l'émir. Se levant d'un bond, il fixe longuement Tariq comme s'il voulait transpercer le vernis qui semble lui recouvrir le cerveau, puis renonce et arpente la pièce.

Les commentaires émis par la radio se poursuivent. Immobile, Tariq écoute sans en perdre un mot. Mohamed Aboubakr al-Din s'arrête devant lui. Le dominant de toute sa hauteur, il réfléchit un instant aux à-peu-près de son récit et, sur un ton qui n'a rien d'une déclaration d'amour, lui demande pourquoi il ne lui a pas dit qu'ils avaient déposé le cadavre de ce minable fils de pute dans l'appartement de la fille.

Tariq ne cherche pas à se tirer d'embarras par un piètre baratin. Il admet avoir zappé cet élément, lequel consistait pour lui à gagner du temps si la mécréante rentrait. Elle aurait compris l'enjeu : la zakat ou la vie. Ils n'auraient même pas eu à la torturer, et une fois la zakat en leur possession, il l'égorgeait et laissait son corps sur celui du fils de chienne. Le message aurait été clair pour tous les futurs voleurs de zakat !

Mohamed Aboubakr al-Din admet que le plan n'était pas si mal pensé. Il l'exprime en tendant les mains à Tariq, mais se garde d'afficher le ressentiment qu'il éprouve de plus en plus pour ce foutu djihadiste. Tariq en conçoit tout autant envers lui ; il ressent de plus en plus l'absence de foi réelle chez cet émir et se promet d'éclaircir ce point au plus vite. En attendant, s'il devait parier sur le choix que ferait l'émir entre le martyre et l'apostasie, il parierait pour l'apostasie, mais Dieu interdit les paris, il en restera donc là pour le moment.

Un scorpion et un mamba vert se défient, le temps se suspend aux fils de la haine tendus entre eux quand une information les ramène subitement sur terre : « Nouvelle fusillade rue des Archives. Un individu au volant d'une Xantia a délibérément foncé sur des policiers avant de faucher des fonctionnaires de l'institut médico-légal chargeant une civière dans leur fourgon. Le corps qu'ils portaient s'est renversé sur la chaussée. Il s'agit de l'islamiste abattu dans l'immeuble investi par les enquêteurs. L'individu, de forte corpulence, est sorti de la Xantia et, voyant le cadavre, il est entré dans une fureur indescriptible, se jetant avec rage sur les policiers, qui l'ont abattu sans sommation. »

Plutôt que d'entendre ça, Mohamed aurait préféré avoir des boules Quiès profondément enfoncées dans les oreilles, quitte à se les ôter à la truelle. Et maintenant, il fait quoi, l'émir ? Il se met au vert dans un parc d'attractions sexuelles ? Les deux montagnes de muscles hors circuit, Hamid Bensalli et Youssef harponnés, il ne lui reste que Tariq et l'imam Abdelkrim Aallaa.

L'œil mauvais, il observe Tariq qui, l'oreille collée à la radio, semble au bord de l'infarctus. Fébrile, le reporter déballe son scoop comme s'il se repaissait à la lecture d'un catalogue d'armes. « D'après une source policière, aucune ambiguïté possible, on est bien au cœur du terrorisme islamiste. » Il revient sur les événements des derniers jours. « Tout porte à croire que des individus cherchaient à récupérer l'argent volé par Ludovic Nolan, dont le corps atrocement mutilé a été retrouvé dans l'immeuble transformé en sanctuaire de la police scientifique. Les interpellations d'Hamid Bensalli et de Youssef Hichaïm devraient permettre d'autres arrestations. Des portables ont été saisis, de quoi faire sauter bien des verrous pour accélérer l'enquête. » Le reporter ajoute que, sous ses yeux, un policier vient d'en trouver un dans la Xantia.

Encaissant le choc comme une déflagration, Tariq se liquéfie. Touché par un missile balistique, il aurait à peine plus mauvaise mine. Son portable ! Il se revoit le jeter sur le tableau de bord de la Xantia quand il appelait Youssef et qu'une voix inconnue lui avait répondu.

Saisissant la gravité de la situation, l'émir exige une explication. Tariq se lève d'un bond. Terminé, les bonnes manières ! Oui, il a oublié son smartphone dans la voiture. Et pourquoi ? Parce qu'il a le mauvais œil ! Suant la haine recuite, il se colle à Mohamed Aboubakr al-Din et le fait reculer. Sur un ton plein d'acrimonie, il lui reproche d'être ce mauvais œil. L'émir accuse le coup. Tel un pachyderme poussiéreux, il s'écarte en retenant le barrissement qui allait trahir sa colère.

Mâchoires soudées, Tariq le nargue du regard tout en lui promettant silencieusement une fin douloureuse, parce que plus il y pense, plus il en est convaincu : cet émir est le pire des kouffars, une abomination à lui tout seul, il souille Dieu et la religion, le mal est en lui, il aurait dû s'écraser au fond d'une capote plutôt que dans l'utérus de la truie qui l'a mis bas.

Boursouflé de rage, Mohamed parvient à contrôler ses attributs de mâle dominant. L'heure n'étant pas à la mise à mort mais au repli, il exterminera cette vermine en temps voulu, quitte à composer avant de le couler vivant dans une bétonneuse. Entre crapules tous les coups sont permis, l'essentiel étant de tirer le premier. Sous son air mauvais apparaîtrait presque celui d'une baby-sitter se dessillant les yeux. Aux Césars du trompe-l'œil, Mohamed Aboubakr al-Din se verrait décerner à coup sûr le prix spécial du jury.

Passant du vitriol à l'eau de rose, il dit qu'avant que le smartphone ne livre ses secrets aux policiers, et que le menu fretin ne se mette à table – allusion faite à Youssef –, ils auront changé de planque. Ce qu'il ne dit pas, c'est que s'il y en a un qui n'a pas envie de mourir en moudjahid, c'est bien lui ! Il a beau être plus prédateur sexuel qu'ascète, la promesse de soixante-douze houris l'attendant au paradis pour pratiquer l'acte honteux sous les hospices de Dieu ne lui a jamais fait péter les plombs au point d'aller s'estropier en martyr. L'émir s'en bat les burnes, de ces sornettes. D'ailleurs, faut être sacrément crédule pour les gober.

Décontenancé par le calme de Mohamed, Tariq, mine austère et neurones en fusion, retourne à son tapis de prière. L'émir engloutit trois chocolats, récupère son portable sous un oreiller, et compose le numéro de l'imam Abdelkrim Aallaa. À défaut de lui vriller les tympans, le signal émis par l'absence de connexion lui donne envie de bouffer l'appareil. Pensant s'être trompé, il réessaie, sans succès. Saloperie d'imam qui, sentant son espèce menacée, est parti planquer son cul à une adresse inconnue !

Au bord du gouffre, l'émir partirait bien en vrille, mais la raison le contient. Il réfléchit, engloutit deux autres chocolats, puis tape le numéro de Mariam, strip-teaseuse de son état, qu'il baise à l'occasion contre rémunération. Se poser chez elle, voilà l'idée ! Laisser passer l'orage puis aviser. Mariam ! L'émir ne sait si c'est sa queue ou sa capacité à rebondir qui la lui a mise à l'esprit, mais ce dont il est certain, c'est qu'elle n'est pas dans les radars de la DGSI, il n'a donc pas à craindre une perquisition en pleine nuit. Content de lui, il sourit…

# II

# 1

Assis sur un banc du parc Güell, le père d'Alex contemple Barcelone et la Méditerranée. Levé tôt comme chaque jour, il promène son regard bleu glacé sur les toits de la cité. Dévasté par ce que Driss, son ami et complice resté à Paris, lui a transmis la veille au sujet du danger encouru par sa fille, il s'imprègne du calme des lieux pour y greffer ses pensées et faire le point sur ce qui n'a rien d'un canular. Le soleil matinal scintille sur les mosaïques recouvrant les édifications de Gaudí. Peu fréquenté à cette heure matinale, le parc lui tient lieu d'oasis. Aussi discret que précis dans sa cavale qu'il l'est pour monter aux braquages, le père d'Alex vérifie une fois de plus qu'aucun policier ne le trace. Tandis qu'il regarde la ville sortir lentement de sa torpeur, la rage s'insinue en lui. Elle exalte l'amour qu'il éprouve pour Alex et lui insuffle une énergie farouche.

Sa fille en péril… Cette simple évocation ricoche dans tous les recoins de son esprit. Sans se préoccuper de savoir si ce qu'il va entreprendre provoquera sa chute, il s'élance sur le fil funambule qui les relie depuis qu'elle est née. Désormais deux seules choses comptent : la mettre à l'abri et traquer les raclures qui la menacent. Son ami lui a recommandé la prudence, ne pas se jeter dans les mailles du filet sur un coup de sang. La prudence ! La prudence quand des enfoirés déposent un cadavre chez Alex ? La prudence quand ces fils de pute saccagent son appart et menacent sa vie ? Loin de le rendre imprudent, ce qu'il ressent galvanise sa détermination. D'accord, il est en cavale, et alors ? Ce n'est pas incompatible avec la traque dans laquelle il va se lancer. Comment pourrait-il se réconcilier avec lui-même s'il laissait sa fille seule face au danger ?

Son regard dérive sur les allées du parc ; il savoure l'atmosphère inégalable qui s'en dégage, puis se lève et se dirige vers les trois croix plantées au sommet du Turó del Calvari. Libre-penseur débaptisé, il s'arrête devant la crucifixion du Christ, sourit aux voleurs qui l'ont suivi malgré eux au Golgotha, et songe à la dictature des religions, à leurs artifices, à leurs démons, et à ce foutage de gueule récurrent qui le rattrape à travers Alex. À cet instant précis une loi lui vient à l'esprit, la seule qui dans certains cas vaille… la loi du talion.

Quittant le parc, il remonte la fermeture Éclair de son blouson, enfile son casque, ses gants, enfourche son scooter et prend la direction de la Ronda del General Mitre pour rejoindre la place de la Reina Maria Cristina. La circulation fluide lui permet de descendre en centre-ville sans encombre et d'arriver sur la Rambla, où Paco, un Catalan de souche et complice de longue date, lui a loué un logement. Par précaution, il change de quartier chaque semaine. À Barcelone depuis un mois et des poussières, il a eu tout loisir de sillonner la ville, de se repérer dans ses ruelles médiévales, de rouler sur ses boulevards, de parcourir son front de mer, de visiter ses musées. À peine est-il frustré de n'avoir pu profiter de la plage baignée de soleil, mais quand on a le corps lesté par une arme, la sieste sur le sable est déconseillée.

Ce matin, il n'a pas le goût aux périples touristiques. Il ne pense qu'à franchir la frontière, mettre Alex à l'abri, abattre les obstacles dressés entre lui et les déchets qui ont rendu anxiogène l'air que respire sa fille. Et puisqu'il sera sur place, pourquoi ne pas en profiter pour braquer le fourgon blindé sur lequel Driss et lui ont accroché leur prochaine cible ?

Il béquille son scooter en épis le long du trottoir parmi des dizaines d'autres. Autour de lui la vie reprend ses droits sur les fantômes de la nuit. Les trottoirs s'animent, la circulation se fait plus dense. Livreurs et automobilistes s'invectivent selon le rituel du chacun pour soi. La guérilla urbaine commence souvent pour une place de parking, la working class manque d'empathie pour ses congénères. Le père d'Alex méprise ces comportements. Quand on ne vit pas en zone d'inconfort, pourquoi se complaire dans des rapports délétères ? Pourquoi l'honnête homme, libre de surcroît, s'acharne-t-il à transformer son espace en arène ? Au diable vauvert, la farce du bien vivre ensemble ! Il a d'autres préoccupations en tête. Une jolie brune le frôle, leurs yeux se sourient, pas le temps de l'apprivoiser, elle disparaît dans une rue et l'instant d'après il est remonté sur le ring de l'existence. Un véhicule de la police de Catalogne descend la Rambla au ralenti. Ses occupants scannent les piétons, leurs regards se fixent sur lui, il les soutient en marchant calmement, habitué qu'il est à être constamment sur le fil du rasoir. Deux moines bouddhistes coupent leur trajectoire ; distraits, les patrouilleurs poursuivent leur route. Lui sourit intérieurement : il n'aura pas à sortir le Browning Hi-Power qu'il porte sous l'aisselle droite dans un holster huilé et ajusté à une prise en main rapide. Finalement, on est toujours prisonnier de ses choix, mais peu lui importe. Il ne se défausse pas de celui qu'il s'est choisi, ne se demande jamais s'il se serait accompli en homme au foyer, ne s'imagine pas évoluer sous le vernis de la normalité, ne s'invente pas d'excuses et ne compte pas sur la chance pour éviter d'être touché-coulé quand son heure viendra.

Il s'arrête, repère un buraliste, entre et achète trois cartes téléphoniques à 12 euros. Il ressort, traverse et se dirige vers le cockpit d'un téléphone public. Il est en avance, Driss peut-être aussi, poireautant déjà près de l'appareil dont il lui a communiqué le numéro la veille. En changer régulièrement, pas de portable, ne se fier qu'aux téléphones d'un restaurant, d'une station-service, d'un café, d'un hall d'hôtel dans lequel on ne dormira pas. Le b.a.-ba des mecs qui veulent durer. Après tout, l'homme des cavernes a survécu à l'absence de portable.

Encore quelques minutes de patience… Des yeux le père d'Alex balaie les alentours, remarque un couple obèse se bâfrant de gros sandwichs à la sauce dégoulinante. Un type en fauteuil roulant discute âprement avec deux agents de la police touristique. Sur son tee-shirt, une Vierge Marie faisant un doigt d'honneur. Le bruit caractéristique des Harley-Davidson fait se tourner quelques têtes. Cinq Hells Angels, la gueule chiffonnée, descendent la Rambla. Un chien noir de race indéterminée mais au culot indiscutable vient de piquer un croûton de pain à un SDF qui le course en le traitant de saloperie d'avorton. Une vie de chien pour une vie d'homme ? Dilemme pour les partisans du droit de manger à sa faim. Le voleur doit-il être euthanasié pour sa rapine ?

Un coup d'œil à sa montre ; c'est l'heure, il entre dans la cabine, s'empare du combiné, glisse une carte et compose le numéro. Driss décroche. Quelles nouvelles de sa fille ?

— Aucune, mais les médias ne parlent que de ça. La piste d'islamistes radicaux se confirme, comme le mobile du meurtre du gamin. Il leur avait piqué le fric de leur racket, de là à ce qu'ils s'imaginent qu'Alex a l'argent…

— Comment peuvent-ils conclure ça ?

— Aucune idée, mais s'ils se sont pointés chez elle, c'est forcément qu'un élément les y a guidés.

Driss résume. Bilan de ces derniers jours, deux morts en plus du gosse, deux arrestations, les stups, la criminelle et la section antiterroriste sur le coup, mais pas sur la même fréquence.

Le père d'Alex réfléchit.

— Tu n'avais pas laissé un message à Alex pour qu'elle te rappelle ?

— Si, à la brasserie, mais les serveurs se sont fait démolir par des fachos, l'un est mort, l'autre à l'hosto, va savoir ce qu'ils ont fait du message.

— Quel rapport avec les islamistes ?

— Aucun, une rixe à la con, trois skinheads bourrés assoiffés de sang.

— Il faut retrouver Alex, vois du côté de sa mère ou de son amie Louise.

Driss lui rappelle qu'elle est sûrement sous surveillance policière, qu'elle n'est donc pas en danger immédiat.

— Tu crois vraiment que les barbus se soucient des flics s'ils veulent arriver à leur fin ?

Driss garde le silence.

— Tu la localises et moi je rentre. Paco m'accompagnera. Préviens le Gitan, on aura besoin de lui.

Driss le coupe :

— Qui te dit qu'il marchera ?

— Il a toujours marché, et tu lui dis que, dès que j'en aurai terminé avec ces salopards, nous montrons au fourgon.

— Que *nous* en aurons terminé, précise Driss.

— Oui, que nous en aurons terminé… J'en ferai autant pour chacun de vous.

— On le sait.

— On se rappelle quand ?

— Demain, au numéro suivant…

Le père d'Alex compose un second numéro. Paco décroche. La conversation sera brève : ils remontent sur Paris demain. À Paco l'intendance, pas de surcharge, ils voyageront léger ; lui s'occupe de l'itinéraire ; ils se retrouvent à 6 heures derrière le marché de la Boqueria.

Avec Paco, ce qu'il y a de bien, c'est qu'il ne discute pas, fait confiance et assure. Paco, un seigneur dans son genre. Un sens aigu de l'amitié virile, du sang-froid à revendre, une tombe en garde à vue, le culte du silence et celui des morts. Deux fois condamné, jamais d'aveux. Des bonnes manières et toujours un mot gentil pour les dames, un immense respect pour celles de ses amis, et un pilier pour assurer les arrières sur les braquages. Paco… pas le genre à rester devant une porte en attendant qu'on la lui ouvre. Une valeur sûre par les temps qui courent.

Flâner sur la Rambla en réfléchissant à son retour à Paris. Si ce n'était le danger encouru par sa fille, le père d'Alex serait presque heureux de changer d'air. Barcelone commence à l'étouffer. En fait, tout l'étouffe rapidement. À peine posé, besoin de changements ; à peine rassasié, besoin de repartir en chasse ; à peine sécurisé, besoin de se shooter à l'adrénaline. Paris demain, se fondre dans le décor, ne pas faire de vagues, retrouver Alex et la mettre à l'abri, puis bosser sur deux tableaux, les déchets de Daech et le fourgon.

Il esquisse mentalement les croquis préparatoires de ces actions. Il sourit en se disant qu'avec Driss, Paco, le Gitan et lui sur les endos, les connards qui s'en sont pris à sa fille vivent désormais à crédit. Daech, sans déconner ! En admettant qu'il s'agisse d'affiliés à cet État de massacreurs, de mercenaires, de petites frappes, de pointeurs, de bâtards et d'abrutis en mal de puissance, en s'attaquant à Alex ils sont tombés sur plus sale fer qu'eux. À chacun son bain de sang, et à l'abattoir on y verra plus clair…

## 2

À plus d'un millier de kilomètres de la Rambla, dans les locaux de la section antiterroriste, les gardes à vue tirent à leur fin. Quatre-vingt-seize heures et pas un mot n'est sorti de la bouche d'Hamid Bensalli. Il n'a revendiqué que son allégeance à Daech au moment de son arrestation et depuis, silence total. Il a refusé les sandwichs pourtant halal et les boissons, ne buvant que l'eau au lavabo lors de sa toilette. Les spécialistes travaillent sur son ordinateur et sur son portable. Son entourage a été embarqué, certains relâchés, d'autres toujours dans les locaux de la SAT. La brigade des stups a transmis tout ce qu'elle a sur lui. Les services de l'administration pénitentiaire ont fait de même, livrant un rapport détaillé de ses deux passages en détention, où il n'était pas repéré comme radical. Les policiers voient le temps leur filer entre les doigts. Rien ne fonctionne avec ce mec, et comme la torture n'est ni dans leur manuel ni dans leurs attributions, ils le ramènent une fois de plus en cellule. Là, il les toise, l'œil enflammé, crache sur le mur, puis se retourne et s'agenouille pour la prière. Son avocat, maître Yaacov Zeev, commis d'office, n'a pas vraiment noué le contact. Il quitte les locaux en frissonnant malgré la chaleur de cette fin d'après-midi estivale. Rarement il aura vu posé sur lui un regard chargé de haine et de menaces aussi palpables. Comparées à ce client, les Gorgones qui lui faisaient si peur dans son enfance relèvent de la bande dessinée.

La frustration des limiers de la section antiterroriste est toutefois nuancée par les aveux de Youssef Hichaïm, propulsé bien malgré lui en orbite dans la sphère du terrorisme international. Du coup, il en dit tant que le lieutenant chargé de retranscrire son interrogatoire doit le freiner pour suivre.

— Fracturer des serrures, oui, se servir chez le particulier, oui, mais s'immerger dans les meurtres, les bonbonnes de gaz et tout le tintouin, ça, non !

— Ben si ! lui rétorquent les enquêteurs.

— Non, se défend Youssef, qui admet un manque de clairvoyance dans ses relations.

Pour se dédouaner, le cambrioleur discret se mue en moulin à paroles. Il est si intarissable, Youssef, que les policiers avanceront sa pause déjeuner pour souffler. Ils lui proposent des sandwichs hallal. Surtout pas ! Il veut des sandwichs du terroir, un jambon-beurre-cornichons, et un autre au sauciflard, et une bière, mais pas sans alcool, c'est bien la preuve qu'il n'a rien à voir avec les enculés qui l'ont mis dans cette galère. D'accord, il est musulman, mais attention ! il ne fait ni la prière, ni le ramadan, ni l'apologie du terrorisme sur Internet. C'est une preuve de plus qu'il n'a rien à voir avec ces enculés. D'ailleurs, il coopère, et là, si ce n'est pas la preuve des preuves qu'entre ces enculés et lui il y a autant de différences qu'entre un couvent de bénédictines et un bordel, c'est à se demander si les flics n'ont pas la tête dans les nuages pendant qu'il s'embourbe dans la merde. Les flics en question se retiennent de lui scotcher la bouche et d'aller s'en fumer une.

Au ministère de l'Intérieur, on suit l'affaire d'heure en heure, des résultats sont attendus avant la prochaine éclipse. Dominant leur allergie épidermique à ce genre d'individus, les officiers poursuivent l'audition. Tout ce que Youssef leur livre s'inscrit sur le disque dur du lieutenant Pierre Askyil, surnommé Chopin par ses collègues pour sa dextérité au clavier. Youssef balance Tariq, Moussa, Ali, Mohamed Aboubakr al-Din et l'imam Abdelkrim Aallaa. D'après ce qu'il sait, c'est l'émir qui a tué le type dont le cadavre était dans l'appartement. Il en fait un portrait de sadique psychopathe filant les jetons à tout le monde, ce dont Chopin et ses collègues, revoyant le corps martyrisé de Ludo, ne doutent pas.

Youssef raconte et en rajoute. Après son arrestation, il n'était pas resté au quai des Orfèvres. À peine le temps de se préparer à être mal logé pour un certain temps, à peine le temps de maudire cet enculé de Tariq et toute sa bande, à peine le temps de faire trente-trois allers-retours dans la cellule, que d'un coup les verrous claquaient et des mecs encagoulés l'embarquaient direct pour Levallois-Perret. Lui qui comptait se défendre en arguant qu'il n'était qu'un casseur de passage a dû se rendre à l'évidence : ce n'est pas du chloroforme que les flics ont dans la cervelle mais bel et bien des méninges 100 % mathématiciennes. Conséquence : eux jouent aux échecs quand lui apprend à jouer aux dames.

Chopin le ramène sur terre en lui demandant où il rencontrait tout ce beau monde. Youssef fronce les sourcils. Instinctivement, il se méfie de la question et répond qu'il ne les rencontrait pas, ce sont eux qui le rencontraient en l'appelant pour un rencart. Chopin compatirait presque tant la mine déconfite de Youssef fait peine à voir. Le beau gosse n'a plus qu'une gueule de criquet auquel on aurait arraché les boyaux avant de le croquer vivant.

Chopin regarde sa montre, il interrompt l'interrogatoire et fait reconduire Youssef dans sa cellule, où on lui apportera deux sandwichs 100 % mécréants et une bière 100 % sans alcool. L'interrogatoire reprendra dans une heure, puis, sur ses indications, un spécialiste établira le portrait-robot de chacun des suspects.

De leur côté, l'émir et Tariq rassemblent arsenal, tapis de prière et effets personnels à l'arrière d'un Kangoo ayant appartenu à Moustapha Mossoul, paisible épicier racketté, comme bien d'autres qui, par crainte de représailles, ne portent pas plainte. Contactée, Mariam est d'accord pour les héberger contre 2 000 euros la semaine. Affaire conclue.

Faisant le tour de l'entrepôt, Tariq repère le portable de Ludo abandonné près du brasero. Il le ramasse et consulte la liste des contacts. À la lettre A, Alex ! Dieu soit loué, le Tout-Miséricordieux, le Très-Miséricordieux vient de lui éclairer l'esprit. Grisé par l'euphorie, il en oublie ses griefs envers l'émir et court lui rendre compte. Zieutant Tariq à la dérobée, Mohamed Aboubakr al-Din digère l'info. Comment ont-ils pu être aussi cons ? Même la larve d'un ver aurait commencé par éplucher la liste des contacts…

# 3

À l'arrière du taxi qui la ramène chez Louise, Alex laisse dériver ses pensées vers Ludo, ses embrouilles perpétuelles, sa gouaille de caillera, ses envolées politiques, sa dégaine d'antihéros, son sketch du rappeur insomniaque dévorant le dico et le mâchonnant méticuleusement pour tuer le temps. Cent fois il le lui a interprété, cent fois elle a ri aux larmes. Ludo l'avait apprivoisée, et l'ampleur du désastre dont elle commence réellement à prendre le pouls la ramène au sac à dos et à son père. À coup sûr, quand il saura, sa question sera : pourquoi t'es-tu embarquée dans cette galère, crois-tu vraiment que ce Ludo en valait la peine ? Alex ne s'est pas embarquée, nuance, on l'a embarquée. Et à propos de Ludo, je vais te dire un truc, papa : oui, il en valait la peine, et il valait mieux que cette meute de chiens qui l'ont déchiqueté !

Son père, elle n'est même pas sûre de savoir où il est. Aux dernières nouvelles, il était relax au vert. « Ne t'inquiète pas, tout baigne », lui avait dit Driss le mois dernier.

Un mois déjà et elle n'a plus de nouvelles de Driss. Le retrouver pour parler de son père, puisqu'il est le seul à pouvoir le contacter. Quand Driss appelle Alex pour qu'il la rejoigne, ça relève du stratagème. « À malin, malin et demi », lui martèle-t-il à propos des filatures. Alex adore ce jeu de ruses habiles. Elle claque 10 euros pour entrer dans un cinéma, en ressort aussitôt par une issue de secours et court vers le métro le plus proche, monte dans la rame juste avant que les portes ne se referment, change trois fois de station, pénètre dans un grand magasin bourré de monde, traîne au rayon dessous féminins le temps de repérer le flic qui y perdrait ses moyens, puis disparaît, saute dans un taxi et fonce au Centre Pompidou, à la tour Eiffel, à la Cité de la Musique, au palais de Tokyo ou carrément à la Sorbonne. Driss n'a pas son pareil pour brouiller les pistes, et quand elle lui dit : « C'est bon, ils ne vont pas passer leur vie à me suivre », sa réponse est cinglante : « Une imprudence pourrait me coûter aussi cher qu'à ton père. » Alex en convient, c'est pourquoi, dès qu'il la contacte, elle enfile ses baskets et obéit scrupuleusement aux consignes.

Tandis qu'elle se souvient de ses courses folles dans Paris, un projet germe en elle. La prochaine fois, elle exigera de rejoindre son père. Tant qu'à se cacher, autant que ce soit près de lui. Un sourire se dessine sur ses lèvres.

Son taxi a quitté les Maréchaux, emprunté les quais et la dépose à destination, quand elle se rend compte qu'elle n'a pas d'argent pour régler la note, et pour cause, puisqu'ils l'ont emmenée au saut du lit. Le chauffeur, qui a l'air d'un brave type revenu de tout, hoche la tête.

— Je monte en chercher et reviens vous régler.

Pas le choix, il met les warnings et, espérant ne pas se faire arnaquer, pianote sur son volant. Une Audi A8 grise passe lentement à sa hauteur. L'œil affûté du taxi l'avait repérée. Alex grimpe chez Louise, la tape d'une trentaine d'euros et redescend. Tout en l'encaissant, le chauffeur lui confie qu'ils étaient filés depuis sa prise en charge.

— L'Audi garée un peu plus haut, sûrement un véhicule de police.

Alex regarde en direction de l'Audi.

— À quoi vous voyez que c'est la police ?

— Au pare-soleil droit relevé malgré le soleil, c'est là qu'est placée la plaque police. Mais ce que j'en dis…

Feignant de s'en étonner Alex hausse les épaules puis remonte chez Louise. À l'intérieur de l'Audi, deux sous-officiers de la SAT ont suivi la scène dans les rétros. Peu importe qu'elle détecte leur présence : la pression exercée par une filature fait parfois commettre des erreurs aux suspects. En ce cas précis, surveillance et protection étant leur mission, ils s'adapteront et sauront se faire oublier pour mieux réapparaître…

Assise sur le tapis, dos contre le canapé et portable en main, Alex consulte sa liste d'appels. Sa mère à plusieurs reprises, des copains et son boss. Louise lui sert un thé puis s'installe en tailleur près d'elle.

— Raconte, ton interview, c'était comment ?

— Interrogatoire, pas interview.

Alex lève les yeux et croit apercevoir la silhouette de Ludo dans les rais du soleil se propageant dans la pièce. Elle repose son portable et regarde Louise en prenant sa tasse de thé.

— Cool, ils ne m'ont ni fouillée, ni mise en cellule, ni confrontée à des méchants comme dans les séries télé, et ils m'ont rendu mon portable.

S'ensuit un condensé de l'interrogatoire parfois interrompu par Louise, qui se rêvait avocate avant d'admettre que les études de droit n'étaient pas faites pour elle. Les études tout court non plus, d'ailleurs, à l'exception des Beaux-Arts. Constat partagé par Alex qui, adolescente, se voyait plus en artiste underground, voire en Mata Hari, qu'en femme savante ou lécheuse de vitrines.

— Aucune allusion à ton père ? questionne Louise.

Alex réfléchit ; en effet, ils ne l'ont pas évoqué, et elle ne s'en est pas étonnée. Sans doute parce qu'elle a décliné son état civil, nom du père, de la mère, date de naissance, etc., sans qu'ils saisissent la balle au bond. Ludo, ses relations, le sac à dos, voilà ce qui les intéresse. Et puis son père n'est pas terroriste, pourquoi le connaîtraient-ils ?

— Ludo non plus, pourtant ils le connaissent, remarque Louise.

— Ils viennent de faire sa connaissance et il n'était pas très présentable, lui rétorque Alex qui, depuis qu'elle connaît Louise, se demande dans quelle partie de son cerveau se loge tant de candeur.

Elle se lève et s'éloigne dans la chambre pour appeler et rassurer sa mère, ce qui ne sera pas une mince affaire. Présumant qu'elle est sur écoute, elle balaie la curiosité de maman et réduit la conversation au strict minimum. Mais maman suit les infos, elle s'accroche au moindre détail et veut qu'Alex revienne. Comme si sa mère pouvait la protéger ! Tout va bien, la police assure sa protection, elle a même traversé

Paris comme un haut dignitaire avec sirènes et gyrophares. Maman lui arrache une promesse :

— À la moindre alerte, tu reviens.

— Promis.

Et patati et patata… Maman raccroche, à moitié rassurée.

Dans la foulée Alex appelle son boss, patron du pub irlandais où elle travaille cinq soirs par semaine. Il lui propose d'aller se reposer en Bretagne, où il possède une maison, ou carrément en Irlande, où il a toujours ses attaches dans la région de Cork. Touchée par cette sollicitude, Alex le remercie. Son boss est un type bien, un Irlandais pure souche, amateur de whisky single malt, descendant de trois générations de bootleggers dont il revendique le sang. Au courant de la cavale de son père, il lui avait confié que, si l'envie lui prenait de se mettre au vert en allant respirer la campagne irlandaise, ses tourbières, ses distilleries, goûter les tripes et le pied de porc de Cork, il lui trouverait un refuge discret. Touchée, Alex !

Elle rejoint Louise qui, vêtue d'un tee-shirt blanc et d'une salopette mauve, s'attaque à une toile en écoutant Bruce Springsteen interprétant *Dancing in the Dark*. Alex a faim, elle se dirige vers le frigo, l'ouvre et, comme d'habitude, à l'exception de bouteilles de lait et de yaourts bio, il est gavé de vide. Alex en conclut que Louise doit se nourrir de peinture à l'huile. Sa mère la rappelle :

— As-tu besoin d'argent ?

— Non, j'ai vendu deux tableaux la semaine dernière et j'ai mon salaire, c'est bon… Bisous.

Laisser la conversation se réinstaller, c'est à coup sûr se faire tirer les larmes avant que sa batterie soit à plat. L'argent ! Sa mère a été bien inspirée de lui en parler, ça fait tilt côté hémisphères cérébraux. Dans lequel ? Alex serait incapable de le dire, mais ça lui cause. Argent égale sac à dos, sac à dos égale source de drame, mais aussi source de revenus au cas où elle devrait disparaître un certain temps. Ce qu'elle n'imaginait pas faire il y a quelques jours, elle le fera, compte tenu du martyre qu'ils ont infligé à Ludo. Elle ne s'appropriera pas le contenu du sac ; elle en utilisera une partie si besoin, quant au reste, elle le distribuera aux nécessiteux, comme Ludo l'aurait probablement fait, mais en aucun cas les salopards qui l'ont tué n'en reverront la couleur. Alex n'a pas le gène de l'entourloupe, elle est juste déterminée à venger Ludo.

Le sac à dos, il est temps qu'elle aille vérifier s'il est toujours là où elle l'a déposé. Elle quitte l'appartement en disant à Louise qu'elle va acheter de quoi survivre. En claquant la porte elle l'entend crier :

— Mais il y a du lait et des yaourts dans le frigo !

Indécrottable Louise, qui a dû découvrir la vie dans un pot de yaourt et ses vertus au fond d'une bouteille de lait.

En cette fin d'après-midi, Paris est assommée par une chaleur de plomb. Dans leur Audi, les policiers cuisent à petit feu. Vitres ouvertes, ils patientent. Alex apparaît dans leurs rétros. Action réaction, ils passent du mode veille au mode actif, leurs yeux balayant les alentours à trois cent soixante degrés. Voyant Alex partir vers la rue Vieille-du-Temple ils sortent, empruntent chacun un trottoir et lui emboîtent le pas. Alex replonge dans son quartier le cœur empli de ressentiments. Incapable de déterminer d'où peut provenir le danger qui la menace, elle est rassurée par la présence des policiers. Elle traverse la rue Vieille-du-Temple, s'engage dans la rue Sainte-Croix-de-la-Bretonnerie, et se réjouit à l'idée de retrouver Kalid Kabir, l'épicier arabe avec lequel elle a noué des liens de confiance et d'affection.

Tout en marchant elle se promet d'aller rendre visite à Manu à l'Hôtel-Dieu et de contacter le patron de la brasserie pour les obsèques d'Antony, auxquelles elle aimerait assister. Idem pour Ludo : appeler ses parents pour savoir où et quand il sera inhumé, même si cette seule idée déplaisait férocement à Ludo. Elle se souvient de ses fanfaronnades clamées avec morgue à propos de sa mort et de ses funérailles : « Je choisirai le jour, l'heure et l'endroit de ma fin, qui sera sans failles ! » Son funeste projet reposait sur deux options scotchées sur des brochures de réserves animalières. La première, être dévoré par des lions ; la seconde, être avalé par un anaconda. Quid des faire-part et de ses restes ? Ludo n'imaginait ni pourrir à plus ou moins long terme dans un caveau ni être stocké dans une urne funéraire. Un voile gris bleuté flotte dans le regard d'Alex, qui sent affleurer une larme…

# 4

Dans les locaux de la brigade criminelle, le capitaine Denis lit le rapport du lieutenant Lacour, qui a interrogé Alex sur la scène de crime. Il ne s'attarde pas sur le procès-verbal relatant la rixe mortelle de la brasserie, les skinheads sont bouclés et promis aux assises. Il passe rapidement sur l'arrestation de Youssef Hichaïm et sur la mort d'Ali et de Moussa, dont les identités ne sont pas encore connues. Ce pan de l'affaire étant entre les mains de la SAT, il se concentre sur Ludo Nolan, dont il se demande comment ses meurtriers lui ont mis la main dessus aussi vite, alors qu'un avis de recherche était diffusé sur tout le territoire et que les services ont fait chou blanc. Et puis il y a cette Alex Talisker… Ce nom lui dit quelque chose. La brigade antiterroriste saisie de l'affaire, il pourrait passer la main, mais depuis qu'il a lu ce nom sur le procès-verbal, il cogite. N'en déplaise aux antiterroristes et à la DGSI, il chercherait bien quelle passerelle pourrait exister entre une oie blanche, un anarcho-gauchiste et des barbus, parce que, pour lui, le hasard ne règle pas tout. Les barbus alpaguent

Nolan, puis on les retrouve chez Mlle Talisker, tout est possible mais…

Alors qu'il se connecte au fichier des personnes connues et entre le nom d'Alex, le lieutenant Lacour, gueule réjouie du mec tombé sur une mine de palladium, franchit la porte de son bureau. Il exhibe le papier trouvé dans l'appartement d'Alex.

— Elle devait appeler quelqu'un à ce numéro, on a vérifié, c'est celui d'un cybercafé situé porte de Saint-Cloud.

— Et alors ? s'en étonne le capitaine Denis.

— Ce papier glissé sous la porte de son appartement, personne ne l'avait remarqué sauf un planton. Le mot est signé Manu, un des gars de la brasserie. J'ai fait un saut à l'Hôtel-Dieu, il confirme qu'il a pris le message au téléphone et que son collègue l'a glissé sous la porte.

— Ça nous mène où ?

— Vers son père. Le correspondant, un dénommé Driss, a insisté lourdement pour qu'elle appelle à propos de lui.

— Je ne vous suis pas…

— Driss, ça ne vous dit rien ?

Le capitaine Denis, qui déteste les devinettes, s'agace.

— Non, ça ne me dit rien !

À peine s'est-il exprimé que le nom de Talisker apparaît sur son écran.

Alex Talisker, fille de Marc Man, braqueur en cavale depuis plusieurs semaines, qui s'est barré lors d'un transfert au palais de justice d'Angoulême, où il devait comparaître pour une tentative d'évasion. Dès son arrivée dans la cour du tribunal, trois types cagoulés et armés de pistolets-mitrailleurs braquent l'escorte. Stupéfaite et désemparée, celle-ci libère le prisonnier. Pas un coup de feu, violence sèche… un coup de maître. D'entrée la brigade de répression du banditisme soupçonne Driss d'être l'un des braqueurs. Une semaine plus tard, ils le sautent à Roissy dès sa descente d'avion en provenance du Liban. Peine perdue : un parterre de témoins issus de sa communauté atteste qu'à cette date il assistait à un baptême à Tyr, sa ville natale.

Driss, maintes fois soupçonné, maintes fois disculpé. Côté face, il a une boutique de vêtements, est marié, père de deux enfants, et serait selon sa bellemère le gendre idéal. Côté pile, braqueur chevronné et insaisissable, ami et complice de Man. Des beaux mecs à l'amitié virile.

Le lieutenant Lacour poursuit :

— Si son père veut la contacter, c'est peut-être qu'il a eu vent des événements. Dans ce cas, les barbus n'auront pas que nous sur le dos.

— Un service est sur la fille ?

— L'Office central de répression du banditisme la filait périodiquement, mais elle a cassé leurs filatures à plusieurs reprises.

— On se remet sur elle et on laisse venir.

Lacour lui rappelle qu'elle relève de la SAT, plus de la criminelle.

— Et la rixe à la brasserie ? L'enquête nous appartient, Alex Talisker nous intéresse en tant que témoin, elle connaît les victimes, nous avons donc toute latitude pour la convoquer. Côté filatures, vous vous débrouillez.

Lacour parti, le capitaine Denis se rafraîchit la mémoire en parcourant le dossier Man. Quadra au visage boursouflé et aux oreilles décollées sur un physique de rugbyman, il déteste se sentir parqué sur une voie de garage. Donc si Marc Man pouvait mettre le bordel dans tout ça, ce ne serait pas pour lui déplaire. L'instinct lui souffle qu'avec ce mec et ses complices dans la course, ça peut secouer, et si ça secoue, son service sera de nouveau dans le coup.

CQFD !

# 5

Kalid Kabir, épicier de son état, accueille Alex bras levés au ciel et sourire affable. C'est dire combien il est soulagé de la revoir saine et sauve. Les rumeurs allant bon train, Kalid en a entendu des plus folles aux plus alarmistes se propager à la vitesse du guépard coursant la gazelle. Complice pour les uns, victime pour les autres, pas claire pour certains, innocente pour beaucoup, Alex est forcément impliquée dans ces événements. Kalid a fini par imaginer son petit bouton de rose, surnom dont il l'a affublée, détenue au secret à Fleury-Mérogis.

Kalid est un homme simple, respecté tant par sa communauté que dans l'arrondissement. Ouvert 7/7 jours de 8 heures à 20 heures, toujours prêt à rendre service, il travaille honnêtement, pratique sa religion en bon musulman et veille attentivement à l'éducation de ses trois enfants. Son épouse et leur fils aîné travaillent avec lui. Quand elle parle de son mari, elle n'est que louanges, précisant à ceux qui l'ont vu s'énerver au sortir de la mosquée où il prie le vendredi :

— Si mon mari perd son calme, c'est uniquement à cause des exactions commises au nom de Dieu par ces chiens d'intégristes.

Alex est toujours sensible au sourire bienveillant de Kalid. Elle le rassure, pour elle tout va bien. L'épicerie étant déserte, il lui demande si elle veut récupérer le sac qu'elle lui a confié. Alex ne veut pas lui attirer d'ennuis, mais s'il peut le garder elle viendra le récupérer plus tard. Kalid n'y voit pas d'inconvénient.

Il ne lui a posé aucune question à propos du sac qu'il a dissimulé où même les rats n'iraient pas, elle n'a donc pas à s'en faire. En regardant les informations, il a cru comprendre ce qu'il recélait, mais il n'a pas vérifié : on n'ouvre pas ce qui ne nous appartient pas. Si ce sac contient ce qu'il croit, la meilleure chose à faire est de l'ignorer.

Kalid ne craint pas de se cogner à la réalité. Ayant vu le jour dans un bidonville près de Sidi Bel Abbès, il a appris très tôt à côtoyer l'âpreté de la vie et à tourner en dérision les chocs subis sur les monceaux d'ordures à ciel ouvert constituant son terrain de jeu. Pour résumer, s'il n'a pas vérifié le contenu du sac, c'est que son petit bouton de rose a toute sa confiance. Pour le reste, en tant que croyant concerné par l'impôt obligatoire, il verse naturellement 2,5 % de son actif à sa mosquée, c'est son devoir religieux, mais s'il venait à l'idée de voyous de le racketter, ils en seraient pour leurs frais.

Son grand dadais de fils étant de retour, il demande à Alex ce qu'il lui sert. Melons, oranges, pommes, dates et figues. À quelques pas de l'épicerie, les sous-officiers de la SAT se fondent discrètement dans le paysage. Le mimétisme étant à leur profession ce qu'il est pour les carnassiers, comme eux ils se confondent avec l'environnement pour chasser sans attirer l'attention. Conscients de n'avoir pas échappé à l'œil d'Alex, ils n'en agissent pas moins comme la situation l'exige au vu des menaces pesant sur elle. Passer inaperçus, et tant pis pour les prédateurs qui jetteraient leur dévolu sur elle.

Alex réapparaît, bras chargés de sacs et regard buté. Elle n'en veut pas aux policiers de faire leur boulot, mais à la première occasion elle jouera les vilains petits canards et les sèmera.

À son retour, Louise lui tend un calepin.

— Tu dois rappeler Driss à ce numéro demain à 11 h 15 précises, il a insisté sur précises.

Génial ! Alex saisit le carnet, en arrache la feuille et sourit en voyant sa caricature croquée par Louise au bas du message.

— Au fait, c'est qui ce Driss qui a mon 06 ? questionne Louise.

— Un type qui m'a déjà acheté un tableau et m'en a commandé un autre. Je lui ai donné nos numéros parce que je ne sais jamais où est mon portable.

Explication oiseuse pour un esprit pratico-pratique mais pas pour Louise, qui avalerait le *Dictionnaire de pédagogie et d'instruction primaire* de Ferdinand Buisson si ça lui assurait l'accès sans efforts à un puits de science, contrairement à Alex, qui préfère poursuivre ses études en faisant l'école buissonnière…

# 6

À Brétigny-sur-Orge, Mohamed Aboubakr al-Din et Tariq s'apprêtent à quitter les lieux après avoir fait un brin de ménage. Tandis que Tariq s'assure qu'ils n'ont rien laissé de compromettant dans le hangar, l'émir jette un coup d'œil alentour. S'il ne tenait qu'à lui, il foutrait le feu à cet entrepôt, mais inutile d'attirer les flics. Après tout, Ali et Moussa connaissaient l'endroit, et comme ils ne peuvent plus parler…

Balayant de son regard charbonneux la gare de triage mitoyenne, il remarque des tags sur certains wagons, dont l'un représente Yasser Arafat et son célèbre keffieh. Du coup, l'imam lui saute à l'esprit. Aucun rapport avec le défunt président de l'Autorité palestinienne, mais le fait est là, et par ricochet il pense à Messaoud Messaoui. Il l'avait oublié, celui-là ! Garde du corps de l'imam Abdelkrim Aallaa, Messaoud les avait conduits ici. Une gueule de limande sur laquelle on aurait greffé une barbe rousse. Et sa tenue, tunique et pantalon tellement amples qu'il doit s'y agripper pour ne pas les perdre. Une promenade avec lui vaut à coup sûr un contrôle au faciès tous les 100 mètres.

L'imam s'est évaporé avec son Messaoud, va savoir si ça ne sent pas la fuite des brebis galeuses, parce, quand même, le Messaoud avec sa gueule de limande à barbe, ça n'inspire pas plus confiance que ça. Et l'imam, plus Mohamed y pense, plus il se dit qu'il y a anguille sous roche. Hamid Bensalli les fréquentait, il les voyait beaux comme des soleils, résultat : il se retrouve au trou et eux dans la nature.

L'émir va creuser l'histoire parce que, si sa mémoire est bonne, Hamid était avec Abdelkrim Aallaa et Messaoud la veille de son arrestation. Il parlait même de confier la zakat à l'imam. Merde alors, c'est quand même lui, Mohamed Aboubakr al-Din, qui a monté ce racket ! Alors faudrait pas croire qu'il a un cerveau de poisson et qu'il va se laisser baiser par l'imam et son Messaoud à la con ! Son racket, il en a mis 66 000 euros à gauche dans un garde-meubles, il a 13 000 euros sous la main et le sac à dos à récupérer. 270 720 euros, qu'ils avaient recomptés avec Hamid. Ce qui est sûr, c'est que l'imam ne les a pas, sinon il n'aurait pas à rechercher cette satanée garce.

Remonté comme une pendule, l'émir se met au volant du Kangoo, Tariq à la place du mort. Ce n'est pas qu'il aime conduire, mais il est un poil superstitieux, ces derniers temps, et comme Tariq n'a pas moufté quand il a pris l'initiative de conduire, tout baigne. Tout en roulant en direction d'Orly, où réside Mariam, l'émir réfléchit au moyen de mettre la main sur la maudite voleuse. Il demande à Tariq s'il n'a pas oublié le portable du branleur qui leur a piqué la zakat. Non, Tariq n'a pas oublié, mais il est déchargé.

— On le mettra en charge chez Mariam et on appellera la garce pour négocier, elle garde 10 000 euros et on l'oublie.

— Et si elle refuse ?

Mohamed Aboubakr al-Din balaie la question d'un geste d'impatience ; il n'a pas l'intention de négocier, la garce est condamnée.

Ayant emprunté la Francilienne, il appuie sur le champignon, le Kangoo rame. Il est pratique pour passer incognito, mais en cas de course-poursuite, on est mal barrés.

Cahin-caha ils avancent et, après trois quarts d'heure de route, ils se garent au bas de chez Mariam. Mohamed monte seul. Dans l'ascenseur qui l'emmène au treizième étage, il ferme les yeux et songe au cul de celle qu'il a maintes fois baisée, la payant avec l'impôt religieux. Ou comment célébrer les noces de la foi, du fric et du cul, selon lui. Un sourire de goinfre se dessine sur son visage. En érection sur le palier, sa tunique lui servant à peine de camouflage, il sonne, entend des talons claquer derrière la porte, se frotte le sexe. Mariam ouvre. Il lui adresse un sourire fielleux, auquel elle répond en le toisant.

— Vous ne deviez pas être deux ?

— Je suis venu en reconnaissance.

Mariam l'invite à entrer et s'avance dans le couloir pour lui montrer la chambre. Il en profite pour lui pincer les fesses, elle se retourne et lâche, méprisante :

— Bas les pattes ! On paie d'avance, comme pour le loyer.

Mohamed Aboubakr al-Din range ses pognes et lui répond qu'il en sera ainsi. Il a trop besoin de cette planque pour se laisser aller à ses penchants naturels.

Le gros méchant Mohamed rembarre provisoirement ses fantasmes. Il fait le tour du propriétaire, puis redescend chercher Tariq.

Lorsqu'ils entrent, Mariam est dans la salle de bains. Ils déposent leur barda dans la chambre puis reviennent au salon pour les présentations. L'émir prépare doucement Tariq au choc des cultures, lui rappelant que leur hôtesse est strip-teaseuse. La rencontre est glaciale. Tariq est suffoqué. Cette femme ose se présenter devant lui chevelure apparente et chemisier ouvert sur un soutien-gorge rouge, sa minijupe en cuir si courte qu'on voit quasiment son slip, sans parler de ses hauts talons stupéfiants. Et, comble d'impudeur, elle est outrageusement maquillée et a du rouge à lèvres plein la bouche ! Il se retire fissa dans la chambre, s'étouffe d'indignation et bombarde Mohamed de reproches avant de conclure :

— Pourquoi ne porte-t-elle pas le niqab ?

L'émir est sur le cul !

— On est dans un pays où les femmes s'habillent comme elles veulent.

— Mais elle pourrait au moins porter un foulard.

Tariq a la nausée ; s'il s'écoutait, il lui raboterait le crâne, à cette prostituée, puis il la fouetterait avant de la plonger dans l'eau bouillante. Il ne restera pas une nuit dans ce lieu de fornication et il en référera à l'imam. Que Dieu, le Tout-Miséricordieux, le Très-Miséricordieux lui vienne en aide et lui pardonne cette intrusion dans les latrines de la pornographie !

Il s'empare de son tapis de prière et du sac de sport contenant une carabine, un fusil de chasse à canon scié, un revolver Smith & Wesson 357 Magnum, et un pistolet Glock 17, puis s'apprête à sortir quand une enclume lui coupe le son et la lumière. Mohamed Aboubakr al-Din vient de lui coller un uppercut foudroyant sous le menton. La puissance du coup l'a mis knock-out.

L'émir l'observe du haut de sa masse. Visage hermétique, œil charbon noir, il se demande ce qu'il va faire de cette enflure. Tout en tutoyant ses démons, Mohamed sait qu'il ne peut pas s'en débarrasser maintenant. Rongeant son frein, il s'assied sur le lit, pose un pied sur le ventre de Tariq et attend son réveil.

Mariam frappe à la porte puis l'entrouvre pour leur annoncer qu'elle part pour la nuit. Voyant le tableau, elle s'emporte, exigeant qu'ils dégagent s'ils ne sont pas capables de se tenir correctement. L'émir la calme, prétendant que Tariq est épileptique et qu'il vient de faire une crise.

— Tout va bien, ma colombe, va en paix, nous serons plus discrets qu'un renard approchant un poulailler.

Mariam hésite, puis rebrousse chemin et quitte l'appartement. Son interruption a mis la colère de l'émir en sourdine, mais pas son énergie sexuelle. Le parfum bon marché dont elle s'asperge flotte dans la pièce. Mohamed sent la pulsion du désir lui brûler les veines.

Baissant le regard sur Tariq, il soulève son pied, palpe le corps inerte et se saisit du Coran enfoui dans l'une de ses poches. Tariq émet un râle rauque, remue légèrement et ouvre les yeux. Mohamed lui colle le Coran sous le nez et lui dit que c'est l'heure de la prière. Ensuqué, Tariq rassemble ses idées. Il secoue la tête, s'appuie sur les mains, tente de se redresser, mais le cerveau ne suit pas, il est comme bourré de somnifères, alors il renonce et se laisse retomber sur le dos. L'émir s'en délecte en ricanant. Quelques minutes seront nécessaires pour qu'il sorte des décombres du KO.

Tariq finit par se relever, soupire et s'empare de son Coran. L'esprit vaseux, il déroule son tapis de prière et, convaincu de voir Satan incarné par l'émir, il ferme les yeux et s'immerge dans sa foi. Il ne voit ni n'entend l'émir s'installer près de lui pour la prière. Répétant silencieusement la formule du *ta'awwuudh'* : « Je prends le refuge auprès de Dieu contre Satan, le maudit », il se jure de faire passer de vie à trépas ce démon de Mohamed Aboubakr al-Din. Puis, mains sur les genoux, il retrouve sa voix pour dire trois fois : « Gloire à Dieu tout-puissant », se redresse et poursuit : « Dieu, entend ceux qui Te louent. Ô Seigneur, louange à Toi. » Regardant l'émir à la dérobée, Tariq le fidèle se prosterne une nouvelle fois…

La nuit tombe sur Paris. Dans les locaux de la SAT, le lieutenant Pierre Askyil observe Youssef Hichaïm assis face à lui. Il sent qu'il a obtenu tout ce qu'il pouvait en tirer. Le radicalisme de Youssef est mort-né. L'appréhension d'une comparution devant les magistrats de la cour spéciale, la peur de la condamnation et la perspective d'années de taule l'ont essoré. Ne voulant pas servir de bouc émissaire, Youssef n'a pas lambiné sur les détails. Le lieutenant Askyil décroche son téléphone et demande une escorte pour le faire emmener au dépôt, d'où il sera présenté aux juges en vue de son inculpation. Quatre agents répondent à l'appel. Une fois de plus, les bracelets se referment sur les poignets de Youssef. Il sort tête basse, exténué par quatre-vingt-seize heures de garde à vue. Pour Hamid Bensalli, l'ultraviolent, une dizaine de policiers robocopés de la SAT étaient requis pour la même mission.

Pierre Askyil est satisfait : grâce aux aveux de Youssef, l'enquête devrait rapidement progresser, et avec un zeste de bol les interpellations suivront.

Avant de conclure son rapport, il relit un passage des auditions de Youssef. Selon lui, une bisbille entre un imam et l'émir de la bande serait à l'origine du rapt en pleine rue de Ludovic Nolan. Le point de désaccord : l'argent du racket. L'imam, soupçonnant l'émir d'en mettre à gauche, le faisait filer par un dénommé Messaoud Messaoui, lequel est fiché S dans leur radar. Bref, Messaoui colle aux basques de cet émir, le voit se rendre à plusieurs reprises dans un garde-meubles de la rue Vieille-du-Temple, et c'est en décrochant de sa filature qu'il aperçoit Ludovic Nolan, dont la photo est dans tous les médias. Insouciant, Nolan flâne rue des Francs-Bourgeois. Messaoui téléphone à l'imam, qui rappelle un dénommé Tariq, lequel, pour une raison encore inconnue du lieutenant Askyil, mais sans doute en relation avec le passage de l'émir au garde-meubles, rôde dans les parages avec les pitbulls abattus rue des Archives. Le temps de repérer Nolan, ils sont rue du Pas-de-la-Mule. La suite est connue. Les mecs n'ayant pas joué les ballerines, Nolan a dû en baver avant de rendre l'âme…

# 7

11 h 15, Alex est à l'heure, Driss décroche. La conversation, à quelques nuances près, a tout du monologue. Alex écoute, Driss explique, Alex stocke les infos. Son père sera à Paris ce soir, il est urgent de la mettre à l'abri.

— Je suis en sécurité, les flics ne me lâchent pas…

— C'est ton père qui décidera et, pour te donner une idée de son échelle de tolérance, il est remonté à bloc contre les enfoirés qui ont déclenché ce bordel.

En attendant, elle devra être hypervigilante, on n'est plus dans *Alice au pays des merveilles*. Le conte de fées ayant viré au cauchemar, elle ne devra rien négliger.

— Si ton père veut te récupérer, il faudra t'accrocher pour semer les flics qui te collent aux basques. Ne les sous-estime pas, ce sont des pros, une erreur et on se retrouve au trou. C'est clair ?

Ultraclair…

— Tu vis où ?

— Chez Louise.

— D'accord, profite de ta protection, fais du tourisme, balade-toi, mais sans les perdre. Le fric de ces mecs, tu l'as ?

Silence…

— Alex, ton père veut savoir.

— Oui…, murmure-t-elle à regret, non par volonté de lui mentir, mais sur ce point son père sera furieux et elle le sait.

— Il est en lieu sûr ?

— Oui…

— On en reparlera. Tu ne t'en approches plus, c'est clair ?

Ultraclair…

— Tu me rappelles demain à 12 h 45 précises, je serai chez Hanna.

— T'es malade ! C'est rue des Rosiers, tout près de chez Louise, tu veux déjeuner avec les flics ?

— Très drôle ! Tu vas déjeuner avec Louise au Frog & Rosbif rue Saint-Denis et tu m'appelles de là-bas.

— Mais pourquoi rue des Rosiers ?

— Pour flairer l'odeur de ton quartier et voir si on peut débusquer une des crapules qui s'en sont pris à ton petit copain. Alex, tant qu'ils sont dans la nature et qu'ils n'auront pas leur fric, ils ne te lâcheront pas, tu comprends ça ?

— Oui !

— Parfait, à demain.

Alex raccroche et cherche les policiers des yeux. Ses pupilles ne pétillent plus, son côté fleur bleue s'est évaporé, Alex a le cœur lourd, elle est inquiète et a du vague à l'âme…

Son père et Paco ont quitté Barcelone à l'aube à bord d'un Range Rover Evoque noir. Véhicule volé à Malaga, réimmatriculé à Madrid sur le principe de la doublette. Un autre véhicule non volé, même immatriculation, carte grise idoine, nickel chrome ça baigne, sauf pour son propriétaire, qui ignore qu'une doublette sillonne les routes sous son nom. Paco ne lambine pas sur la sécurité : si on vole une voiture, que ce soit pour une utilisation de plusieurs jours ou pour un braquage, on la rend clean ou on roule à bicyclette !

Ils ont longé la côte, ne s'arrêtant que pour prendre un petit déjeuner à Figueras, puis ont passé le poste-frontière sans encombre. Ensuite Perpignan, Narbonne, Béziers. À Millau ils se sont accordé un déjeuner rapide puis ont repris la route direction Clermont-Ferrand, Moulins, Nevers… Paris. Quatorze heures après avoir tourné le dos à Barcelone, ils arrivent à Sèvres, où Driss leur a trouvé un appartement dans un quartier résidentiel.

Ils entrent, déposent leurs sacs contenant des vêtements et des armes de poing en plus de celles qu'ils portent. Le frigo est rempli, les lits sont faits, serviettes et produits de toilette dans la salle de bains. La femme chargée de l'intendance n'a rien oublié. Bon point pour elle, qui touchera une prime.

Tandis que Paco file sous la douche et que Driss punaise un plan de Paris et de la grande couronne sur l'un des murs, le père d'Alex sort faire le tour de l'immeuble et des blocs avoisinants. Chaque faux pas du passé l'ayant conduit systématiquement au placard, il n'omet plus d'assurer ses arrières. Doté d'une imagination féconde et toujours pas cicatrisé de ses années d'incarcération, il sait que la moindre négligence pourrait lui coûter très cher, alors il scrute méthodiquement les environs, décortique les voies d'accès, inventorie les véhicules en stationnement et se dépouille de toute certitude en s'avançant dans le bois bordant l'appartement qu'il va occuper. Celui-ci étant situé au premier étage, il évalue la possibilité de fuite comme celle d'une intervention policière. Dans ces temps de repérages, que ce soit à propos d'une planque ou d'une cible à braquer, il se glisse dans la peau du chasseur et de la proie, s'installe dans une solitude totale et n'écoute que son instinct, affûté par l'expérience.

Quarante-cinq minutes plus tard, son ombre portée par les réverbères, il regagne le hall, s'arrête devant les boîtes aux lettres et en détaille chaque étiquette, puis prend les escaliers pour rejoindre Driss et Paco, qu'il retrouve en train de boire un verre. Sans un mot il s'engouffre sous la douche, ce qui vaut blanc-seing à Driss pour la location de cette planque. De retour dans la pièce, il aperçoit un verre fraîchement sorti du congélateur, posé près d'une bouteille de Jack Daniel's. Pour la première fois depuis plusieurs jours, Paco le voit sourire. Il se sert, s'assied dans un club et se dit tout ouïe pour écouter Driss faire le point au sujet d'Alex et de ces enfoirés. Sans une indiscrétion des flics ou des médias, ils ne seront pas simples à loger ; à émasculer, sans aucun doute, mais à choper… Le père d'Alex ne relève pas, écoutant Driss en regardant son verre de Jack. Cette fille chargée de l'intendance est top, elle a suivi à la lettre les consignes, il apprécie. Paco boit une bière, Driss de l'eau.

Trois coups brefs contre la porte, puis deux annoncent l'arrivée du Gitan. Une gueule taillée au couteau, des cheveux ailes de corbeau sur une peau mate, des yeux d'un bleu Klein, et un cou robuste planté sur un corps musclé, il offre la vision du mec imperméable à tout, sauf qu'il est lettré et possède un don transmis par son père, un don saisissant qu'il n'utilise qu'à bon escient.

Le père d'Alex l'a connu en taule. Se côtoyer dans l'obscur crée des liens, les leurs tournaient autour de la littérature et de la salle de musculation, où ils n'allaient pas par faiblesse narcissique, mais pour se tenir en forme et être prêts à escalader les murs.

Le Gitan salue ses amis puis se pose sur un sofa. Il n'a pas soif, ne s'attardera pas. Il leur livre un 4 × 4 Crossover Mercedes noir, immatriculé en doublette. Il repartira avec le Range, qu'il fera réimmatriculer.

— Parle-nous du fourgon, lui demande le père d'Alex.

— Convoyeurs figés dans leur posture de cowboys. J'ai repris les filatures depuis vingt-trois jours, itinéraire inchangé, ils commencent toujours par la même agence et enchaînent les succursales en jouant les méchants. Ils sont tellement sûrs d'eux que la gueule enfermée dans un sac plastique, ils ne flaireraient pas le danger.

Le père d'Alex enregistre et cogite. Driss écoute en souriant, quant à Paco, il voit déjà leur notoriété de « beaux mecs » faire la une des journaux. Avec eux, ni bruit ni fureur, ni brutalité ni déflagration, ni blessé ni mort. Leur approche, quoique prédatrice, est subtile. Les flics s'avouent bluffés. Le revers de la médaille : ils signent chacun de leurs braquages.

S'adressant au Gitan, le père d'Alex demande s'il est toujours en cheville avec son vétérinaire et s'il peut les approvisionner en Special K, poches de sang et seringues. Pas de souci, l'argent fait des miracles, en tous domaines le fric est un sésame. Le Gitan monnaiera donc quelques doses de kétamine et le sang d'un animal.

— Pour la dose, précise que ce n'est pas pour endormir un cheval mais un bonhomme, et ça doit agir vite. Mais qu'on ne se retrouve pas avec des complications respiratoires ou une défaillance cardiaque. Et tu lui dis qu'on n'aura pas le loisir de lui relever une manche pour lui faire une intraveineuse, ce sera en intramusculaire.

— Pigé, dosage adapté pour une perte de conscience instantanée mais pas irréversible ?

— Qu'il tombe, mais avec la garantie qu'il se relèvera.

Braqueurs responsables, Driss et Paco ne peuvent que se retrouver sur la parole valant l'homme et le sang ne devant jamais couler pour de l'argent. Pour d'autres motifs, tout dépend des circonstances. Face aux mecs qui s'en sont pris à Alex, pas d'états d'âme : on les colle sur un toboggan enduit de rancune tenace, et on les précipite avec force dans les poubelles de l'enfer après les avoir atrocement chatouillés. Employer leur méthode en participant à leur sacrifice, en somme, c'est prêter la main à leur accession au martyre. Avec ces mecs, pas de place pour le dilemme : agir et reprendre le cours de la vie sans le moindre remords, être supplicié ou bourreau ; à chacun son djihad, on finira toujours par additionner les morts. Le père d'Alex sait que ses amis participeront à cet objectif. Pour Driss, Paco et le Gitan, l'amitié n'est pas soluble sur les réseaux sociaux.

Le père d'Alex se lève et se place devant le plan de Paris.

— Le gamin s'est tiré de la 8e BT, c'est à Bobigny qu'il faut axer nos recherches, cibler les zones du trafic de came et ses relais.

S'adressant à Driss :

— C'est bien à un trafiquant qu'appartenait le sac à dos ?

— Oui, d'après les stups il fournissait la Seine-Saint-Denis.

— Tu as des contacts ?

— Saïd Zamfin, que tu connais.

— Ancien braqueur recyclé… Tu as confiance ?

— Il n'est pas stupide et ne déconnerait pas avec nous. Sur le papelard aucun discrédit, deux condamnations, aucune mise à table.

— Et côté barbus ?

— C'est plus compliqué, ils fichent tellement la trouille que trouver une balance prendrait du temps, mais Saïd ne rechignerait sûrement pas à nous filer la main pour les baiser. Ils lui en ont fait baver lors de sa dernière peine, tu sais comment est devenue la vie au placard, surtout si tu es d'origine arabe : tu es frère ou kouffar. Bref, Saïd, qui n'en a rien à foutre des bondieuseries, les a rembarrés plusieurs fois. Ils ne l'ont pas lâché, il y a eu du baston, et puis ils se sont mis en tête de lui faire introduire des amphétamines et de la coke par sa femme au parloir. Saïd n'a pas cédé, ils s'en sont pris à elle, menaces, intimidations physiques et viol. Saïd a pété un câble, il a voulu en égorger un, sauf qu'ils ont eu le dessus. Il en garde des séquelles, je te passe les détails, mais s'il marche, on peut s'appuyer sur lui.

— OK, tu le mets sur le coup. Et pour Alex, le prochain contact ?

— Demain à 12 h 45.

— Dès que possible on la récupère. Paco, tu l'emmènes à Barcelone, et à ton retour on tape le fourgon.

Le Gitan se lève et le rejoint près du plan punaisé au mur.

— J'ai préparé six voitures, et nous aurons le Range en option.

Si un mec n'est pas empoté pour les véhicules, c'est bien le Gitan, idem pour l'armurerie ; consciencieux jusqu'à friser la monomanie. Le père d'Alex fixe un point sur le plan et y pose l'index. Driss et Paco s'approchent.

— Notre objectif est là, avenue du Général-de-Gaulle. Il faudra faire fissa et sortir de Neuilly au plus vite.

Driss observe le plan.

— On rentre dans Paris par la porte Maillot et on remonte sur la porte de Saint-Ouen par les Maréchaux ou par le périphérique ?

— Ni l'un ni l'autre. Le Gitan et moi rejoindrons Boulogne-Billancourt en traversant le bois, on changera de voiture près du Jardin d'acclimatation et on rejoindra l'entrepôt de Malakoff. Paco et toi, vous foncerez porte Maillot, prendrez les Maréchaux, changerez de voiture porte Dauphine et vous nous rejoindrez avec l'autre partie des sacs.

— Tu ne préfères pas le hangar de Saint-Ouen ?

— Il a trop servi.

Le Gitan et Paco approuvent, Driss réfléchit.

— Et après ?

— Nous aurons chacun la troisième voiture sur place. On dépose les sacs et on repart, le Gitan et moi, chacun au volant d'une voiture. Paco et toi idem, pour nous séparer des secondes voitures, puis on se fera oublier.

— On a les bombes incendiaires pour les voitures ?

La question est posée par Driss.

— Oui, mon artisan m'en a préparé huit et m'a garanti qu'aucune trace d'ADN ne résisterait aux incendies.

Le Gitan est comme toujours laconique, mais pour une fois tous trois décèlent un sourire dans son regard.

— Driss et Paco, vous vous rapprocherez d'Alex demain et vous préparerez son départ. Le Gitan et moi, on se remet sur la banque et le fourgon, on trace les itinéraires et les lieux des incendies.

— Alex veut te voir.

Driss a glissé ça l'air de rien.

— Elle me verra à Barcelone.

— Elle ne sera pas d'accord.

— Il est temps qu'elle prenne conscience des enjeux.

— Avec ce qui lui est arrivé, à mon avis c'est fait. Et puis elle est loin d'être stupide, tu devrais y réfléchir…

Driss laisse passer un silence ; Paco et le Gitan les observent, puis Driss reprend :

— Ce sera comme tu veux, mais elle tient à te voir…

— Elle me verra à Barcelone. Au fait, tu lui as posé la question à propos du fric de ces mecs ?

— Elle l'a.

— Quelle connerie !

Tout est dit.

Driss et le Gitan quittent l'appartement, Paco disparaît dans une chambre, laissant le père d'Alex immobile, le regard accroché au plan. Demain sera un autre jour…

# 8

Rue des Rosiers, Alex, allongée sur le divan, grignote quelques dattes. Elle observe Louise qui peint en écoutant *Les Variations Goldberg*. Les fenêtres sont ouvertes, la fournaise de l'après-midi s'est à peine dissipée avec la nuit, des bribes de conversations montent des trottoirs, la circulation trouble par intervalles la tranquillité du quartier, le stop and go d'un camion-poubelles et les acrobaties des éboueurs perturbent l'écoute de Glenn Gould. Ludo aimait ces variations, c'est d'ailleurs lui qui lui a offert ce CD, emprunté par Louise. Au moins un truc que ces connards n'auront pas détruit dans son appartement.

Alex ferme les yeux et songe à Ludo mélomane, l'éternel révolté insomniaque trop vite adulte aujourd'hui figé dans la mort. Alex pense à Antony, figé lui aussi dans la mort. Elle pense à Manu, cloué sur un lit d'hôpital. Elle pense à son père qui n'aura jamais une vie normale. Alex est révulsée par ce que Ludo, Antony et Manu ont subi ; elle en veut à son père de l'avoir sacrifiée à son existence de hors-la-loi, même si elle lui accorde la circonstance atténuante de l'avoir entreprise avant sa naissance. Alex avait des projets en pagaille, son bonheur et son insouciance étaient communicatifs de jour comme de nuit, et voilà qu'elle s'est pris l'hostilité de l'existence en pleine poire et qu'elle a perdu ses illusions. Sa pensée vacille, vertige de la douleur contenue dans un cœur qui n'en peut plus de jouer les fleurs bleues quand son copain, ses amis sont tombés sous les coups de pauvres dégénérés. Non, pas pauvres… sales dégénérés. À quoi pensait Ludo juste avant de mourir ? Et Antony ? Ses pensées sont en décomposition, elle se lève et, sous l'œil intrigué de Louise, se dirige, somnambule, vers la chambre, la traverse pour atteindre la salle de bains mais, saisie de tournis, elle titube, perd l'équilibre et s'affaisse. Son front heurte l'angle d'un coffre en métal, le sang afflue sur son visage, Louise accourt, la découvre inconsciente, elle panique, se rue sur son téléphone et compose le 15…

# 9

Tariq cherche le sommeil, en vain ; impossible de s'endormir avec les ronflements et les flatulences de cette fripouille d'émir qui lui mettent les nerfs à rude épreuve. Et puis il y a cette Mariam et son appartement, l'antre du vice absolu, y être cloîtré l'oppresse. N'y tenant plus, il se lève, déroule son tapis de prière pour une *salat* supplémentaire. Tariq en est convaincu, avec l'aide du Tout-Miséricordieux, du Très-Miséricordieux, il sortira grandi et purifié de cet embrouillamini dans lequel on l'a embarqué. Que Dieu le guide, c'est tout ce qu'il demande, Tariq.

À peine s'est-il agenouillé pour prier qu'il entend une clé dans la serrure, la porte qu'on ouvre et sur le sol le claquement de ces maudits hauts talons. Il est tiraillé entre impératif de prière et irrésistible pulsion meurtrière. Les talons résonnent dans le couloir, par l'entrebâillement de la porte il aperçoit la silhouette furtive de la prostituée. Et l'autre salopard qui continue à ronfler, à roter, à péter ! Sous le crâne de Tariq, tout part à vau-l'eau. On insulte Dieu en sa présence ! Il se lève, jette un regard haineux en direction de Mohamed Aboubakr al-Din ; qu'il l'aide seulement à retrouver la zakat, et son sort sera scellé ! De l'autre côté des murs, il entend la prostituée jurer en laissant tomber un verre. Sa foi et son espace vital sont menacés, une chape de plomb ensevelit son cœur vertueux. Tariq n'y tient plus, il sort de la chambre et marche à pas feutrés vers la salle de bains, où l'eau coule d'un robinet. La porte est entrouverte, il s'en approche, retient sa respiration et colle un œil dans l'ouverture.

Déshabillée et ne portant qu'un string, Mariam se brosse les dents. Ses vêtements jonchent le sol près de ses hauts talons. Au grand dam de Tariq, elle se cambre pour se rincer la bouche. En d'autres lieux et circonstances, elle serait envoyée sans détour dans un bordel islamique, sa perversion serait domptée par les soldats du califat, et quand ils auraient fini de l'embrocher, ils la pèleraient jusqu'à l'os, mais là… Tariq est seul pour la châtier, seul pour la soustraire au regard du Miséricordieux, seul pour agir. Revenant discrètement sur ses pas, il entre dans la chambre. Aux ronflements de l'émir, il n'a même pas à s'assurer qu'il dort. Le venin dans le sang, il ouvre son sac de sport, y tâtonne, cherche, palpe, esquisse un geste d'agacement, puis sourit quand sa main effleure le manche de son rasoir coupe-chou, fétiche dont il ne se sépare jamais. S'en emparant il se redresse, l'ouvre et, gratifiant sa lame d'un baiser, il quitte la pièce, prend soin de refermer derrière lui, puis avance vers la salle de bains. Se retenant d'agir dans la précipitation, il se colle de nouveau l'œil dans l'interstice de la porte. Mariam se démaquille en silence. Tout à son ouvrage, elle n'entend ni ne ressent la présence de Tariq.

Tenant son rasoir en main, il jauge sa victime, qui s'incline pour ôter ses lentilles. Tariq n'en espérait pas tant : à cet instant précis, il est sûr que Dieu va guider son bras. Réalisant qu'elle ne peut le voir surgir dans le miroir, il bondit, lui attrape la tête et la cogne violemment contre le lavabo à trois reprises, puis la tire en arrière et, d'un geste assuré, il l'égorge. Mariam n'a pas le temps de pousser un cri, mais mue par son instinct de survie elle rue, se débat, tente d'attraper son agresseur. Tariq fait corps contre son dos, il s'astreint de toutes ses forces à la maintenir pliée sur le lavabo tout en lui lacérant le cou. Fermant les yeux, il se revoit en Cédric Cadet décapitant puis éventrant des poissons pour les vider. Son sexe durcit contre les reins de Mariam, dont le sang gicle par saccades. Flots pulsés par l'élévation du rythme cardiaque, amplifiés par l'augmentation de la pression artérielle, activés par la panique. Geysers se projetant sur sa poitrine, sur le lavabo, éclaboussant le miroir et souillant sans distinction victime et bras armé du bourreau. Secoué de soubresauts, le corps de Mariam se vide, alors que la verge de Tariq se gorge de sang. Sa raison vacille, il chancelle tandis que la mort apprivoise le corps de Mariam. Le sang ne se précipite plus hors de la plaie, il fuit, s'échappe, s'écoule sans triomphe. Ses muscles se relâchent. Sur le mur le sang suinte. La sentant fléchir, Tariq retire la lame de la blessure, fait deux pas en arrière, puis desserre son étreinte. Mariam s'effondre à ses pieds.

Un dernier spasme et un ultime flux de sang, dont la pellicule sombre s'élargit sur le sol, suffisent brusquement à calmer les nerfs de Tariq. Exténué et immobile, il toise le corps dénudé de sa victime. Le visage émacié, amaigri par l'effort, le regard fou ourlé de khôl, Tariq éjacule. La honte déferle sous son crâne.

Le fouet claque sur son cerveau, où un dialogue s'instaure avec le rasoir. Convaincu qu'un démon l'a corrompu, il s'agrippe à sa foi et se persuade de devoir expier avec l'aide de Dieu.

Tariq s'agenouille en regardant la dépouille de Mariam, puis, dans un silence trompeur il lui relève la tête, insinue la lame du rasoir dans la plaie et avec une atroce détermination, il la soustrait au corps. Enlisé dans sa démence, il la saisit par les cheveux, la hisse à bout de bras et contemple, ébahi, son œuvre.

La gorge desséchée et la vessie pleine, Mohamed Aboubakr al-Din s'est réveillé, levé et dirigé vers la salle de bains. Il est grotesque en marcel et caleçon, jambes écartées devant la porte et cheveux ébouriffés. Effaré par ce qu'il découvre, il se frotte les yeux, les rouvre, regarde Tariq, la tête de Mariam, Tariq de nouveau, le corps de Mariam, le sang. La baderne est tellement sidérée qu'elle est sans réaction. Mais bordel de Dieu, qui lui a foutu un tel taré dans les pattes ? Il rassemble ses idées, enfonce ses doigts dans sa barbe, se gratte le menton. Son regard s'allume ; il est à la charnière de péter une durite. Entendant Tariq invoquer Dieu, le Tout-Miséricordieux, le Très-Miséricordieux, il se réveille brutalement et explose. Se ruant sur lui, il l'attrape par le col, le soulève d'un coup et le secoue violemment. Pieds nus, il patauge dans le sang mais n'en a que faire. Tariq réagit en lui collant la tête de Mariam contre le visage. L'émir recule, perd l'équilibre et tombe à la renverse. Se relevant d'un bond avec une souplesse qu'on ne lui prêterait pas, il se rue de nouveau sur Tariq, lui fait lâcher la tête de Mariam, l'empoigne et le colle contre le mur. S'il se laissait aller, il lui inscrirait au fer rouge une sourate sur le front et lui enfoncerait son Coran si profondément dans la gorge que Satan lui-même ne pourrait pas le récupérer.

Putain d'enfoiré de taré ! On va se planquer où, maintenant qu'il a trucidé leur logeuse ? Hein, on va se planquer où ? Emporté par sa hargne il cogne Tariq avec sauvagerie. Deux, trois, quatre directs du droit en pleine poire. Tariq est KO debout contre le mur, chique molle dans la poigne gauche de l'émir, qui lui en assène un cinquième avant de le laisser choir, inerte, sur le sol. Il pourrait continuer à cogner pour se soulager, mais ça n'aurait pas plus d'effets qu'une masse contre une porte blindée.

Mohamed Aboubakr al-Din a les boyaux et la vessie en feu. Il se retourne, embrasse du regard le cadavre étêté de Mariam, lequel ne suscite en lui que le vif regret d'être privé des réjouissances sexuelles qu'il se promettait le temps de son séjour chez elle. Du coup, il balance un violent coup de pied à Tariq, toujours inconscient. Puis il ramasse la tête de Mariam, la dépose dans le lavabo et s'installe sur le siège des toilettes pour mettre un terme à l'incendie qui lui ravage les intestins et la vessie. Tout en se vidant, il se promet d'enfermer cette enflure de Tariq dans une camisole de force et d'y foutre le feu dès qu'il n'aura plus besoin de lui. D'ailleurs, en a-t-il encore besoin ? Oui, pour l'aider à mettre la main sur cette satanée mécréante et récupérer la zakat. Sauf que pour ça il va falloir déployer plus d'ingéniosité qu'ils n'en ont montré jusqu'à présent. Remarquant que Tariq émerge en râlant, il se dit qu'avec un dégénéré pareil, ce n'est pas gagné…

Avant l'aube, Mohamed Aboubakr al-Din aura mis à sac l'appartement de Mariam, récupéré l'argent qu'il lui avait versé, plus des économies planquées sous une multitude de sous-vêtements affriolants. À peine de quoi atténuer sa frustration sexuelle en faisant l'inventaire des strings, porte-jarretelles, bas et soutifs de la belle, mais quand même 4 350 euros en plus des 2 000 euros qu'il lui avait refilés.

Sa fouille terminée, il emballe ses affaires, secoue Tariq puis s'attelle à traquer les empreintes qui pourraient trahir sa présence. Celles de Tariq, il n'en a rien à secouer, d'autant qu'arrivé de Syrie il doit être inconnu des flics d'ici. Mohamed Aboubakr al-Din frotte tout ce qu'il a pu manipuler, mais il ne sait plus très bien où il a mis les pognes. Sur Tariq, c'est sûr, mais comme il l'embarque avec lui, inutile de le récurer. Un passage par la salle de bains, un regard sur le corps de son illusoire béguin, sur sa tête, dont les cheveux lui paraissent soudainement ternes. Avant de refermer la porte, l'envie d'en remettre une couche sur la tronche de Tariq, qui l'aura empêché de jardiner Mariam, le reprend, sa frustration sexuelle est aussi grande que son désir d'en finir avec ce taré. Si la définition de punching-ball lui échappe, ce fils de pute ne perd rien pour attendre qu'il la lui explique !

À 5 h 30, ils quittent l'appartement ; Tariq tête baissée, tâchant de dissimuler les hématomes qui lui recouvrent une partie du visage, l'émir regard inquisiteur, prêt à tuer dans l'œuf toute velléité de curiosité de la part d'un hypothétique quidam croisé dans l'immeuble. Ils n'y croiseront personne, mais tandis qu'ils regagnent le Kangoo et y chargent leurs sacs, une femme les observe depuis la fenêtre de sa cuisine, où elle prépare le petit déjeuner de ses gosses.

Aux urgences de l'Hôtel-Dieu, où le SAMU l'a transportée quelques heures plus tôt, Alex répond aux questions d'un médecin. Quel jour est-on ? Elle ne sait pas. Comment se prénomme-t-elle ? Elle ne sait plus. Comment est-elle arrivée ici ? Elle ne se souvient pas. Le médecin lit le rapport du SAMU comprenant le témoignage de Louise et les premiers soins, portés notamment à sa blessure au front. Il lui pose de nouvelles questions : « Quel mois sommes-nous ? » « Hiver, été ? » « Quel est le nom du président de la République ? » Alex ne se souvient de rien. Il use en vain de mnémotechnique pour l'aider à réunir ses souvenirs, puis en désespoir de cause la rassure : tout ça va revenir… Il lui sourit et sort rejoindre l'équipe soignante :

— Troubles de mémoire mnésiques, elle est arrivée à quelle heure ?

— 1 h 15.

Il regarde sa montre.

— Si l'amnésie se prolonge, vous lui ferez un scanner vers 13 h 15. Elle a sans doute un œdème cérébral, surveillance neurologique et hospitalisation vingt-quatre heures. Si c'est bien un œdème, on la garde et on lui refait un scanner dans quarante-huit heures pour voir s'il se résorbe normalement.

Une infirmière l'interroge :

— Qu'est-ce qu'on dit à son amie et aux policiers qui sont en salle d'attente ?

— Que c'est une question de trois ou quatre jours. Il n'y aura pas de séquelles, une fois l'œdème disparu, sa mémoire reviendra, elle ne gardera de sa chute qu'une cicatrice sur le front.

Dans la salle d'attente, les policiers de la SAT s'entretiennent avec Louise, qui leur détaille pour la énième fois comment s'est produite la chute d'Alex. Reconnaissant Louise depuis leur observatoire, tandis qu'elle montait dans le SAMU, ils en ont conclu qu'on embarquait Alex. Contact immédiat avec la hiérarchie : on ne relâche ni la surveillance ni la protection rapprochée. Action réaction, en moins de temps qu'il ne faut pour l'écrire, ils filent le train au SAMU. Aux urgences, leur carte professionnelle joue les sésames, et Louise, moins affûtée qu'Alex en mode interrogatoire, poursuit la conversation sans se douter que chacune de ses réponses à leurs questions dissimulées derrière un entretien de bon aloi sera disséquée pour être utilisée ou non par la suite…

La nuit s'est prolongée, émaillée d'arrivées et d'incidents aux urgences. Louise a regagné son appart en taxi, les policiers ont obtenu qu'Alex soit placée dans une chambre seule, puis se sont installés dans le couloir. L'aube s'est enfin levée sur un nouveau pic de canicule et, dans le ciel de Paris, les faucons chassent le pigeon. Aux portes de la capitale, des escouades d'agents de police s'apprêtent à verbaliser livreurs, automobilistes, provinciaux qui bravent leur interdiction de circuler, mais du côté de la Seine-Saint-Denis, Mohamed Aboubakr al-Din, au volant de son Kangoo, se fout de la pollution. Une seule préoccupation lui pollue l'esprit : les flics sont-ils dans les parages ?

C'est qu'il a beau gamberger, l'émir, il n'a rien trouvé de mieux que de revenir dans son quartier. Si seulement l'autre taré de Tariq n'avait pas trucidé Mariam, la vie serait un poil de cul plus belle. Mais non, il a fallu que cet enfoiré de Tariq al-Mansur lui coupe le cou. Al-Mansur, tu parles d'un nom ! Rien que pour ça il aurait dû s'en écarter, mais non, il est décidément trop confiant, trop naïf, trop con, tiens ! Bon, pour trouver une autre planque il s'est pourtant creusé le ciboulot, a bien cherché à contacter deux ou trois connaissances, aucune n'a répondu. Hors-la-loi, ça paraît simple sur le papier, mais à vivre d'expédients l'eldorado n'est pas garanti ad vitam aeternam. Shit, merde et merde ! Et l'imam qui ne donne toujours pas signe de vie ! Encore un bel enfoiré qui ne l'aura pas volé, son western, quand les calibres parleront.

L'émir en est là à tourner en rond en Seine-Saint-Denis, quand Tariq sort de sa léthargie et lui dit :

— Et si on allait chez Moustapha Mossoul ?

L'émir fronce les sourcils. Moustapha Mossoul, l'épicier qu'il rackette et à qui il a piqué le Kangoo… Sacré Tariq, les coups sur la gueule lui ont décollé les branchies, le voilà qui réfléchit, la preuve… Sitôt dit sitôt fait, Mohamed met le cap sur l'épicerie de Moustapha. Et si Moustapha rechigne à les héberger ? Sac plastique sur la tête et asphyxie…

# 10

12 h 45. Chez Hanna, Driss jette un œil au cadran de sa montre. Alex devrait appeler. Arrivé à 12 h15 précises, il savoure une dernière bouchée de falafel spécial, regarde le téléphone posé sur le bar. 12 h 46… 12 h 47… il commande un café, sonnerie du téléphone, une serveuse décroche, c'est pour une réservation… 12 h 48… Driss patiente, animal à sang froid comme le sont le père d'Alex, Paco et le Gitan ; sa pensée ne donne jamais dans la surenchère d'hypothèses farfelues. Alex est toujours ponctuelle. 12 h 49… 12 h 50, il boit son café et règle l'addition. 12 h 55, elle n'appellera plus.

Il sort, coup d'œil à droite, à gauche, envie d'allumer une clope, de fumer en silence, mais il a arrêté depuis six semaines et il serait stupide de remettre ça. Se diriger vers l'appartement de Louise, juste pour voir si… Driss adopte la démarche du glandeur qui traîne sur les décombres du temps. La vie s'agite sur les trottoirs. Passants gigognes, riverains pittoresques, circulation intense, klaxons assourdissants, le Marais s'ébroue. Deux Écossais en kilt portant leur moitié sur les épaules, plans de Paris dépliés, jouent un remake de *Un Indien dans la ville*. Un rabbin et un hipster s'envolent à propos d'un bail qui serait hors de prix. Une féminine épurée en tee-shirt, minijupe, sandales et bigoudis sur la tête dédie un sourire malicieux à Driss. Une bande de microbes chahutent en le croisant. Sur le trottoir d'en face des ados somnambules succombent à l'attrait de leur portable. Aveugles et sourds à ce qui les entoure, ils marchent en lévitation vers nulle part. Sur leur pas de porte, les commerçants décryptent l'agitation ambiante avec humour. Bref, toutes les émotions tremblées de l'existence s'expriment avec maestria en cette belle journée d'été. Driss est imperméable à cette effervescence, son apparence de glandeur est trompeuse. Il inspecte chacun des véhicules en stationnement. Alex étant sous surveillance rapprochée, si elle est chez Louise, les poulets sont forcément dans le quartier.

Encore quelques pas, aucune voiture suspecte... Il dépasse l'immeuble de Louise, parcourt une centaine de mètres, traverse et fait demi-tour. Alex n'est pas dans le coin. Elle n'a pas appelé, donner du temps au temps... Marcher, observer ; un trio d'adolescentes bigarrées avançant à sa rencontre l'interpelle. Accepterait-il de les prendre en photo ? Driss acquiesce, l'une d'elles lui tend son portable, elles prennent la pose... clic clac... immortalisées dans l'iPhone. « Une autre, monsieur, s'il vous plaît. » Driss obtempère en souriant à la parenthèse juvénile. À peine reparti, il aperçoit Louise qui sort de son immeuble. Elles ne sont donc pas allées au Frog & Rosbif ? C'est égal, Louise aura une explication. Il accélère légèrement le pas, la file à distance, scrute l'apparence et le comportement des piétons. Les flics n'étant pas les derniers pour se la jouer caméléons, Driss redouble de vigilance. Devant lui, trois juifs orthodoxes, papillotes tombant du chapeau, barbe soigneusement peignée, manteau noir malgré le soleil ardent, s'expriment en yiddish et ralentissent sa marche. Ni pour ni contre les vertus religieuses, mais suivant Louise des yeux, il descend du trottoir, retraverse et gagne du terrain. Encore quelques pas, il s'assure qu'aucun flic n'est en immersion sur zone, et, fidèle à son instinct, il la rejoint.

— Alex devait m'appeler à 12 h 45, qu'est-il arrivé ?

L'effet de surprise passé, Louise fait la relation entre Alex et lui. Elle s'arrête. Il lui prend le bras et l'invite à reprendre la marche. Balayant les environs du regard, il enchaîne :

— Vous deviez déjeuner au Frog & Rosbif, non ?

— Oui, mais Alex a eu un malaise hier soir, elle est tombée dans l'appartement et s'est blessée à la tête. Rien de grave, d'après les médecins, mais par précaution ils la gardent en observation trois ou quatre jours. Elle est à l'Hôtel-Dieu.

— Je suppose que les flics veillent sur elle…

— Oui.

— Louise, je peux vous faire confiance ?

— Alex est mon amie, et si on ne me torture pas, je devrais savoir me taire.

Ils passent devant chez Hanna.

— Parfait. Vous connaissez ce restaurant ?

— Oui.

— Dans cinq jours vous venez y déjeuner, seule ou avec Alex si elle est rétablie. Je vous appelle à 13 heures… Je peux compter sur vous ?

— Oui

— Cinq jours, et… Louise, vous ne m'avez jamais vu, c'est clair !

— Oui…

Comme il est apparu près d'elle, il disparaît en retraversant direction rue des Archives, où il a donné rendez-vous à Paco. Voir s'ils peuvent débusquer une des crapules qui s'en sont pris au petit copain d'Alex, et qui s'en prendront à elle si eux n'agissent pas à temps. À chacun son sacerdoce, et les moutons pourront brouter en paix. Driss admet que face à ce genre de crapules, il est dénué de scrupules.

De son côté, Paco flâne rue Vieille-du-Temple, où il a déjeuné aux Philosophes. Steak-frites, tarte Tatin, eau plate et café… Paco est un mec heureux. Il fait beau, les Parisiennes sont jolies, de leur démarche élégante elles chantent la fécondité, à quoi bon réinventer le monde quand à l'entracte tout porte à la rêverie ? Paco sait bien que les choses sérieuses ne tarderont pas à interrompre ses distractions, mais ce qui est pris est pris, et c'est avec un plaisir non feint qu'il entre chez un fleuriste, opte pour un bouquet de treize roses roses, remercie la demoiselle qui le lui a composé, règle et ressort. Quelques pas rue des Blancs-Manteaux, il perçoit un sosie d'Inès de la Fressange, un fourmillement lui parcourt le sang, et si c'était elle ? Sans un mot mais tout en sourire, il lui offre le bouquet, puis reprend sa marche. Surprise, flattée, incrédule, la femme laisse échapper un « Merci » tandis qu'il s'éloigne. La vie chamboule toujours celles et ceux qui, sensibles à son velouté, savent laisser le champ libre à la fantaisie.

Parvenu rue des Archives, Paco se dirige vers l'appartement d'Alex. Paco sent un regard posé sur lui, il reconnaît Driss, maîtrise absolue, rien ne trahit le fait qu'ils se connaissent, mais pour eux la suite coule de source : observer sans se faire remarquer, chercher des gueules typées tarés, se couvrir et ne pas se vexer des yeux insistants des gays sur le territoire desquels ils se sont aventurés…

Le Gitan parle peu, le Gitan est un taiseux, mais quand il s'exprime, c'est qu'un truc lui titille vraiment l'esprit.

— Pourquoi on n'est pas hacker ? Regarde ce que rapporte la cybercriminalité, le paquet de fric que ces mecs prennent rien qu'en pianotant sur un clavier.

Au volant du 4 × 4 Crossover Mercedes noir, il repasse devant le Jardin d'acclimatation, direction le parc de Bagatelle. Depuis l'aube, le père d'Alex et lui sont en repérages. Ils se sont postés près de leur cible, ont vu le fourgon se garer sur l'emplacement réservé, les deux convoyeurs entrer dans la banque par la porte de service, en ressortir aussi amidonnés qu'en entrant, grimper dans le blindé et poursuivre la tournée. Cette banque est leur première étape, sous peu la poule aux œufs d'or laissera ici toute sa ponte. Ce ne sera pas un déjeuner sur l'herbe, il y aura du tire-larmes et du pleurnichard, mais si tout se déroule comme ils l'ont planifié et sans rebuffades, le score sera en leur faveur.

Tout en réfléchissant à la réponse à donner au Gitan, le père d'Alex se repasse en boucle le croquis préparatoire du braquage. Le Gitan insiste :

— Pourquoi on n'essaie pas de hacker ?

— Parce que nous sommes des glands. Franchement, tu nous vois faire des papouilles à un clavier pour obtenir une rançon ? Même la souris nous planterait. Oublie les hackers et concentre-toi sur la route, nos claviers sont des flingues, c'est avec eux que nous sommes biologiquement compatibles, pas avec des ordinateurs.

Le père d'Alex replonge dans ses pensées ; ne rien laisser au hasard, ne jamais s'en remettre à la chance, et se souvenir que ce n'est pas en taule qu'on peut écouter un bruissement d'ailes d'oiseau. Coups d'œil furtifs dans le rétro, scanner branché sur la fréquence de la brigade de répression du banditisme, RAS… ils ne sont pas filés. La fréquence ? Driss la paie comptant à un mec de la BRB qui trouve son bulletin de salaire mortellement ennuyeux. À chaque nouveau code, il passe à sa boutique et palpe. Échange de bons procédés réprimés par la morale, mais échange de petits joueurs comparés aux pratiques des squales et des barracudas qui dirigent le monde…

# 11

Briefing matinal dans les locaux de la section antiterroriste. Pierre Askyil fait le point ; peu d'avancées côté Hamid Bensalli, dont il n'y a rien à tirer, le mec est teigneux à faire froid dans le dos, totalement cinglé et radicalisé jusqu'à l'os. Les stups ont transmis leurs infos, elles ne concernent que des dealers sans envergure. Séchés par les sanctions dont ils ont fait l'objet, ils sont rétifs à collaborer… Le cache-cache habituel entre services. Les bonnes nouvelles sont à mettre au compte de Youssef Hichaïm, intarissable.

— Ce casseur, rien qu'un clébard dans un jeu de quilles. Les portraits-robots réalisés à partir de son témoignage ont été diffusés à tous les services, police des frontières et administration pénitentiaire inclues, mais sans bénéfice pour l'instant.

Rachel Rivière, officier récemment promue, l'interrompt :

— Et si on les communiquait aux ambassades ?

— Excellente idée. S'ils viennent de l'étranger et qu'elles acceptent de collaborer, ça pourrait aider à savoir qui sont les deux malabars abattus rue des

Archives, approuve Paul de Lavigerie, directeur du service.

Se référant à une déclaration de Youssef Hichaïm, Pierre Askyil confirme :

— D'après lui, ces types viendraient d'Irak. En l'état, leurs signalements et leurs empreintes n'ont rien donné, pas plus que les prélèvements d'ADN. Ils sont inconnus de nos services, et là, on aurait besoin du soutien de la DGSE et des Affaires étrangères.

— Je ferai le nécessaire, promet le directeur.

Rachel Rivière poursuit :

— Côté portables ?

— On y travaille. Ceux d'Hamid Bensalli et de Youssef Hichaïm sont en cours de décryptage, et sur celui d'Alex Talisker, on a relevé le numéro de Ludovic Nolan, dont on n'a pas retrouvé le téléphone. On peut supposer qu'il ne l'avait pas quand ses agresseurs l'ont embarqué, ou qu'ils l'ont conservé, voire balancé. Bref, on recherche le signal, et si on le capte, on le bornera, bien sûr… Quant à Alex Talisker, hospitalisée cette nuit suite à un malaise, on ne la lâche pas, elle en sait peut-être plus qu'elle ne le prétend, conclut Pierre Askyil.

De son côté le lieutenant Lacour a potassé le dossier de Marc Man. Il a passé au crible toutes les infos le concernant, appelé des collègues à la BRB et à l'OCRB pour savoir où ils en étaient de leur traque. « Sorti des radars, sans doute à l'étranger, fiche de recherche diffusée via Interpol, filatures intermittentes de Driss, mais en plus d'être prudent le mec a une baraka d'enfer, toujours un coup d'avance, à croire qu'il est rencardé dès qu'on se met sur lui. » Lacour ne serait pas surpris qu'un ripou le renseigne, il en a vu aux abois en fin de mois ou cupides au point d'oublier leur serment et de franchir la ligne rouge. Même parmi le fleuron de la profession, les exemples ne font pas exception.

Pour résumer : à propos du père d'Alex, il sait à peu près tout ce que les services judicaires et pénitentiaires ont accumulé sur lui, il ne doit manquer que la marque des couches-culottes que sa mère lui collait sur les fesses. En jargon policier, le mec n'est pas encore fait aux pattes, sauf que l'idée que sa fille soit en danger pourrait le faire sortir du bois. Et dans ce cas… Si les services coopèrent, le statu quo actuel ne durera qu'un temps et sa cavale sera interrompue avant la fonte des glaces.

Inspiré par cette perspective et désireux de se dégourdir les jambes, le lieutenant Lacour informe le capitaine Denis qu'il va chercher des infos du côté des relations d'Alex Talisker.

— D'accord… mais emmenez donc notre jeune aspirant, ça lui donnera l'occasion de tâter du terrain.

C'est ainsi qu'en tout début d'après-midi, Fred Chaval, promis au grade de sous-lieutenant, prend une bière au Petit Fer à cheval, rue Vieille-du-Temple, en compagnie de Lacour, lequel se contente d'un Perrier. Passionné de cinéma et de bolides, il évoque James Dean et la Porsche 550 Spyder au volant de laquelle il mourut le 30 septembre 1955 sur la route 466. Pas de quoi chambouler Lacour, pour lequel la vitesse serait comparable à l'adultère : une infraction qui finit toujours par causer de la douleur. Le lieutenant Lacour met fin à la conversation en expliquant au jeune Chaval qu'ils vont se risquer dans le quartier gay, mais qu'il n'aille surtout pas s'imaginer quoi que ce soit d'autre qu'une démarche professionnelle.

Se dirigeant vers l'immeuble d'Alex, situé entre les rues Rambuteau et Sainte-Croix-de-la-Bretonnerie, Lacour croit avoir une hallucination. Sur le trottoir d'en face, descendant la rue à une vingtaine de mètres de lui, Driss Choutri, l'associé du père d'Alex. Driss Choutri en personne ! Le lieutenant Lacour goberait trente-six œufs durs si on lui prouvait qu'il fait erreur. Il a passé la matinée sur le dossier du braqueur en cavale, a avalé tant d'infos que les deux hamburgers de son déjeuner ont failli lui rester en travers de la gorge, et s'il y a deux photos encore plaquées sur sa rétine, ce sont celles du père d'Alex et de Driss Choutri. Il ne serait pas plus excité s'il avait sniffé un rail de coke, mais, en pro de la criminelle, il n'en laisse rien paraître. Désignant Driss au jeune Chaval, il lui intime l'ordre de gagner l'autre trottoir sans le perdre de vue.

Loué par les uns, banni par les autres, un sixième sens concourt parfois à la survie du prédateur ou de sa proie ; il en est de même entre policiers et malfrats. Saisi par ce sixième sens, Driss se retourne, aperçoit le jeune Chaval traversant la rue, croise le regard inquisiteur du lieutenant Lacour et comprend, hasard ou pas, qu'il est tracé. Bousculant sans le faire exprès un jeune éphèbe, il prend prétexte de l'incident pour alerter d'un signe discret Paco qui, passant juste devant l'immeuble d'Alex, capte l'avertissement. Si bref fût l'échange, il n'a pas échappé à Lacour, qui braque les yeux sur Paco, lequel se retourne et tilte.

Action réaction, se séparer, larguer les amarres et semer les baby-sitters, qui comprendront à leurs dépens le bien-fondé d'une devise chère à Driss : « Commencer à vivre l'événement avant qu'il se produise. » L'un et l'autre sachant où se retrouver, inutile de s'enliser dans le quartier, où d'autres chapeaux mous sont peut-être déployés. Driss file vers la station de métro Hôtel-de-Ville, Paco bifurque rue du Plâtre, remonte la rue du Temple et gagne celle de Rambuteau. Avant de lui emboîter le pas, Lacour crie à Chaval de ne pas lâcher Driss. La suite se prolongera dans les dédales du métro…

# 12

Moustapha Mossoul a beau se répéter qu'il n'hébergera pas ces hôtes indésirables, sa pensée macère dans un bocal de trouille. À peine avait-il levé le rideau de fer de son épicerie, ce matin, sorti son étal de fruits et légumes et jeté un coup d'œil sur le parking d'en face qu'il apercevait son Kangoo et son lot d'ennuis à venir : Mohamed Aboubakr al-Din, plus ténébreux que jamais, et Tariq al-Mansur, les yeux tuméfiés et la gueule portant les stigmates d'une collision avec une enclume, traversaient la rue et s'engouffraient dans sa supérette.

— On te rend ta voiture, en échange tu nous héberges deux trois jours, lui avait assené l'émir en grimpant l'escalier menant à son appartement.

Moustapha n'avait même pas eu le temps de prévenir sa femme, qui les avait vus débarquer alors qu'elle était encore en chemise de nuit. Apeurée, elle s'était réfugiée dans sa chambre en criant. Sa détresse exprimée, elle s'était enfermée et s'était assise sur le lit en attendant que son mari lui explique de quoi il retournait. La matinée s'était étirée ainsi, entre conciliabules des époux et occupation des lieux par le duo d'envahisseurs, Moustapha ne cessant de faire des allers-retours entre son commerce et son modeste logement.

Les heures passant, le syndrome de Stockholm agissait sur lui ; pas sur son épouse, réduite à l'état de servante par ces deux malfaisants. Elle se déplace d'une pièce à l'autre tel un fantôme et rumine sa colère en astiquant la vaisselle que ces porcs lui ont fait sortir pour se goinfrer du couscous préparé dans les règles de l'art pour Moustapha. Son mépris pour leur façon de se bâfrer est palpable. Contrairement à eux, Moustapha est raffiné, il prend le temps de savourer, sauf que ce midi, l'appétit coupé, il reste dans la boutique à mouliner son angoisse pour tenter d'en extraire une idée salvatrice. Anxieux, il répond aux clientes, qui s'étonnent de ne pas voir son épouse, qu'elle est clouée au lit avec un gros rhume. Un gros rhume en plein été, où a-t-il déniché une ânerie pareille ? Son malaise allant croissant, il va jusqu'à confondre courgettes et concombres, ce que lui fait gentiment remarquer une habituée.

Moustapha attaque l'après-midi encore plus chamboulé lorsqu'il voit entrer Messaoud Messaoui, le chauffeur de l'imam Abdelkrim Aallaa. Payer la zakat pour être en paix avec sa conscience, soit ; la payer pour se retrouver sous le joug d'une bande de démons lui en réclamant toujours plus et le menaçant des pires exactions s'il les dénonce à la police, c'est charger un peu trop la mule, au risque de la voir verser dans ce contre quoi on l'a mis en garde : la délation.

Messaoud lui apporte un message de l'imam : si l'émir revient, que Mustapha le prévienne, il a trahi sa confiance et porte le germe du mauvais œil. Déjà assommé par les événements de la matinée, par l'accablante chaleur, et cherchant désespérément une issue à son calvaire, Moustapha vend la mèche :

— Ils sont là-haut !

— Qui, ils ?

— Ben, l'émir et l'autre…

Un black mamba se dresse dans le regard de Messaoud.

— Bouge pas de là !

D'une détente que le serpent ne renierait pas, il s'engage dans l'escalier pour en découdre avec ceux qui ont mordu la main de son imam, une main qui les a nourris. S'attendant au pire, Moustapha sombre dans la torpeur.

Messaoud surgit dans l'entrée, tombe nez à nez avec Mohamed qui se dégourdit les jambes dans le couloir. Oubliant sa technique de boxeur émérite et ne laissant s'exprimer que sa fureur, Messaoud se rue sur lui. Le choc est énorme. 1,82 mètre pour 78 kilos de muscles contre une citerne de fonte… l'étroit couloir du modeste appartement n'y résiste pas. Cadres, plantes, bibelots, tapisseries, jusqu'à la cage du canari, tout est emporté par la bestialité du combat. Les gnons volent, les corps roulent sur le sol, l'épouse de Moustapha se met à hurler en s'enfermant à double tour dans sa chambre.

Ignorant qui est l'intrus, mais dérangé dans sa prière, Tariq réagit au quart de tour. Il émerge du salon rasoir coupe-chou en main, fond sur le dos de Messaoud, le tire par les cheveux et lui taillade le visage à l'aveugle. Endiablée par sa sauvage détermination, la lame lacère les joues, le nez, les lèvres, le front et les paupières de Messaoud qui, dans un rugissement de douleur, lâche la gorge de l'émir et tente de se relever. Mais Mohamed le retient avec l'énergie du brasier qui embrase ses veines. Impitoyable, Tariq le saisit au menton et l'égorge. Trachée et œsophage tranchés, carotide ouverte, Messaoud expire en s'abattant sur l'émir, dont la gueule, la barbe et le haut du corps sont maculés de sang. La lutte ayant pris fin aussi subitement qu'elle s'est engagée, Mohamed et Tariq remarquent simultanément les gazouillements affolés du canari terrifié dans sa cage et le gargouillis du sang émanant des plaies de Messaoud.

Au rez-de-chaussée, Moustapha, alarmé par le vacarme et terrorisé pour son épouse, sort de sa torpeur, attrape son téléphone et appelle le commissariat de Bondy. Il lui faut plus d'une minute pour résumer la situation au planton, qui allait raccrocher en entendant son interlocuteur crier en arabe sans en comprendre un seul mot. À entendre le flic lui dire de se calmer et de lui parler en français, Moustapha comprend sa méprise et reprend en évoquant la séquestration de sa femme et une bagarre entre racketteurs dans son appartement. Reçu cinq sur cinq, on envoie la cavalerie.

Endurci aux embûches du métier, Mohamed Aboubakr al-Din, débarrassé du corps de Messaoud, se glisse sans bruit au bas de l'escalier. Quand il entend Moustapha réclamer l'intervention de la police, il se précipite, lui arrache le téléphone et lui colle une beigne à assommer un tyrannosaure. Une cliente, qui entre à ce moment précis, embarque ses deux mouflets et s'enfuit. Il n'en faut pas plus pour qu'en deux temps trois mouvements l'émir et Tariq ramassent leurs sacs et déguerpissent, ensanglantés, au volant du Kangoo.

Les témoins présents sur la voie publique les voient disparaître en même temps qu'ils entendent se rapprocher les sirènes de police. Dans le modeste appartement de Moustapha, son épouse, enfin sortie de la chambre, hurle d'effroi.

Cette corrida se déroule au moment où Driss et Paco s'engouffrent respectivement dans les stations de métro Hôtel-de-Ville et Rambuteau. Driss saute dans une rame, l'aspirant Chaval fait de même deux voitures plus loin. Une bimbo grimpe derrière lui, un instant de distraction, le signal du départ, les portes se referment, la rame s'élance, et Fred Chaval aperçoit Driss sur le quai. Honteux sera son retour à la brigade.

De son côté, Paco, assis sur un banc, laisse passer plusieurs rames. Le lieutenant Lacour l'observe à distance. Il ne sait rien de ce mec mais pressent l'empreinte incontestable d'un lien avec Driss Choutri, donc avec le père d'Alex. Il prend son portable et informe le capitaine Denis.

— Compte tenu de votre expérience, vous auriez dû vous charger de Choutri et laisser l'autre à Chaval. Après tout, on ignore qui est ce type.

— Je me fie à ce que je pressens. Quant au choix, il fallait réagir vite.

— Photographiez votre type et transférez-moi la photo, qu'on voie s'il ressort sur nos fichiers.

Conversation terminée. Lacour met son portable en mode photo et fait mine de s'intéresser à un violoniste sortant son instrument et s'apprêtant à jouer. Paco ne perd rien du comportement de Lacour, lequel se poste en bord de quai pour prendre un cliché du violoniste entré en action. Cinq gardiens de la paix débarquent, regards inquisiteurs sur les voyageurs. Regorgeant d'a priori, la patrouille ignore le musicien, Lacour, Paco et la trentaine de quidams présents, pour jeter son dévolu sur trois jeunes Blacks, écouteurs sur les oreilles, casquettes de rappeurs, baggy et débardeurs, pour parfaire la panoplie. Les redresseurs de tort ont les réflexes qu'on leur inculque ; deux types débarqueraient, l'un en scaphandre, l'autre en homme-grenouille, qu'ils fondraient quand même sur les jeunes Blacks.

Distrait, Paco se fait piéger par Lacour, qui saisit l'occasion pour le photographier. Paco s'en aperçoit, il se lève et quitte la station. Lacour lui emboîte le pas, son portable vibre, il décroche sans quitter son gibier des yeux.

— Bad news, Chaval a perdu son gars…

— Merde !

Pour qui est l'interjection ? Chaval et son incompétence ou le fait de voir Paco héler une moto-taxi et grimper à l'arrière ?

# 13

Dans l'entrepôt de Malakoff appartenant à l'un de ses oncles, le Gitan présente l'une de ses cousines au père d'Alex. Passionnée de mécanique, c'est elle qui vole et maquille les véhicules. Maria-Inès, vingt ans, brune, cheveux courts, teint hâlé, moue boudeuse, silhouette élancée, regard incandescent, tee-shirt et salopette tachés de cambouis, est le contretype en négatif d'Alex, dont le père se dit que, si elles se connaissaient, ces deux-là feraient la paire.

En ce début d'après-midi, la chaleur incite à faire une sieste crapuleuse, surtout après s'être tapé des heures de circulation pour parfaire les itinéraires et envisager d'autres décarrades en cas de déploiement intempestif des forces de l'ordre. Fort de vingt-trois jours de repérages en appui des filatures opérées en amont avec le père d'Alex et Driss, le Gitan est impatient de faire main basse sur le fourgon. Tout en se livrant au rituel consistant à vérifier la propreté et la fiabilité des armes, exercice frôlant pour le Gitan l'obsession, le père d'Alex lui déconseille l'excès de confiance. L'inventaire de leur armement les ferait passer pour des tueurs, sauf qu'à leurs yeux il a surtout valeur de dissuasion. On n'impressionne pas des convoyeurs de fonds avec des pistolets à eau. Bravaches pour la plupart, c'est tambour battant qu'il faut les anesthésier, et pour ça leurs AK-47, AK-74 et M16 sont adéquats. Le Gitan a même dégoté un Remington M 870 Wingmaster. Côté armes de poing, le père d'Alex se fie à son 9 mm Browning Hi-Power, le Gitan et Driss s'équiperont de SIG-Sauer SP 2022, et Paco de son Smith & Wesson 500, aux balles monstrueuses. Combinaisons, cagoules, gants, baskets noires, masques blancs, pare-balles en kevlar… il ne manquerait qu'un prie-Dieu si le gang croyait, mais chacun a depuis longtemps jeté sa foi aux orties. Tout semble paré, aucun lézard en perspective, ça baigne.

Le père d'Alex fait le tour des véhicules, une Ford Edge SUV, un Toyota Land Cruiser, une BMW X5 et le Range replaqué par Maria-Inès, auxquels ajouter le Crossover Mercedes et l'autre Ford utilisée par Driss et Paco. Ça fait bien six, comme d'hab', le Gitan a assuré.

Le lieutenant Lacour et Chaval sont rentrés à la brigade, le premier furieux de s'être retrouvé mat en trois coups. Le second honteux et tout aussi mat, mais sans même avoir entamé la partie. Le capitaine Denis dédramatise : leur rencontre avec ces individus était fortuite, dans ce cas, sans renfort ni préparatifs, difficile d'aboutir sans une dose insolente de chance.

Il transfère la photo de Paco sur son ordinateur et balance une recherche sur le fichier des personnes connues. Discutant avec Lacour, il est d'accord avec lui sur un point : si Driss et le second type font équipe et qu'ils se trouvaient aux abords de l'appartement d'Alex Talisker, c'est que Marc Man est peut-être de retour, mais pour sa fille, pas pour taper un braquage.

— Alors on informe la BRB, l'OCRB, la SAT ou on attend d'en savoir plus ?

— On attend !

À peu de distance à vol d'oiseau de leur bureau, et après s'être assuré qu'il n'était plus filé, Driss se glisse au volant de la seconde Ford Edge SUV qu'il avait garée rue de Bretagne à proximité d'un commissariat, ce qui équivaut à une assurance garantie contre le vol. Sauf à agir en pieds nickelés, rares sont les voleurs de bagnoles qui s'aventurent à en piquer près des commissariats. Il ne lui reste plus qu'à attendre Paco qui, Driss n'en doute pas, aura appliqué la méthode de la murène : se glisser dans les anfractuosités de son environnement pour ne réapparaître qu'à bon escient.

Il n'aura pas à attendre longtemps. Après une balade à moto-taxi de la station Rambuteau à la place de la République, Paco s'est fait déposer au bas du boulevard Beaumarchais, s'est replongé en immersion au métro Bastille jusqu'à la station Filles-du-Calvaire, pour refaire surface et rejoindre Driss en flânant, l'œil attentif à son entourage direct. Il est temps pour eux de décamper et de rejoindre l'entrepôt à Malakoff.

Dès leur arrivée, le Gitan leur ouvre, ils s'engouffrent à l'intérieur. Chacun connaissant sa récitation, pas de longues phrases. Driss relate leur tuile.

— C'était à prévoir, les flics n'abandonnent pas si vite un terrain de jeu.

Il évoque Alex, l'hosto pour trois ou quatre jours.

— Parfait, elle est à l'abri.

— Et maintenant ?

— Chacun prend un volant, on va placer les voitures relais…

# 14

À Bondy, c'est l'effervescence aux abords de l'épicerie de Moustapha Mossoul. Dans la ville les patrouilles sillonnent les rues à la recherche du Kangoo ; son signalement est diffusé à toutes les unités de police et de gendarmerie de la capitale, de la grande couronne et des départements limitrophes. Dans un premier temps, trois officiers de la brigade criminelle ont investi les lieux. Puis, recoupant les témoignages de Moustapha et de son épouse évoquant le racket au nom de la religion, ils ont transmis l'info à la SAT, dont quelques effectifs, parmi lesquels Pierre Askyil et Rachel Rivière, viennent de débarquer. Le corps de Messaoud Messaoui est l'objet d'une attention particulière. On y cherche un détail qui permettrait de l'identifier, puisque son visage réduit en bouillie sanguinolente le rend méconnaissable. Ses empreintes ont été transmises au fichier central, mais sans résultat pour l'instant. Le légiste attend patiemment son heure. Malgré les allées et venues, les experts de police scientifique s'évertuent à relever des indices.

À tout hasard, Pierre Askyil montre à Moustapha et à son épouse les portraits-robots de l'émir Mohamed

Aboubakr al-Din et de Tariq al-Mansur. Tous deux accusent le coup et confirment qu'il s'agit d'eux. Youssef Hichaïm a donc collaboré efficacement. L'avis de recherche est immédiatement corrigé : il n'est plus question de criminels en fuite mais de terroristes. S'ils sont repérés, l'ordre est de ne pas les perdre et d'alerter la section antiterroriste, qui se chargera de leur interpellation.

Parmi les badauds regroupés devant l'épicerie, il en est qui entendent parler de terrorisme, dès lors les médias informés rappliquent. Bondy fera le buzz sur toutes les chaînes d'infos en continu.

Du côté d'Orly, le commissariat reçoit l'appel affolé d'une femme qui vient de découvrir son amie la tête tranchée. C'est la ruée dans l'appartement de Mariam. Le lien n'est pas encore noué entre les deux affaires mais, à l'avant-veille d'un long week-end férié, la tension monte dans les services…

# 15

Dans leur fuite, Mohamed et Tariq découvrent le tord-boyaux de l'intranquillité. L'orchestration tonitruante des sirènes de police et des avertisseurs d'urgence les téléguide mieux que ne le ferait un GPS, dont le Kangoo n'est de toute façon pas équipé. Leur gymkhana en Seine-Saint-Denis les mène de Bondy à Pantin, où ils abandonnent le Kangoo sur un parking d'hypermarché. Là, ils braquent un couple chargeant ses provisions dans le coffre d'un Renault Espace et quittent les lieux assis à l'arrière. Le couple est tétanisé, la femme les implore de garder la voiture mais de les libérer. Le mari, vision oculaire obstruée par une peur viscérale, manque d'emboutir plusieurs véhicules. L'émir, en fourreur obsessionnel, songe à dégager le bonhomme mais à garder la femme. Tariq, miné de l'intérieur par le dégoût de son orgasme sur le corps supplicié de Mariam, subit les événements plus qu'il n'y participe. Avoir massacré Messaoud Messaoui ne lézarde pas sa conscience, mais que cette prostituée l'ai amené à se couvrir de salissures lui est insupportable. Seule la pensée de sa fidèle épouse servant le Tout-Miséricordieux, le Très-Miséricordieux en terre de Shâm le maintient en équilibre au bord du précipice.

— Ils habitent où, les meskines ?

Malgré sa voix fluette, la question est tombée de la bouche de l'émir comme un couperet. L'homme et la femme, paralysés par la terreur, restent muets.

— Ils habitent où, les meskines ?

Mohamed Aboubakr al-Din éructe et appuie son revolver sur la nuque de l'homme.

— Le long du canal de l'Ourcq, répond fébrilement la femme.

— Eh ben on va ranger les provisions au réfrigérateur !

Fin de la discussion.

L'esprit de l'homme est subitement traversé par une séquence du film *Orange mécanique*, celle du couple séquestré à leur domicile et de l'épouse violée par les protagonistes. Un blizzard emporte sa raison, il cesse de penser et fonce direct dans l'arrière d'un camion de livraison garé en double file, haillon baissé, chauffeur manœuvrant un transpalette chargé de cartons. La collision projette le couple tête en avant sur les airbags. Le livreur, son transpalette et ses cartons valdinguent sur le trottoir. Mohamed et Tariq sont poussés vers l'avant, puis retombent sur leur siège. Sous le choc, Mohamed lâche son revolver.

Enchâssé dans le haillon, le Renault Espace s'immobilise dans un bruit de ferraille tordue, une fumée blanche s'échappant du capot. Furieux, l'émir réagit avec une rapidité fulgurante. Il s'éjecte du véhicule, ramasse son revolver entre les sièges et, n'écoutant que sa colère, tire une balle dans la tête de l'homme encore sonné sur son airbag. En pleine crise de nerfs, la femme se met à hurler. Cri strident, infernal, qui sort Tariq de son étourdissement et lui recadre les idées. Se redressant, il voit l'homme abattu, la femme en crise, la fumée blanche et le liquide de refroidissement s'évacuer du capot. Il s'empare d'un sac, sort et trébuche sur des cartons.

Dans la rue, c'est la sidération. Après le barouf de la collision, le claquement d'une détonation, la vue d'une exécution en direct, vision d'apocalypse, les témoins s'éparpillent. Le chauffeur-livreur s'est réfugié dans le magasin qu'il réapprovisionnait. La circulation est anarchique, certains accélèrent en passant, d'autres ralentissent pour mieux voir. Un rond-de-cuir sorti trop tôt du bureau s'arrête carrément pour constater l'ampleur du désastre. Mal lui en prend : Mohamed Aboubakr al-Din ouvre sa portière, le harponne et tente de l'éjecter manu militari, mais il est retenu par la ceinture de sécurité. Les grains de sable se logent toujours dans les détails. Ivre de rage, l'émir tire comme un forcené, arrache la ceinture et, ni une ni deux, il balance le bouffon au milieu de la chaussée. Hélant Tariq, il lui ordonne de prendre les sacs et de grimper dans la Seat Ateca blanche quasiment neuve de celui qui, cul sur la chaussée, voit son bulletin de vote virer au bleu marine en fusillant du regard l'enfoiré de barbu qui démarre en trombe et disparaît au volant de sa bagnole, dont le crédit vient de lui pomper sa première mensualité, sans compter l'apport en cash.

Alertés, les flics s'invitent à la féria, mais le temps de réunir les témoignages, de communiquer par radio et de lancer la traque, Mohamed Aboubakr al-Din et Tariq al-Mansur, avec l'aide de Dieu ou bénéficiant d'une baraka arrogante, quittent déjà le périphérique direction les Yvelines, puis Trappes, où Tariq suggère de chercher de l'aide auprès des passeurs qui l'ont acheminé d'Iraq puis de Syrie, via la Turquie, jusqu'à leur antre salafiste. L'émir, ne sachant plus trop où planquer ses grosses fesses, s'en remet à lui tout en cogitant sur la suite des événements. Parce que la seule chose qui vaille à ses yeux, c'est récupérer son fric au garde-meubles et mettre la main sur la salope qui leur a piqué la zakat. À l'issue de quoi il estourbira Tariq, se rasera le crâne et la couenne, se travestira en mamelouk et filera se la couler douce sous les tropiques.

Tandis qu'ils contournent Versailles pour plonger sur Trappes, la féria de Pantin surchauffe les esprits après la découverte, par un sous-officier de la brigade criminelle, du sac oublié par Tariq à l'arrière du Renault Espace. À l'intérieur, l'arsenal de l'émir : six bombinettes de gaz, le fil électrique et la poudre blanche à l'odeur âcre rapidement étiquetée par les pros de la SAT comme étant du peroxyde d'acétone P37.

Autour du véhicule le périmètre est bouclé, chaque indice compte. On évacue la femme de la victime vers l'hôpital le plus proche. Le chauffeur-livreur est pris en charge par une équipe médicale. Le mort, toujours affaissé contre l'airbag, est dissimulé à la vue des curieux par des tentures. Le signalement de la Seat Ateca est sur toutes les fréquences radio, et les portraits-robots de Mohamed et de Tariq qui sont présentés aux témoins percutent leur rétine. La reconnaissance visuelle est unanime. Saisie, la cellule antiterroriste du parquet de Paris les diffuse aux médias.

Dans les heures qui suivront, la France, ébahie, découvrira deux nouveaux visages du terrorisme. Sur le terrain, flics de base, de la BAC et gendarmes ont le doigt collé sur la détente. Seuls les antigangs, RAID, GIGN et SAT, également en alerte, conservent leur flegme. Ils attendent que le gibier sorte du bois…

Place Beauvau, le ministre de l'Intérieur et son chef de cabinet appréhendent le week-end du 15 août avec nervosité. Quand le pouvoir ne grise pas, il encombre. Tiraillé par sa soif, on court après sa cuvée, on y goûte, on s'y accroche, s'y enivre, jusqu'au jour où on se découvre rabougri. Rosette à la boutonnière et course au *Who's Who* dans les mollets, on finit quand même en cerise confite. C'est ce à quoi doit songer le ministre en lisant la dernière dépêche en date. Le meurtre d'Orly est, selon toute probabilité, lié à la mort de Ludovic Nolan et à celles des deux inconnus abattus par les forces de l'ordre rue des Archives.

La découverte du corps de Mariam ne fut pas seulement cauchemardesque pour son amie, elle l'est aussi pour les policiers arrivés sur les lieux. L'enquête de voisinage ne donne guère de résultats ; personne n'a vu ou entendu quoi que ce soit, sauf la femme qui les observait depuis la fenêtre de sa cuisine, où elle préparait le petit déjeuner de sa famille. Oui, ce sont bien ceux dont on lui présente les portraits-robots qu'elle a vus déguerpir à l'aube comme s'ils avaient une meute de zombies aux trousses.

— Partis comment ?

— Au volant d'une petite camionnette.

— Quelle marque, quelle couleur ?

La marque elle ne sait pas, mais la couleur, blanche. L'un des enquêteurs fait une recherche Google sur son portable et lui montre un Kangoo.

— Oui, ça lui ressemble bien, mais en plus sale…

Les relevés d'empreintes et d'indices sont en cours d'analyses et de comparaisons avec les prélèvements effectués à Bondy et à Pantin. Les résultats ne sont pas attendus avant plusieurs heures, mais les similitudes sont confondantes, jusqu'à la mise à sac de l'appartement.

Dans leur Creuse natale, les parents de Cédric Cadet croient reconnaître leur rejeton dans l'un des portraits-robots. La stupéfaction leur détériore les neurones. Une obscurité funeste infuse dans leurs pensées. La honte s'en mêle. Ne rien dire, ne pas appeler la police pour lui signaler ce doute qui très vite se fait certitude. Cédric est tombé dans l'abjection, ils sont à des années-lumière de le comprendre. Convaincre leurs filles de n'en parler à personne coule de source, mais quid des amis, des collègues, du voisinage… est-ce que quelqu'un va le reconnaître et le dénoncer, les dénoncer ?

Dans sa Creuse natale, une famille se prépare à affronter l'imprévisible.

# 16

Pierre Askyil et Rachel Rivière ont reçu du renfort. Le capitaine Denis et le lieutenant Lacour suivent les événements à distance ; la brigade criminelle étant mise sur la touche au profit de la section antiterroriste, ils se concentrent sur l'identification de Paco et la localisation de Driss, devant la boutique et le domicile duquel ils ont posté des hommes. Action tardive ou prématurée, parce que Driss ne dort jamais chez lui la veille d'un braquage, l'avant-veille non plus, d'ailleurs, ni les jours précédents. Avant toute opération, le gang a pour principe de rompre les amarres avec ses ports d'attache. Encore plus simple pour le père d'Alex, dont la cavale offre l'avantage de n'être ancrée nulle part. La nuit prochaine, ils dormiront dans deux hôtels aux portes de Paris, mais à proximité de Malakoff.

L'après-midi est plus serein pour eux que pour le duo de fripouilles le plus recherché de l'Hexagone. Il est plus calme que pour les services de police et de gendarmerie, mis sous pression par leurs directions, mises elles-mêmes sous tension par le locataire de la place Beauvau, lequel n'échappe pas aux attentes du locataire de Matignon. La France a peur. Les médias l'affolent. Le frisson court parmi les âmes de confession musulmane qui ne sont pourtant pas responsables de ces tueries. Les élus de tous bords tirent l'alarme, et l'État rassemble ses services pour apaiser les inquiétudes. En deux mots : une voie royale s'ouvre devant le capot des véhicules du gang.

Le père d'Alex s'est glissé, mains gantées, au volant du Toyota Land Cruiser, Driss de même dans la BMW X5, ainsi que Paco dans le Range, et le Gitan dans la Mercedes. Maria-Inès est restée à l'entrepôt. Elle nettoie de fond en comble les deux Ford Edge SUV qui seront utilisées pour le braquage. Depuis son plus jeune âge Maria-Inès a fait montre d'un don particulier pour effacer toute trace de sa présence sur un lieu donné. Effacer dans ces véhicules celle de son cousin préféré et de ses potes relève pour elle du concours d'agrégé face à un jury composé d'experts de la police scientifique. Elle a beau se dire que les bombes incendiaires détruiront son œuvre, elle s'applique d'autant plus que si, par malheur, l'une d'elles ne fonctionnait pas, son travail méticuleux serait un atout supplémentaire pour la défense, au cas où les choses tourneraient mal.

Pendant qu'elle astique, le père d'Alex gare le Toyota près du Jardin d'acclimatation, tandis que Driss stationne la BMW X5 porte Dauphine. Chacun rejoignant ensuite Paco et le Gitan au volant des autres véhicules. Choix de la cible, repérages et mise en place des relais ne constituent que le pot, la donne et la relance de la partie de poker qui s'engage. C'est pourquoi, en joueurs affûtés, le gang se refait une dernière fois les itinéraires de décarrades avant de regagner Malakoff.

Rien ne sera laissé au hasard ; la plus anodine des erreurs se payant cash, les quatre braqueurs s'appliquent à mettre tous les atouts de leur côté.

Un ultime détour pour le Gitan, qui a embarqué le père d'Alex : passer chez le vétérinaire récupérer seringues, Special K et sang de cheval, de chien ou de chat.

Rentrés à l'entrepôt, ils revoient la position et le rôle attribués à chacun, prennent leurs sacs de voyage, leur arme de poing, et se répartissent par deux pour rejoindre leurs planques respectives avec le Range et la Mercedes. Rendez-vous à 5 heures.

On se sépare sous le regard envieux de Maria-Inès, qui se languit de participer à un braquage. Quel trompe-l'œil s'est glissé dans son liquide amniotique pour que l'imminence d'un danger la fasse tant rêver ? Maria-Inès sera ce soir la gardienne de l'entrepôt, elle ne dormira que d'un œil dans sa caravane, tous les sens en éveil, et quand ils arriveront le café sera chaud. Maria-Inès ne parle pas, n'entend pas, elle ne parlera jamais et aucun appareil auditif ne lui permettra un jour d'entendre. Mais Maria-Inès a un secret… Quand le jour se lève, quelle que soit la saison elle entend le chant des cigales. Le Gitan lui a offert ce cadeau lorsque, petite, elle lui a demandé à quoi ressemblait le chant des cigales tandis qu'ils étaient au vert en Provence. Comme Maria-Inès, le Gitan a un secret… un don. Ce don, c'est l'hypnose, et il le possède dans un champ d'application exceptionnel. C'est lors d'une séance de transe hypnotique que Maria-Inès a entendu le chant des cigales.

Maria-Inès s'installe sur un hamac et se projette dans le sillage de ce cousin qui lui a tant appris, du langage des signes au vol de voitures, de la lecture en braille au repérage d'un policier, fût-il déguisé en dealer. Et là… elle se dit que jamais elle ne le laisserait en prison s'il devait y retourner.

La prison, c'est exactement ce à quoi pense Mohamed Abou Bakr al-Din en entrant à l'arrière du kebab où Tariq et lui viennent d'atterrir. Arrière-boutique insalubre mais sûre, selon son propriétaire. Abords sécurisés par des guetteurs et tolérés par les autorités locales, lesquelles préfèrent la paix sociale aux conflits communautaires. Tariq n'a pas mis trois siècles pour retrouver la planque où il fut accueilli en débarquant en région parisienne. Son propriétaire les reçoit à bras ouverts. Plus enraciné que lui dans la guerre aux mécréants et aux apostats relèverait de la schizophrénie, parce que lui ne s'en cache pas. Il en fait même commerce, et s'il est dans le collimateur de la DGSI et de la DGSE, il s'en étourdit de fierté. Ses deux épouses arborent le niqab. Ses fils, Dieu soit loué, Il lui a donné trois fils ! portent chacun le prénom d'Ali. Bref, ils ne pouvaient trouver hôte plus fiable qu'Ahmed al-Khattabi.

L'émir s'est assis sur une caisse, Tariq sur un tabouret. Ahmed leur prépare du thé. Il est au courant de leurs ennuis, ces mécréants de médias ne cessent de s'en repaître et d'inonder les écrans et les ondes de leur maudite propagande. C'est égal, il va leur installer des lits de camp à la cave et œuvrer à leur bien-être en attendant d'organiser un départ vers le califat.

Tariq n'en espérait pas tant, il se fera sauter en Syrie, en Irak ou ailleurs. De toute façon, avec sa trogne dans tous les journaux, il n'aurait aucune chance de passer inaperçu. Il a une pensée pour sa famille qui, là-bas dans sa Creuse natale, doit être éberluée de voir son portrait partout. Cédric le froussard devenu Tariq l'ennemi public nº 1 ! Il espère que ses parents, pas bégueules, seront fiers de lui. Avec jubilation, il envisage déjà son retour, contrairement à Mohamed Aboubakr al-Din, dont la mine renfrognée ferait peine à voir si le pédigrée du bonhomme n'était aussi sulfureux. Il est croquignolet, assis sur sa caisse, l'œil torve et le front fripé.

Mohamed cogite. Un, il n'a pas l'intention d'émigrer au califat ; et deux, il est piégé en terre acquise à Tariq, cet enfoiré de mouton noir qui a même oublié un sac dans l'Espace des deux autres nigauds ! Et quel sac ! Excusez du peu, une partie des explosifs sur lesquels, à coup sûr, il y a ses empreintes tellement il se la pétait de les manipuler en imaginant le bordel qu'il allait foutre avec. Et l'argent, ses dizaines de milliers d'euros gagnés à la sueur de son intelligence… Oui, sa zakat à lui ! Ce n'est pas ce pauvre type d'Ahmed qui va les lui récupérer… Quoique… s'il lui montait le bourrichon et l'envoyait à la recherche de la maudite mécréante…

## 17

*Samedi 12 août,*
*entre 4 h 58 et 5 h 04*

Deux véhicules pénètrent silencieusement dans l'entrepôt de Malakoff. Le père d'Alex sourit à Maria-Inès, solaire dans la pénombre. L'odeur du café attire les quatre hommes. Étreignant Maria-Inès, le Gitan lui colle une bise sur le front et, en langage des signes, la remercie en leur nom à tous. En gestuelle des mains, du visage et du corps, elle leur assure qu'aucune trace susceptible de les confondre ne subsiste dans les Ford. Clins d'œil et sourires en retour. Émue, Maria-Inès hausse les épaules et sert le café. Ils se regroupent autour d'une table de camping pour en savourer l'arôme. Tout en regardant Maria-Inès, le Gitan, admiratif, leur explique une fois de plus comment elle s'y prend pour piquer des voitures. Elle arpente les concessions, repère les modèles, surveille les livraisons, les entrées et sorties des ateliers, survole son terrain de chasse tel un aigle dans les airs et, dès que l'occasion se présente, moteur tournant ou pas, mais clés ou cartes au contact, elle fond dessus, y plante ses serres et s'envole avec son butin. Sachant lire sur les lèvres, Maria-Inès raffole du récit de son cousin ; c'est comme si, en le déchiffrant, elle prenait conscience de ses prouesses.

*5 h 16*

Ils révisent les détails de l'opération, redéfinissent le rôle de chacun, s'entendent sur le fait que, si l'un d'eux est grièvement touché, il sera laissé sur place. Une fois qu'il sera passé par les urgences et remis sur pied, les rescapés iront le chercher à l'hôpital, au tribunal ou au placard. En cas de blessure bénigne, on embarque le malchanceux, le véto du Gitan répondra présent pour le rafistoler.

Tapie en l'esprit de chacun, la mort…

— Comme d'hab', si elle avale un de nous, on ne s'embarrasse pas du corps. La moindre perte de temps pourrait en exposer un autre ou nous coincer à perpète entre quatre murs, alors quoi qu'il en coûte, on s'arrache.

Le père d'Alex croise leur regard ; conscients de l'enjeu, ils acquiescent. Le rituel est immuable, on ne change pas un modus operandi gagnant.

*5 h 28*

Gantés, le Gitan sort les armes lourdes, Paco répartit les vêtements, Driss vérifie les gilets pare-balles, le père d'Alex allaite les chargeurs, et Maria-Inès dépose les bombes incendiaires dans les Ford. L'esprit en apnée dans l'action, chacun à sa manière verrouille ses tiroirs intimes. À compter de maintenant et jusqu'à leur retour, rien ne perturbera leur concentration.

Tel un story-board, la planification du braquage est plaquée sur le miroir de leurs pensées.

*5 h 53*
Se succédant dans les toilettes à la turque, ils se vident la vessie, se déshabillent, enfilent leur gilet pare-balles à même la peau, puis les combinaisons et les chaussettes montantes jusqu'aux genoux. Ils se chaussent en silence.

*6 h 09*
Ils s'arment, chacun son artillerie, son lot de munitions, ses gants, son talkie-walkie, son ruban adhésif, et, pour le père d'Alex, une seringue de Special K. Tandis que Driss glisse la poche de sang dans l'une de ses poches, le Gitan s'empare d'un sac de sport. Quatre braqueurs à sang-froid sont parés pour le combat.

*6 h 23*
Ils embarquent dans les Ford aux vitres teintées. Cagoules et masques seront mis au dernier moment. Aux volants, le Gitan et Paco ; à leurs côtés, respectivement, le père d'Alex et Driss.

*6 h 26*
Maria-Inès ouvre la porte de l'entrepôt. Le soleil est au rendez-vous, ses rais se réfléchissent sur la carrosserie noire des Ford.

*6 h 27*
Les véhicules quittent leur abri, direction la porte de Vanves et le périphérique Ouest. La circulation

est fluide. L'exode des aoûtiens ampute amplement le chassé-croisé habituel. Roulant à distance l'un de l'autre, le Gitan et Paco ne se perdent pas de vue.

Porte de Saint-Cloud, ils quittent le périphérique, empruntent les Maréchaux pour vérifier que la BMW est en place.

Porte Dauphine, ils retraversent le périphérique et se dirigent vers le Jardin d'acclimatation, où est stationnée la Porsche, tout baigne. Neuilly-sur-Seine est à portée d'ailes.

Respectant le Code de la route, ils roulent vers l'objectif. À l'abord de l'avenue du Général-de-Gaulle, leur horloge interne se mue en chronomètre de précision.

*7 h 03*

Ils quittent l'axe principal et bifurquent dans la contre-allée. Devant eux un camion benne, les éboueurs réoxygènent la cité en la purgeant de ses ordures. Conscient de bloquer la circulation, l'un d'eux leur adresse un signe pouvant se traduire par « chacun son business, faut être patient ». Patients, ils le seront, d'autant plus que la banque est proche et qu'ils sont sensiblement en avance. « Tenez ferme vos sacs et poubelles, qu'on ne s'éternise pas », songe le père d'Alex, qui vérifie la fréquence de son talkie-walkie en appelant Driss. Contact établi.

*7 h 09*

Ils sont sur l'objectif. Le Gitan passe devant la banque, laisse libre l'emplacement réservé au fourgon blindé, ainsi que l'accès à l'immeuble en fond de cour, glisse le long du trottoir et se gare. Paco s'est rangé le long de l'immeuble mitoyen de la banque. Les moteurs sont coupés. Cagoules enfilées, visages happés par les masques, ils sont parés.

*7 h 11*

Les éboueurs s'éloignent, le quartier est calme, les riverains prolongent leur nuit, sur l'avenue la circulation est balbutiante.

Le premier employé de la banque se pointe à pied. Démarche assurée, il s'engage dans la voie d'accès à l'immeuble du fond, longe la succursale et s'arrête devant la porte réservée à l'entrée du personnel. L'habitude, alliée à la belle journée d'été qui s'annonce et à la perspective d'un long week-end férié, tombe sa garde. Il pianote sur le cadran du digicode sans un regard alentour. Le père d'Alex et Driss bondissent hors des voitures et surgissent à l'instant où il entre.

*7 h 13*

Dos exposé à ses assaillants, il se retrouve plaqué au sol par le père d'Alex, le canon du Browning sur la nuque. Driss referme la porte. Cloué face contre le carrelage, l'employé est mortifié. La peur lui tord le ventre, mais il ne crie pas. Le père d'Alex lui demande son prénom.

— Charles.

— Charles, tu fais exactement ce qu'on te dit et ce soir tu rentres chez toi. Tu fais le guignol, je t'exécute… Lève-toi !

Charles se redresse en s'appuyant aux murs du couloir, ses jambes flageolent, il est en piteux état.

— Débranche les alarmes !

Charles opine et se dirige vers une pièce où se trouve l'armoire les recélant.

— Je dois prendre les clés dans ma poche…

Le canon du Browning enfoncé dans sa nuque, il s'exécute, puis les coupe une à une.

*7 h 16*

La banque est sous contrôle. Le père d'Alex ordonne à Charles de s'allonger dans la pièce, face contre terre. Il lui attache les poignets dans le dos, puis les chevilles avec le ruban adhésif, avant de lui barrer la bouche.

À l'extérieur, le Gitan et Paco surveillent les parages. Une voiture se gare plus haut. Une femme et un homme en sortent et se dirigent vers la banque. Le Gitan informe ses complices par talkie-walkie. L'homme, tout en discutant avec la femme, compose le code et pousse la porte. Ils entrent en riant, longent le couloir et se retrouvent nez à nez avec le canon du SIG-Sauer de Driss. Très vite, ils retrouvent Charles allongé au sol.

Au cours des minutes suivantes, cinq salariés rejoignent leurs collègues, suivis de Paco, qui les terrorise en brandissant son AK-47.

Seul le Gitan patiente dans sa Ford. Arrivent trois autres employés, puis une jeune femme qui panique. Anéantie par la vision des armes et des masques blancs sur les cagoules noires, elle s'écroule aux pieds de Paco, qui la prend par les épaules et l'entraîne près de ses collaborateurs. Le ruban adhésif fait des merveilles, chacun se tient tranquille.

Pressé de questions avant d'être bâillonné, Charles a indiqué que seul le fondé de pouvoir détient la clé de la chambre forte, dans laquelle trois coffres recèlent documents et fonds propres à l'établissement. Il arrive régulièrement le dernier. On l'attend…

Il se pointe enfin droit comme un I, guindé dans un costume de danseur de tango. Il entre, s'avance en sifflotant et, face au canon de Paco, s'agite comme un hanneton sur le dos cherchant à se retourner. Paco n'a pas d'autre solution que de lui envoyer un direct en pleine face, puis de le traîner dans la pièce où il découvre, effaré, ses employés. Du sang s'écoule de son nez et de ses lèvres, il est groggy.

Le père d'Alex contacte le Gitan :

— Rejoins-nous.

Driss lui ouvre et le guide. Paco surveille son cheptel ; le Gitan, AK-74 dans une main et sac de sport dans l'autre, descend dans la salle avec le fondé de pouvoir et lui fait ouvrir les trois coffres.

*7 h 36*

Ils remontent, sac alourdi d'euros et de monnaies diverses. On remercie le fondé de pouvoir en le bâillonnant et en le saucissonnant.

*7 h 38*

Le fourgon se gare sur son emplacement, deux convoyeurs sur leurs gardes en descendent et se dirigent vers l'entrée. Le compte à rebours commence.

Le père d'Alex et Driss se mettent en position dans la salle d'accès aux distributeurs automatiques, laquelle est située face à la pièce où les employés sont séquestrés. Paco colle le canon de son AK-47 contre la nuque du fondé de pouvoir, qui s'agite et tente d'émettre un son.

Non partant pour un suicide brutal, le bonhomme se calme instantanément.

Immobile dans l'espace clients, le Gitan regarde dehors à travers les baies vitrées. Il aperçoit l'arrière du fourgon, un passant, deux joggeurs et une mémère dont le teckel urine contre un arbre. Rien d'anormal…

Digicode actif ; le convoyeur, caricature de pachyderme, pénètre dans le couloir et repousse la porte. Resté à l'extérieur, son collègue monte la garde. Debout dans le fourgon, le chauffeur surveille la manœuvre par une meurtrière. Tension maximale sous le crâne des braqueurs, le temps est suspendu, puis tout s'enchaîne.

S'apprêtant à poser un pied sur le seuil de la salle des automates, le convoyeur, sacoche en main, aperçoit les pieds entravés d'un otage. Couillon de première ou sûr de sa virilité imbécile, il rive les yeux sur le ruban adhésif et se retrouve nez à nez avec le AK-47 de Paco.

Le père d'Alex réagit au quart du dixième de tour. Pas étouffés, bond de tigre se jetant sur une proie, il lui tombe sur le râble, le saisit à la gorge, lui bloque la respiration et, en lui enfonçant l'aiguille dans le cou, il lui injecte sa dose de Special K. Arc-bouté et tentant coûte que coûte de résister, le convoyeur lâche la sacoche et lance les bras en arrière, cherchant vainement à choper l'enfoiré qui l'étrangle. La lutte de classes convoyeur/braqueur ne s'éternise pas : le Special K terrasse son homme, dont les bras retombent lourdement le long du corps. Le père d'Alex relâche son étreinte, s'assure qu'il ne réagit plus, et le laisse. Réduit à l'état de pantin privé de ficelles, le type s'effondre dans un bruit sourd.

Driss sort la poche de sang et lui en répand sur la tempe, le visage, la gorge et la poitrine. Le père d'Alex range la seringue dans son étui, qu'il glisse dans l'une de ses poches, puis il s'empare du revolver du bonhomme, en vide le barillet, éparpille les balles et le balance dans l'escalier menant à la salle des coffres. Depuis sa position, le Gitan observe toujours l'extérieur, où la quiétude arpente la contre-allée.

*7 h 40*

Action réaction, le père d'Alex saisit son convoyeur par le col et le traîne vers la porte, où se tient Driss, SIG-Sauer en main. Le Gitan les rejoint. Sur un signal du père d'Alex, Driss s'assure de la position du guetteur en regardant par l'œilleton, puis il ouvre la porte et se rue sur lui. Canon sur la tempe il lui intime l'ordre de se mettre à genoux, mains sur la tête. Sidéré mais sans gueule de bois, le mec obtempère sans rechigner.

Dans la foulée, le père d'Alex est sorti en traînant son gibier ensanglanté. Le Gitan fait irruption, AK-74 braqué sur le fourgon, et sac de sport contenant une partie du butin à l'épaule. À l'abri dans sa tirelire blindée, le chauffeur s'empare de sa radio et donne l'alerte. Première sommation du Gitan qui, pour plus d'efficacité, s'est délesté du sac de sport. Les balles s'écrasent contre le pare-brise blindé. Le chauffeur se bouche les oreilles et s'agenouille près de la meurtrière.

Dans la contre-allée, c'est la panique. Déboussolés, les piétons déguerpissent. Aux fenêtres de l'immeuble en fond de cour, des têtes apparaissent. Regards incrédules, cerveaux ensommeillés, cheveux hirsutes pour les somnambules, chacun suit la scène avec effarement. Quelques-uns ont le réflexe grand reporter ; iPhone sur vidéo, ils filment, mi-fascinés mi-hébétés, les malfaisants en action. Sur l'avenue des voitures ralentissent, chacun voulant voir et comprendre mais sans se faire avoir…

Seconde sommation : un tir en rafale dans le blindage. Claquements assourdissants qui fragilisent les pensées du chauffeur. L'esprit ébranlé, il regarde par la meurtrière, voit son collègue à genoux, calibre sur la tempe, et l'autre exécuté gisant aux pieds d'un braqueur. Hypnotisé par l'abondance de l'hémorragie, il croit percevoir l'odeur humide et poisseuse du sang.

Driss lui ordonne d'ouvrir, sinon il abat son otage. Avec force, il contraint ce dernier à s'allonger face contre terre et appuie le canon de son arme sur le haut de son crâne.

Aux aguets dans son fourgon, le chauffeur carbure aux idées noires. Attendre l'intervention de la police ou obéir à ces salopards et sauver la vie de son collègue ? Et s'il ouvre et qu'ils se font buter tous les deux ? Face au dilemme, un empilement d'images brouille sa raison. Soudain, il entend son collègue hurler en le suppliant d'ouvrir. Le ton percute : sans réfléchir, il débloque la portière latérale et lève les mains.

*7 h 42*

Paco, qui vient de les rejoindre, bondit à l'intérieur, le saisit à la gorge et le projette dehors. Le mec s'écroule aux pieds du père d'Alex, qui le déleste de son arme, éparpille les balles et la balance au loin. Driss en fait de même avec le revolver de son otage.

Paco et le Gitan s'emparent fissa des sacoches, qu'ils jettent à l'arrière des Ford. Le père d'Alex se positionne au milieu de la contre-allée, M16 calé dans la saignée du bras gauche.

*7 h 44*

Fourgon vidé, il ne leur reste qu'à s'arracher. Au loin, les sirènes de police s'emballent. Le commissariat de Neuilly envoie ses effectifs et lance une alerte générale. Paco et le Gitan se glissent au volant des Ford, le père d'Alex grimpe aux côtés du Gitan, Driss rejoint Paco.

Les sirènes se rapprochent dangereusement. Vitesses enclenchées ; première, seconde, troisième pied au plancher, 300 mètres en une poignée de secondes, fuite fougueuse, virage à gauche au feu, il est au rouge, forcer le passage, conduite nerveuse… Le Gitan et Paco maîtrisent. Crissements des pneus au ras du bitume, klaxons intempestifs, coups de freins, contre-braquage, ailes froissées, adrénaline dans les artères, ça passe ou ça casse…

Remonter l'avenue compte-tours en zone rouge, mais rythmes cardiaques domptés par les nerfs. Le commissariat est dans leur dos, trois coups d'avance, c'est gagné !

Souplesse, efficacité, concentration et détermination, rester maître de l'action sans rien céder à la nervosité, c'est ce qui permet de manger du caviar à la louche quand d'autres grimacent devant la tambouille carcérale.

Se séparer pour rejoindre les voitures relais au moment où les policiers débarquent, nerveux, sur l'agence. Ils courent au plus urgent : le signalement des véhicules des braqueurs ? combien ? quelle direction ? Les convoyeurs sont pressés de questions… À l'intérieur, combien de personnes ? comment on entre dans la banque ?

Arrivée d'ambulances, pompiers de Paris et SAMU, on se précipite sur le convoyeur abattu, le cœur bat, le sang… chercher des tissus déchirés, aucune blessure apparente, examen du corps, contrôle du pouls, le mec est anesthésié mais vivant.

La brigade anticriminalité repart en chasse. Elle est sur les dents, la perspective d'une course-poursuite lui fortifie les nerfs.

Près du Jardin d'acclimatation et de la porte Dauphine, des témoins déclareront plus tard avoir vu des mecs cagoulés et masqués descendre des voitures incendiées, transporter des sacs et des armes dans une BMW X5 et une Porsche Cayenne de couleur noire, puis disparaître sur le périphérique. Ceux qui ont filmé les scènes se verront déposséder de leur iPhone, autant dire dénudés.

Les patrouilles de police lancées dans la course feront chou blanc. Malgré des effectifs réduits en août, Office central de répression du banditisme et brigade antigang déboulent à Neuilly. Dans la banque, les personnels libérés de leurs rubans adhésifs retrouvent parole et verticalité. Au cœur de la défaite, et au moment où le gang rentre à bon port, les flics pressentent une traque longue et difficile. Pas de répit sous le soleil, délinquance, crime et terrorisme fonctionnent en self-service, à peine cicatrisée d'une blessure, la capitale s'en va saigner ailleurs. Paris a toujours la gorge en feu.

*Flash-back* : les bombes incendiaires ont été d'une redoutable efficacité, des Ford, il ne reste qu'un amas de tôles calcinées et de gomme fondue. Un chat de gouttière n'y débusquerait pas les restes d'une souris. Un junkie n'y trouverait pas un quart d'aiguille à s'enfoncer dans le bras. Malgré l'arrivée rapide des pompiers et leur professionnalisme, évitant que d'autres véhicules s'embrasent, le constat des experts de la police scientifique dépêchés sur place est sans appel : chercher une trace d'ADN dans ces carcasses fumantes relève du casse-tête insoluble. Fermez le ban…

# 18

La matinée s'étire sous un soleil rédempteur. Un hélicoptère de la gendarmerie sillonne le ciel parisien à la recherche de la BMW X5 et de la Porsche Cayenne. Des patrouilles bousculent la vie des citadins et des touristes en quadrillant l'ouest de la capitale. Les limiers des brigades spécialisées passent au crible les témoignages directs et indirects du braquage. D'autres consultent le dossier des mecs susceptibles d'avoir commis ce vol. Parmi les profils qui leur parlent, celui du père d'Alex et, par ricochet, ceux de Driss et du Gitan. Ils comparent le modus operandi à celui de braquages non élucidés. La fourmilière de l'ordre et de la loi se lance dans un travail méticuleux où le détail le plus anodin sera exploité, où aucune piste ne sera délaissée. Hors flag, c'est la ténacité qui aboutit parfois à l'interpellation des malfrats.

Dans l'entrepôt, la tension retombe, mais personne ne se relâche. Ils sont rentrés raccord, n'ont embroché personne ni déclenché de crise au sommet de la hiérarchie policière. À l'écoute des infos qui parlent de braqueurs aguerris et d'armes de guerre, le gang préfère le scanner de la BRB, d'où pour l'instant rien ne laisse penser que l'entrepôt serait repéré. Quatre braqueurs se consacrent à effacer le moindre indice pouvant les confondre. Vêtements, chaussures, gants, masques, rubans adhésifs, poche de sang, seringue, sac de sport, sacoches ayant contenu l'argent, liasses piégées, bordereaux des dépôts et bandes plastiques entourant les liasses, direct à l'incinérateur. Les fusils d'assaut sont démontés, nettoyés et rangés. L'AK-74 utilisé pour les sommations est mis en pièces, lesquelles seront dispersées dans la Seine.

Le butin, 1 988 000 euros, est partagé. Maria-Inès reçoit un fade de 10 %, arrondi à 200 000 euros. Émue, la chrysalide les bise amicalement puis se lance dans l'examen minutieux de la BMW et de la Porsche. Rivets pop et pince à riveter en main, elle s'attaque aux plaques d'immatriculation. Les braqueurs attendront l'allègement du dispositif policier avant de s'éparpiller. Rester à l'écoute du scanner et patienter, sans sous-estimer les pros des brigades spécialisées.

Driss et le père d'Alex sortent faire une ronde, l'œil aux aguets et les armes de poing collées à la peau. Paco alimente l'incinérateur en mangeant du pop-corn, et le Gitan aide Maria-Inès en astiquant à l'huile de coude l'intérieur de la BMW et de la Porsche. Les heures s'étirent lentement, un calme olympien plombe le quartier. Pas l'ombre d'une silhouette du RAID, pas l'arrière-ban d'un commissariat, pas même les velléités d'un vigile ; les Sioux regagnent l'entrepôt. Maria-Inès sort acheter des pizzas, qu'ils partageront avant de se disperser…

Du côté de la section antiterroriste, on n'a pas chômé. Le Kangoo retrouvé sur le parking de l'hypermarché et le Renault Espace passés au crible ont livré l'ADN et les empreintes d'un individu condamné à trois reprises pour viol. D'autres relevés d'ADN et d'empreintes feront l'objet d'examens, d'où le moindre marqueur sera extirpé.

Moustapha Mossoul et sa femme ont accepté de se soumettre au bâtonnet de salive et à l'encreur, ainsi que la veuve du conducteur du Renault, pour faciliter le travail des enquêteurs, qui prélèveront empreintes et ADN sur le cadavre de son époux.

Le violeur identifié n'est autre qu'Antoine-Ziyad Kabbaj, alias Mohamed Aboubakr al-Din. Une caricature de crétin incubé dans une éprouvette de chlore, selon les mecs de l'antiterrorisme penchés sur le dossier. Un rustre auquel il ne manquerait que la petite vérole pour parfaire le portrait.

Épluchant les notes du bureau central du renseignement pénitentiaire, ils retrouvent le profil type du radicalisé en prison, mais s'étonnent de ne pas le voir figurer parmi les fichés S. Son père, originaire d'Afrique du Nord, était un homme pieu et discret. Ouvrier de chantier, il meurt électrocuté sous une ligne à haute tension. Antoine-Ziyad a six ans. Sa mère, française, endeuillée à vie, l'élève seule en enchaînant les ménages afin qu'il ne manque de rien. Lors de la première arrestation de son rejeton, le poids de la culpabilité la submerge. Aux ménages elle ajoute la course aux parloirs, les privations pour lui envoyer des mandats, les nuits blanches dans l'attente du procès. Des ménages, toujours plus de ménages, toujours moins de sommeil… mère courage ne sent pas venir l'ampleur du désastre. Antoine-Ziyad est libéré, il récidive, replonge, la tue à petit feu. À la troisième incarcération de son fils, cette mère n'est plus qu'une ombre décharnée apitoyant jusqu'aux gardiens de prison les jours de parloir. Résignée, elle se courbe sous les contraintes, se cramponne à l'idée qu'un jour son fils épousera une gentille fille et se rangera, étouffe ses pleurs et s'asservit plus qu'une bête de somme. Aveugle à sa radicalisation, elle accepte sur son ordre de ne plus venir au parloir, mais de compenser par plus de mandats. Ce n'est pas Antoine-Ziyad qui la congédie, c'est un Mohamed Aboubakr al-Din en devenir.

Quand elle recevra la visite des policiers de la section antiterroriste en ce samedi 12 août, le sol s'ouvrira sous ses pieds, et quelques minutes après leur départ elle se défenestrera. Le rapport du légiste précisera que son décès est dû à un arrêt cardiaque survenu avant qu'elle ne s'écrase, huit étages plus bas, dans la tranchée d'un trottoir saigné par des travaux de voirie.

Apprenant le suicide, alors qu'ils regagnent leur bureau de Levallois-Perret, Pierre Askyil et Rachel Rivière, qui l'ont interrogée, explosent de colère contre le bourreau de sa propre mère.

Flash-back sur l'interrogatoire d'une femme au bout du rouleau : son fils… aucune nouvelle depuis sa dernière sortie de prison, juste une lettre pour lui dire de ne plus envoyer de mandat jusqu'à nouvel ordre. Envisageait-il déjà son retour en taule ? Cette lettre, elle la leur remet, leur confiant que, ne sachant pas lire, c'est une voisine qui s'en est chargée. Et eux, peuvent-ils la lui relire encore une fois avant de l'emporter ? Ils peuvent… Son désarroi est tel que Pierre Askyil hésite devant certaines expressions tant leur tournure et le mépris qu'elles expriment le choque. Antoine-Ziyad n'appelle pas sa mère « maman », mais « femme », et conclut son brouillon par « que Dieu te pardonne de m'avoir élevé comme un porc impie, mais comme Il entend ceux qui Le louent, Il m'aura sauvé malgré toi ».

De retour au siège de la brigade, ils reprennent le dossier du bureau central du renseignement pénitentiaire. Pourquoi ce foutu salopard n'était pas fiché S ? Comment a-t-il pu passer au travers les mailles ?

La réponse fuse de Rachel Rivière, qui sort un rapport confidentiel transmis à la DCRI. Ce fort en gueule, cette tête brûlée, ce loser de la pire espèce était un indicateur de la pénitentiaire. Sa radicalisation ? Une simple couverture pour régner sur plus abrutis que lui, tout en encaissant des remises de peine supplémentaires. La pénitentiaire le croyait quand il lui parlait des vermines de la foi. Mahométan, lui ? Pas plus qu'un termite, pas moins qu'un criquet ! Cet adepte du bourre-pif n'a qu'un dieu, résume le rapport : son membre viril, et qu'une religion : l'argent. Même la promesse de recevoir soixante-douze houris au paradis n'a pas suscité son engouement pour la religion. Pas bête, le Antoine-Ziyad Kabbaj, alias Mohamed Aboubakr al-Din. Il y a belle lurette que sa testostérone lui a enseigné qu'une tu l'auras, de gré ou de force, vaut mieux que soixante-douze tu te taperas, si tu es assez con pour y croire ! En conséquence de quoi, pour l'administration pénitentiaire il relevait davantage de la brigade des mœurs et de la brigade criminelle que de l'antiterrorisme. Résultat, le mec est dans la nature, les bras couverts de sang et accompagné d'un complice tout aussi fondu… Sauf un coup de chance inespéré, la traque promet d'être compliquée.

— Hallucinant !

Tel est le cri du cœur de l'officier Rachel Rivière, cri du cœur partagé par le lieutenant Pierre Askyil, parce que, même si ce fumier n'était pas prêt à partir pour le Shâm, la pénitentiaire se devait de le signaler.

Lorsque Paul de Lavigerie, leur directeur, vient aux infos, ils ne lui épargnent pas leur colère, allant jusqu'à accuser la pénitentiaire d'avoir confié un lance-flammes à un pyromane. L'incompréhension leur pique les yeux ; leur boulot consiste précisément à recueillir des informations sur des individus susceptibles de jouer un rôle, quel qu'il soit, dans les filières terroristes, voire de passer à l'acte, et là… rien, même pas un signalement leur permettant de s'intéresser à cet obscur salopard !

# 19

De leur côté, le capitaine Denis et le lieutenant Lacour suivent avec intérêt les investigations lancées à la suite du braquage de Neuilly. Trop de coïncidences entre ce vol et ceux mis au crédit du père d'Alex et de son gang. Problème : à l'exception de Driss qui a pignon sur rue, les autres sont inlogeables, et sauter Driss au flanc, c'est mettre ses complices en alerte rouge, sans écarter la probabilité de ne trouver aucune preuve matérielle sur lui ou chez lui. Quant aux aveux, autant interroger un poisson rouge.

Contactés, l'OCRB et la BRB font le même constat, à cette différence qu'ils optent pour l'interpellation de Driss. S'il est l'un des braqueurs ayant donné de la voix, une confrontation rapide avec les témoins pourrait le confondre. Au sommet de la hiérarchie, on choisit de surseoir à l'arrestation et de mettre sur pied une filature aux mailles si serrées qu'un pince-oreilles n'aurait aucune chance de leur échapper. C'est le gang qu'il faut serrer, pas seulement l'un des exécutants. La décision est prise, le domicile et la boutique de Driss feront l'objet d'une surveillance 24/24 par les hommes les plus chevronnés. À peine tombé, l'ordre est mis à exécution. Les sous-marins sont lâchés.

L'enquête de terrain se poursuit avec la prolongation de l'interrogatoire des employés de la banque et des convoyeurs. Dans toute attaque majeure d'un fourgon ou d'une banque, l'éventualité d'une complicité interne n'est jamais écartée. C'est ainsi que, pour les témoins, un samedi qui s'annonçait sous les meilleurs auspices se prolonge dans les bureaux de la brigade criminelle. L'atmosphère n'étant pas aux agapes d'un long week-end férié, chacun s'affaire scrupuleusement à témoigner de tout ce dont il se souvient, un œil s'esquivant en permanence sur le cadran des montres. Les convoyeurs, soumis à un interrogatoire plus poussé, n'en mènent pas large. Sur le fond, ils enverraient bien balader ces enfoirés de flics qui semblent les soupçonner de complicité alors qu'ils ont risqué leur peau. Et leur collègue, quelle ne fut pas leur surprise en apprenant qu'il était simplement anesthésié et couvert de sang animal !

Là où le bât blesse pour les fins limiers de la criminelle, c'est l'absence de détonation dans la banque. Pas surpris, les convoyeurs, de voir un collègue ensanglanté sans avoir entendu la moindre détonation ? Réponse des convoyeurs :

— Les silencieux, ça existe.

— Sauf qu'en visionnant les vidéos des riverains, on distingue parfaitement les armes, et vous savez quoi… pas le moindre silencieux, pas même un réducteur de son. Ça ne vous paraît pas bizarre ?

Non, ça ne leur paraît pas bizarre, aux convoyeurs. On les rassure quand même sur l'état de santé de leur collègue.

— Il a repris connaissance à l'Hôtel-Dieu. Victime d'une anesthésie dissociative et d'une perte de conscience temporaire grâce à un dosage adapté de Special K, il en est quitte pour quelques perturbations sans conséquences de son système nerveux, auxquelles ajouter des nausées, le temps que l'efficacité du produit s'estompe dans son organisme.

Des enquêteurs sont déjà au boulot pour remonter la provenance du Special K, mais sans trop y croire…

Sur le plateau des chaînes d'infos en continu, l'affaire dite des égorgeurs de la Seine-Saint-Denis et du Val-de-Marne monopolise toutes les attentions, faisant passer le braquage et le week-end du 15 août en second plan. La pression exercée sur les politiques est telle qu'ils exigent, en vrac, un énième plan sécurité et la démission du ministre de l'Intérieur, lequel bredouille que l'enquête en cours ne lui permet pas de vendre la mèche, mais que l'arrestation des suspects est imminente.

Cette agitation médiatico-politique retombe sur les services, et parmi eux les experts de la police scientifique, contraints d'accélérer leurs investigations pour alimenter la défense du ministre. Alors qu'elle n'était qu'avancée, la version d'islamistes auteurs de ces meurtres sanglants est confirmée. Dans les rédactions, on rappelle l'interpellation de Hamid Bensalli et les tragiques événements de la rue des Archives. Coïncidence ou enchaînement de crimes d'une même filière djihadiste ? Les médias veulent des réponses, ils les exigent haut et fort au nom du droit à l'information, et plus discrètement au nom de l'exclusivité, levier du taux d'audience et appel du pied aux annonceurs.

Dans les locaux des services concernés, l'atmosphère n'a rien d'estival. Qu'il s'agisse des meurtres à connotation islamiste ou du braquage de ce matin, les enquêtes s'annoncent hors norme. Pas de quoi inquiéter Ahmed al-Khattabi, le kebab de Trappes, qui a installé un ventilateur et un petit téléviseur dans la réserve où se morfondent Mohamed et Tariq. Quand sa photo anthropométrique et son identité apparaissent à l'écran, l'émir frôle la fausse route, manque de s'étouffer et recrache la boulette de mouton qu'il venait d'ingurgiter. Les yeux écarquillés, il se redresse, hors de lui, suffoque, s'agite, tandis que son hôte lui tape dans le dos et que Tariq, médusé, l'observe en écoutant les infos. On parle d'un violeur multirécidiviste, radicalisé sur le tard, indicateur de l'administration pénitentiaire, totalement dénué de scrupules et extrêmement dangereux. Les médias ne s'encombrent pas avec la déontologie : il est brocardé en criminel cynique et calculateur.

Mohamed Aboubakr al-Din, les joues violacées, la respiration saccadée et les sourcils froncés, se dégage violemment de son hôte qui continuait à lui tapoter le dos, fond sur le téléviseur, l'arrache littéralement du sol et le fracasse contre un mur.

Percevant en l'émir une démence sous-jacente, Tariq et Ahmed se tiennent cois. Ils l'observent, regard ensablé par les révélations de la télé, se disant peut-être que la cécité et la surdité ont parfois du bon. Les secondes pourraient s'éterniser avant que l'un d'eux n'esquisse le moindre geste, le moindre mot, quand soudain l'émir éructe en agonissant les médias d'injures et en appelant au djihad contre ces fumiers d'impies menteurs et pourris jusqu'à la moelle. Il jure de les charcuter jusqu'au dernier et d'en faire de la bouillie qu'il servira à la cantine des futurs apprentis torche-culs…

Tariq, conscient d'être momentanément en posture d'infériorité, prend le parti d'abonder en son sens. Ce n'est pas le fait que Mohamed Aboubakr al-Din soit un violeur qui le dérange, Tariq ne juge pas les actes contre nature s'ils sont commis au nom du Shâm. Ce qui le met en boule, c'est qu'il soit indicateur, crime impardonnable, sauf si c'est au nom du Shâm. Il fulmine contre l'imam qui l'a placé sous la coupe de ce traître. Mohamed Aboubakr al-Din n'est plus à ses yeux qu'un porc véreux à égorger à la première occasion.

Le doute s'est également immiscé dans l'esprit d'Ahmed al-Khattabi. En salafiste au fond féroce sous ses apparences d'affable vendeur de kebab, Ahmed se pique de veiller à la stricte soumission à Dieu, et l'une de ses marottes consiste à chasser les apostats et à les châtier le plus cruellement possible. Pour Ahmed, une nécessité s'impose : obtenir plus d'informations sur ce Mohamed Aboubakr al-Din, et lui faire manger ses intestins si ce qu'il a entendu à la télé est avéré. D'ici là, au prétexte de le cacher et de l'aider, ses trois fils se relaieront pour le maintenir à portée de cimeterre.

Ahmed croise le regard de Tariq ; deux ultraradicaux se comprennent. Mohamed, aveuglé par sa fureur envers les médias coupables de le jeter en pâture à tous les brouillasseux de la terre, ne perçoit pas l'alliance qui se fomente contre lui. Il se tourne vers eux et affûte sa contre-offensive. Imbu de sa supériorité physique face à ces pucerons et convaincu que rien ne peut assécher sa capacité de persuasion, il se lance avec virulence, accusant ces salopards de journalistes, ces ordures de flics et ces enculés de matons aux mensonges destinés à les monter les uns contre les autres pour gagner une guerre qu'ils savent perdue d'avance, puisque c'est eux, tous trois, ici même, que Dieu le Tout-Miséricordieux, le Très-Miséricordieux a choisis pour mener à bien ce djihad. Gloire à Lui qui effacera la boue dont on le couvre ! Sur quoi, convaincu de les avoir embobinés, il les invite à se purifier par la prière…

# 20

Fin d'après-midi, Alex ouvre les paupières. Tel un bébé serpent, son esprit rampe entre les parois opaques d'un chemin sinueux. Alex reprend connaissance. Ses pensées s'éparpillent entre les nappes du brouillard qui l'enveloppe. Son regard parcourt des murs qu'elle ne reconnaît pas. La chambre de Louise, elle n'est pas dans la chambre de Louise, et ce lit, cette chemise d'opérée, la perfusion dans son bras gauche, le bracelet d'identification à son poignet. Fil à fil, Alex recoud ses idées. Son cerveau tangue, elle porte la main droite à sa tempe, effleure un pansement, les visages d'Antony et de Manu lui traversent l'esprit, elle se redresse, Ludo lui apparaît, sanguinolent et raide comme un piquet, Kalid lui sourit sur le pas de porte de son épicerie, et Louise trace des traits au cambouis sur un frigo de poupée. Alex s'affaisse sur l'oreiller. Elle ferme les yeux et se voit dans un miroir où tout se réinvente. Sous ses paupières, le spectre de Ludo. Ludo encore, Ludo toujours. Ludo juché sur les épaules d'un épouvantail planté au milieu d'un pré en jachère. Ludo sème de l'argent par brassées. Autour de lui, des vaches broutent et des zozos en rupture de ban se chamaillent pour un billet. Dans un porte-voix, Ludo les harangue, « chaparder son voisin ne garantit pas la survie… ». Le souvenir de sa voix enserre la gorge d'Alex. La porte de la chambre s'ouvre. Une infirmière entre et s'approche. La connexion est instantanée, cette chemise fendue, la perf, le bracelet, le pansement et cette infirmière… label hôpital. Que lui est-il arrivé ?

— Vous avez fait une chute, mais tout va bien.

Le ton est doux, le sourire bienveillant. Bouée de sauvetage en plein naufrage ; Alex se détend. L'infirmière lui prend la tension ; 12/8.

— Quand je vous dis que tout va bien… Avez-vous faim ?

Alex ne sait pas, elle voudrait voir Louise…

— Votre amie ne doit pas être loin, je préviens les policiers…

Les policiers, de quoi elle lui parle, la bouée de sauvetage ? Alex se redresse.

— Quels policiers ?

— Ceux qui veillent sur votre sécurité.

Brusquement, sa mémoire pulvérise les vitres opaques de l'amnésie. La mort de Ludo et d'Antony, Manu hospitalisé, son père, Driss, les flics, son appart saccagé, l'argent confié à Kalid, les tarés sans foi ni loi qui veulent le récupérer… Alex a la chair de poule. Le sang glacé, elle exhume Ludo une fois de plus, et se souvient de ce maudit fric, cause d'un tiers des tares de l'humanité, les deux autres relevant des religions et de l'orgueil des hommes. Ludo le lui a assez répété. Il en était exaspérant, un vrai juke-box, mais à un seul disque enclenché en mode répétition.

À cet instant précis Alex abdique, elle vire taciturne et lui donne raison. L'infirmière l'observe et lui propose un plateau-repas. Alex n'a pas faim, elle veut juste sortir de cet hosto. S'ils veulent la garder, elle se barre.

— Vous sortirez demain si tout va bien, pour l'instant vous avez besoin de manger. Je reviens.

L'infirmière quitte la chambre, Alex se lève, surtout ne pas chavirer, saisir le pied à perf et faire quelques pas. Une douleur lui vrille la tempe, détestable impression d'avoir de la bouillie dans la tête, à moins que ce ne soit la rançon d'une overdose de Temesta. Dévorée par l'envie de s'enfuir, elle s'approche de la fenêtre. Le soleil décline mais ses flammes lèchent encore les toits de Paris. En les regardant, Alex se demande pourquoi on n'a pas inventé d'ardoises et de tuiles réfrigérantes. Intelligent comme il l'était, Ludo aurait pu déposer un brevet ; étrange qu'il n'y ait pas songé. Il faut dire qu'avec ses révolutions permanentes il avait d'autres chats à fouetter. Alex songe à cette étrange expression de chats à fouetter. Pourquoi fouetter des chats ? Le connard qui voudrait les fouetter devrait déjà les attraper, et après ? « Il n'est pas né, le chat qui se laissera dépoussiérer au martinet. » Alex est certaine d'avoir entendu Ludo lui murmurer ces mots à l'oreille ; un sourire de mélancolie se dessine dans ses yeux et s'en va rejoindre un chat de gouttière qui se dore la pilule sur les toits.

Au fait, à quel étage est-elle ? Difficile à dire, mais ça fait haut. Alex veut ouvrir la fenêtre, quelque chose cloche, elle est bloquée. Vicissitudes d'architecte hospitalier ou volonté délibérée de la retenir enfermée ? Alex parie pour la volonté délibérée. Se considérant en milieu hostile elle s'agace, un voile gris lui assombrit les yeux. Elle entend Ludo lui affirmer que ses droits sont bafoués, pire, qu'on lui colle des geôliers aux baskets alors qu'elle n'a rien à se reprocher, et qu'à tous les coups on lui a fait une prise de sang sans son accord ! Ludo insiste lourdement : ils t'ont piqué ton plasma, tes sels minéraux, tes vitamines, tes hormones, tes plaquettes, tes glucides, tes lipides, tes protéines, tes globules blancs, tes globules rouges, ils t'ont tout piqué, tu es tombée dans un nid de vampires, Alex. Barre-toi ! Sans déconner, barre-toi !

Déboussolée, Alex se retourne. Ludo n'est pas là, plus là… Elle voudrait se réfugier dans les bras de son père, mais il n'est pas là non plus. Jamais là, papa ; il ne lui a même pas transmis la méthode des passe-murailles pour les nuls. Il ne lui reste qu'à se languir ici jusqu'à ce qu'on lui rende sa liberté. L'infirmière lui a dit demain si tout va bien ; demain, ce n'est pas non plus la mer à boire…

Retour vers le lit telle une somnambule. Mais ce n'est pas le pire. Le pire, c'est cet accoutrement, cette chemise vieillotte, cache-misère, leurre de mouroir, à croire que c'est calculé pour que le patient déprime et s'en remette aveuglément aux blouses blanches. L'infirmière revient, un plateau-repas en main. Elle regarde Alex debout près du lit, fronce les sourcils.

— Ce n'est pas raisonnable, votre hématome n'est pas totalement résorbé, vous devriez rester allongée et vous reposer.

Alex se fiche d'être raisonnable, elle veut jeter cet accoutrement aux orties, enfiler un tee-shirt, glisser ses longues jambes dans un pantalon pattes d'éléphant, ses pieds dans des sandales à réaction et s'envoler loin d'ici. Comprenant à l'expression de l'infirmière qu'elle ne lui fournira pas les sandales à réaction, Alex se réinstalle sur le lit et, en la fixant droit dans les yeux, fait mine de se réjouir du plateau. La laissant devant son dîner, l'infirmière quitte la chambre en lui souhaitant bon appétit. Alex sent la bile lui monter aux lèvres. Des connards sont entrés dans sa vie, massacrant son petit ami, ses copains, bousillant son appart, et on voudrait qu'elle mange comme quatre et rayonne de bonheur ? Et puis ce plateau, une omelette pelée, trois feuilles de salade en perdition, une miche de pain à chagriner un rabbin et une compote en pub disette, ils s'imaginent la remettre sur pied avec ça ? Parce que là, tout de suite, Alex échangerait volontiers ce plateau contre une glace trois boules au miel et un thé noir. Bon, si c'est ça l'hôpital, demain elle signe une décharge et tchao la compagnie.

Désœuvrée, Alex contemple l'omelette, la salade, la compote. Se souvenant d'une comptine qu'elle fredonnait enfant, elle se lance : « Am, stram, gram, pic et pic et colégram, bour et bour et ratatam, je commencerai par toi mais si tu ne le veux pas ce ne sera pas toi ! » Pas de bol pour l'omelette, sauf qu'en se décidant Alex découvre les couverts en plastique. Le bonheur réside en peu de chose, la détresse aussi. Elle lève les yeux au plafond et s'affaisse de nouveau contre l'oreiller.

Trois petits coups frappés contre la porte, et le visage de Louise apparaît dans l'entrebâillement. Son cauchemar est terminé, Louise vient la chercher ! Alex est trop contente, la joie qu'elle éprouve pétille dans ses yeux, le souvenir de leurs nombreuses folies efface instantanément le cafard en lequel elle s'enfonçait.

Louise est là, du coup même le plateau-repas prend des allures d'étouffe-chrétien. Après lui avoir fait des papouilles dans les cheveux, et s'être assise sur le rebord du lit, Louise élude la question de la sortie, l'encourage à reprendre des forces et la rassure sur la convalescence de Manu, dont elle vient de quitter la chambre deux étages plus bas. Il a le visage tuméfié par les coups et orné de points de suture à rendre jaloux les adeptes de tatouages tribaux. Nez, mâchoire inférieure et trois côtes cassés, sans compter les multiples fractures de sa main droite talonnée à coups de Dr. Martens, mais il récupère et l'embrasse très fort.

Alex ne sait pas comment elle aurait pu influencer le cours des événements, mais ce qui est sûr, c'est que, présente, elle se serait lancée dans la bagarre, et sa pratique du self-défense aurait sans doute désarçonné ces merdeux de crânes rasés ! L'évocation de la castagne relègue son propre sort à la rubrique des chiens écrasés. L'appétit coupé, elle envoie valdinguer son plateau-repas. Ces types, il faudrait les cogner à leur tour, les cogner méthodiquement jusqu'à réduire en purée leur cervelle étroite et misérable. Alex imagine leurs futurs avocats plaidant l'égarement momentané dû à une trop forte consommation d'alcool. Alex les voit, têtes baissées dans le box des accusés, propres sur eux, cheveux repoussés et bien peignés, tronches de communiants et bréviaire à la bouche pour amadouer les jurés. Si seulement ils pouvaient se faire palper le cul en taule, se le faire palper méchamment, qu'on leur apprenne la virilité côté pile.

Louise, qui l'écoute tout en ramassant plateau et denrées, lui dit qu'elle la comprend mais qu'elle déconne : on n'ensevelit pas sa douleur sous l'enfer de l'autre, si chacun en foutait plein la gueule à son voisin pour assouvir sa vengeance, dans quelle barbarie le monde sombrerait-il ? Alex la regarde tout en pensant à son père. Son cœur deviendrait-il aussi sec que le sien ? N'empêche qu'avec lui, les trois merdeux pourraient bien s'endimancher, leur terre promise tiendrait plus de la tombe au milieu de nulle part que de celle venue d'en haut. Louise, fée du logis, nettoie le sol avec une serviette de toilette ; elle a sauvé la compote et la miche de pain. Sentant Alex aux abonnés absents, elle tente une diversion avec *Rehab*, mais sans succès…

Dans le couloir, le policier de garde repousse poliment mais fermement une journaliste et une photographe. Toujours à l'affût d'infos, elles ont appris qu'Alex est hospitalisée. Alex Talisker, l'affaire de la rue des Archives, pas celle de la baston des néonazis, non… celle impliquant des intégristes liés à Hamid Bensalli, et peut-être à Antoine-Ziyad Kabbaj, alias Mohamed Aboubakr al-Din, dont la photo fait la une de tous les médias depuis la découverte des massacres d'Orly, de Bondy et de Pantin. Du lourd, du très lourd ! Info confirmée par une source policière, alors, forcément en quête d'infos, elles débarquent pour interviewer et photographier le témoin. La journaliste insiste, évoque le caractère exceptionnel des événements, son devoir d'informer :

— Ce témoin est au centre de l'affaire, c'est bien son copain qui a été tué par des types du réseau Bensalli auxquels il aurait volé de l'argent ?

Inflexible, le policier les éconduit. Elle lui tend une carte de visite à remettre à Alex ; il la prend, ce sera fait.

Dans ce couloir, un agent d'entretien affairé à sa tâche n'a pas raté un mot de cette conversation. Hocine Doueri a l'ouïe fine et le nez encore plus fin. Un nez si long et si fin que ses collègues le surnomment le charançon. Hocine n'en a que faire, de ce surnom, il irait même jusqu'à l'apprécier, sachant combien ce coléoptère est nuisible aux cultures. Hocine est une cellule dormante. Un halluciné pathétique qui attend son heure de gloire. Hocine a vu son grand-père et son grand-oncle mourir sur la route des Aurès. Il ne les a pas vus de ses yeux, mais la mémoire familiale s'est chargée de lui restituer la fin atroce de ses aïeux. Maudite guerre d'indépendance. Faits prisonniers, torturés sur place et exécutés, son grand-père et son grand-oncle ont creusé en lui le sillon de la haine. Leur souvenir l'a fertilisé année après année, et la foi que lui a inculqué son oncle, fils de son grand-oncle, tel un cagnard infernal a parachevé sa conversion en le décervelant lentement mais sûrement.

Hocine relève à peine la tête en passant devant le policier. Hocine est un fantôme dans l'hôpital. Agent d'entretien ; nul ne lui prête attention. Il va et vient, nettoie par ici, astique par là, capte les conversations, salue poliment si toutefois on le remarque, mais au fond de lui Hocine exècre tous ceux qu'il croise dans cet hôpital et bien au-delà. Il vomit leur mentalité, vomit leur culture, vomit leurs mœurs. Hocine rumine à longueur de temps en écoutant Dieu lui ciseler le sang.

De ce qu'il vient d'entendre, Hocine n'a rien perdu, il a tout stocké dans sa tête, et c'est à son oncle Ahmed al-Khattabi qu'il en destine le récit, parce que si lui ne sait pas trop de quoi il retourne, son oncle le saura.

Et peut-être que lui, Hocine, aura enfin le droit de cracher sa haine sur tous ces mécréants.

Hocine disparaît dans l'ascenseur qui le redescend au sous-sol, où sont situés les locaux de l'entretien. Tout en poussant son chariot de ménage, il se récite mentalement ce qu'il a entendu, bloque sa mémoire dans une impasse d'où aucun mot ne pourra s'échapper. Ne rien oublier… surtout ne rien oublier : le nom de la fille, l'étage, le numéro de la chambre, la présence du policier.

Hocine accélère le pas, il sent qu'il détient quelque chose qui pourrait changer le cours de sa vie, parce que cette histoire de la rue des Archives, son oncle en a parlé, il a même dit que c'est Dieu qui l'avait commanditée. Plus il se rapproche de son local et de son vestiaire, plus il est fébrile. Chaque mot résonne dans sa tête, Hocine ne doit rien omettre et doit se dépêcher d'appeler son oncle. Il aperçoit des blattes le long d'un mur, habituellement il se serait arrêté pour les traiter, mais c'est leur jour de chance ; qu'elle leur graisse les pattes, la chance : demain, il ne sera sans doute pas aussi conciliant. Hocine pénètre dans son local en articulant T.a.l.i.s.k.e.r, c.h.a.m.b.r.e 603. Tout est là dans sa tête, tellement enfoui qu'il faudrait lui découper le cerveau à la disqueuse pour le faire parler, et encore… Hocine n'est pas très instruit, mais il suppose qu'un cerveau en lamelles ne peut plus révéler grand-chose, tandis qu'un Hocine détenant une information aussi importante pourrait enfin mourir en moudjahid si son oncle le lui permettait…

# 21

Les yeux levés au ciel, le charançon se laisse envelopper par la chaleur qui règne sur Paris. Sa journée terminée, il a fait sa prière à l'écart des vestiaires, puis a appelé son oncle. De sa bouche aux dents branlantes et cariées, les mots sont sortis à peine écorchés, presque inaudibles tant ils étaient étouffés par sa hantise d'être entendu. À plusieurs reprises son oncle lui a demandé de parler plus fort, puis comprenant sur quoi son neveu avait mis le doigt, il lui a ordonné de se taire et de rentrer au plus tôt.

— Dieu, le Tout-Miséricordieux, le Très-Miséricordieux te bénisse, mon fils, tu as bien agi.

Son oncle l'a appelé « mon fils » ! Une sensation indescriptible enfle en lui. Hocine respire doucement et sourit. Sa prière en bavoir, il quitte l'hôpital et se dirige vers la station du RER où, convaincu d'être enfin élu, il sautillera jusqu'aux rames de la ligne C. Sous son crâne résonnent les mots de son oncle ; ce « mon fils » lui gomine les neurones. Lui qui habituellement marche tête basse et l'air sombre progresse ici tête haute et sourire béat. Certains voyageurs pensent être en présence d'un imbécile heureux, d'autres d'un type évangélisé au shit, d'autres enfin s'en tapent le coquillard, mais aucun n'imagine être en présence d'un loser coranique croyant son heure de gloire arrivée. Hocine rejoint le kebab de tonton, le cœur ébouriffé de bonheur. Sans même se douter que le destin s'emballe parfois à notre insu, Hocine tombe dans les bras de tonton, qui l'accueille non plus en neveu insignifiant mais en fils prodigue. L'entraînant dans la réserve où macèrent l'émir et Tariq, il le flatte et lui promet un créneau particulier dans ses prières. Hocine en gigote de plaisir.

Le voyant entrer dans cet état, Tariq se dit qu'entre l'autre rascasse d'émir et ce saumon sauteur, Ahmed al-Khattabi et lui ont intérêt à garder les yeux grands ouverts, pareils à ceux d'une chouette lapone en pleine nuit. L'une des épouses d'Ahmed leur apporte thé, dattes et pâtisseries orientales. Sitôt le plateau déposé sur un cageot, Mohamed Aboubakr al-Din s'accapare l'assiette et engloutit trois gâteaux de la main gauche sous le regard offusqué d'Ahmed, qui étouffe un juron. Les lois de l'hospitalité lui intimant le silence, il n'en garde pas moins rancune envers cette grosse limace qui se souille en mangeant de la main gauche. Ne pouvant contenir son appétit d'ogre, l'émir oublie ce principe de pureté et tape dans les dattes des deux mains. Tariq esquive un geste de protestation, Ahmed tempère en lui proposant du thé, et Hocine s'incline respectueusement pour les saluer.

L'épouse partie, Ahmed s'assure que la porte est refermée, puis il demande à ses convives d'écouter son neveu. L'émir, obèse au ventre mou, cesse de se bâfrer. Tariq se redresse jusqu'à être plus droit qu'une sarbacane. Hocine ravale sa salive et un chicot qui ne tenait plus que par la grâce du Saint-Esprit. Le silence plombe la réserve, où règne l'odeur âcre de carcasses de poulets suspendues, mélangée à celles des denrées entreposées pêle-mêle, du sang séché d'un mouton égorgé deux jours plus tôt, de la sueur des hommes et du résiné maculant les vêtements de l'émir et de Tariq.

Juché sur sa fierté d'être enfin le centre d'attention, Hocine, encouragé par son oncle, libère sa parole et relate sans rien omettre tout ce qu'il a entendu sortir de la bouche impie de la pisse-copie. L'émir et Tariq sont sur le cul, tout ouïe et scotchés au récit d'Hocine. La mécréante est retrouvée ! Un tourbillon de joie leur ébranle l'esprit. Mohamed Aboubakr al-Din se voit déjà la forniquant avant de la découper à la scie et de lui dissoudre les os à l'acide. Tariq, sans doute moins sadique, voit d'abord la zakat de retour au bercail, puis le sabre de Dieu punir la voleuse en lui tranchant les mains. Ahmed, fier de son neveu, voit sa propre renommée s'étendre jusqu'aux confins du désert, là où le sable ensevelit toutes les impuretés mineures et majeures commises ici-bas.

Conscient de tenir son auditoire en haleine, Hocine lâche enfin le nom d'Alex et le numéro de sa chambre. Hocine ignore ce que cette mécréante représente pour les hôtes de son oncle. Il sait vaguement pour la rue des Archives, tonton suivait l'affaire avec assiduité, mais personne ne lui a parlé du sac d'argent volé à Hamid Bensalli et de ses fâcheuses conséquences pour Ludovic Nolan. Nul ne lui a rien dit des ricochets ayant atteint Ali et Moussa, Mariam, Messaoud Messaoui, et le quidam qui, au mauvais moment et au mauvais endroit, faisait des emplettes avec sa dame. Sans oublier Youssef Hichaïm, qui se morfond dans une cellule de la maison d'arrêt de Fleury-Mérogis ; pas plus qu'il n'est au courant du suicide de cette brave femme dont le seul tort fut d'engendrer l'émir. Hocine ne sait d'ailleurs rien de Mohamed Aboubakr al-Din ni de Tariq al-Mansur. Non, Hocine ne sait rien de cette débauche de sang. Le cerveau d'Hocine carbure au jus de betteraves : la seule chose qui compte à ses yeux est d'être digne de son oncle et d'obtenir, avant ses trois cousins, fils légitimes de tonton, sa permission de mourir en moudjahid. Si seulement 1 % de son cerveau carburait au gasoil, il aurait sans doute lu le Coran et saisirait les souillures dans lesquelles son auditoire patauge, mais Hocine est un simple d'esprit dont les seules impuretés face à Dieu relèvent du vital. Aller aux toilettes souille, Hocine va aux toilettes. Dormir d'un sommeil profond risque de mener à des rêves érotiques suivis de pollutions nocturnes, Hocine dort toujours d'un sommeil profond. Mais pour le reste, à l'hôpital Hocine n'a même pas de contact avec des cadavres, il n'en a d'ailleurs jamais vu ; à la télé, oui, mais en vrai, non ! Il ne s'approche jamais des filles, jamais d'un chien et jamais d'un porc. Il ne boit jamais d'alcool, ne mange qu'hallal, ne fume pas et ne se masturbe pas. Hocine est aussi pur qu'un nouveau-né.

Regardant tour à tour son oncle, l'émir et Tariq, puis de nouveau son oncle, Hocine baisse la voix pour offrir sa vie si ses aînés ici présents lui accordent leur confiance. Il les conduira à l'hôpital, les guidera dans les étages en leur fournissant badges et tenues. Pour résumer, s'ils veulent cette mécréante, ils l'auront. Quant au policier qui monte la garde, Hocine en fera son affaire en se souvenant du calvaire vécu par ses grand-père et grand-oncle.

Ouvrant les bras, l'émir bondit sur ses pieds et en deux enjambées étreint Hocine. Ahmed, qui veut garder la mainmise sur son neveu, les sépare, arguant qu'il faut au plus vite un plan car rien ne leur dit que la mécréante a pris pension à l'hôpital. Tariq en est bien conscient, ainsi sa haine de l'émir a beau en baver des ronds de keffieh, il se contient et propose d'accompagner Hocine au chevet de la mécréante et de lui tirer les hannetons du nez. Tariq ne veut pas seulement récupérer la zakat en écartant Mohamed Aboubakr al-Din ; rancunier, il se souvient amèrement de ses heures de guet rue des Archives, au bas de l'appartement de cette voleuse. Pire, le souvenir fugace d'Ali et Moussa rompt sa réflexion en exacerbant sa rancune.

Mohamed veut en être, mais Ahmed le convainc de rester sur la voie de garage, sa photo faisant la une des journaux. Même attifé en prélat, il ne ferait pas trois pas sans s'attirer tous les mouchards du quartier. Protestant pour la forme en jouant les ombrageux outrés, l'émir abdique néanmoins, conscient de se garder les fesses au sec quand Tariq, Hocine et Ahmed, qui se propose d'être chauffeur, iront se jeter à l'eau.

La soirée étant bien avancée, le plan sera mis à exécution dès l'aube. Ahmed les invite à partager le tajine de poulet préparé par ses épouses, mais pas un mot devant ses trois fils âgés de quatre, cinq et six ans. Il leur recommande de faire une prière pour les braves partis pour le Shâm et une pour Dieu le Très-Grand, qu'Il leur vienne en aide. L'émir acquiesce et leur fait promettre de lui ramener la mécréante, ce que le trio lui jure la main sur le cœur. Ahmed, Hocine sur ses talons, les quitte pour rejoindre ses épouses en cuisine. Tariq déplie son tapis de prière, l'émir Mohamed Aboubakr al-Din l'imite mais son esprit vague ailleurs. Ils s'agenouillent et Tariq prononce quatre fois le *takbir*. C'est en dînant qu'ils échafauderont leur plan.

# 22

À quelques encablures de là, dans le millefeuille de Paris et de sa couronne, plusieurs unités de flics aguerris et quatre voyous entament une nouvelle partie d'échecs. Les uns refusant de lâcher leurs proies, les autres de voir sabrer le champagne à leur détriment, les règles du jeu n'ont rien du baisemain. Sur les soixante-quatre cases de l'échiquier, la stratégie est affaire de fuites et d'intelligence, de poursuites et d'opiniâtreté.

Driss n'est pas rentré chez lui. Comme souvent, il prend la route, passe une frontière, appelle son épouse et lui dit de ne pas s'inquiéter, la vente des lots convoités est ajournée, il reste sur place pour ne pas la rater. Elle lui répond que c'est dommage, toute la famille est là… Il comprend que son domicile, la boutique, son environnement sont sous surveillance. Driss l'embrasse, embrasse les enfants, belle-maman, puis raccroche et rentre à Paris. Cette précaution lui a déjà sauvé la mise, dès lors, quelques heures de route de nuit évitant qu'il s'enlise en garde à vue valent bien le déplacement.

Beaucoup plus tôt, le père d'Alex et Paco ont regagné Sèvres à bord du Range. Garés loin de leur planque, ils se sont séparés. Vigilants et les sens en alerte, ils en ont sillonné les abords, s'assurant qu'aucun sous-marin n'y était ancré.

Laissant Paco en veille dans le bois jouxtant la résidence, le père d'Alex est allé confier leur fric à une vieille connaissance. Marcel-langue-de-velours, braqueur retraité depuis belle lurette, arrondit sa maigre pension d'ex-taulard en rendant service à ceux qui, comme lui, ont foi en la parole donnée. Avec sa gueule de vieux parchemin, ses yeux verts et ses quatre-vingt-trois balais au compteur, Marcel est inoxydable. Son surnom de langue-de-velours, c'est aux filles qu'il le doit, et aujourd'hui encore il n'en est pas peu fier. Son tour de force : faire croire qu'il vit chichement alors qu'il dort sur un tapis de billets verts. Le dollar, Marcel ne croit qu'en lui. À chaque fois qu'il a chouré des anciens francs, puis plus tard des francs, puis des euros, et même des lires, du Deutsche Mark ou de la livre sterling, il s'est fait piquer, alors dès qu'il touche trois tunes au black, il fonce les changer en dollars.

Pour ses bons et loyaux services, Marcel pourra bientôt se retirer définitivement des combines. Une retraite aux petits oignons du côté de Lisbonne, voilà ce dont il rêve et ce pourquoi, une fois de plus, il est heureux de planquer le magot du père d'Alex. Un mec bien, le père d'Alex, réglo, un poil intransigeant qui parfois pèse, mais abouti dans sa tête et pas tordu pour deux ronds. Il le paiera bien pour cet intérim. Marcel l'accueille avec plaisir. Toujours là quand il faut, Marcel, l'amitié moelleuse, le silence opaque et la parole valant l'homme. Le père d'Alex n'a rien à craindre pour son fric, même pas des rats : Marcel dératise à la crème dépilatoire et, malgré son apparence fil de fer, il a encore les tripes d'un Caterpillar, alors gare au docker qui viendrait piétiner son futur eldorado.

— Pourquoi Lisbonne et pas Barcelone ? lui demande le père d'Alex. À Barcelone, Paco te trouverait un pied-à-terre sûr et, en cas de pépin de santé ou autre, tu pourrais compter sur lui.

— Parce que Lisbonne, c'est Fernando Pessoa, le mec qui m'a fait découvrir la poésie et qui m'a assoupli le mitard. Tu sais qu'il a écrit *Le Livre de l'intranquillité* ? Un livre que j'ai lu six fois au trou, c'est grâce à lui que je ne m'y suis pas embourbé. Et ses poèmes, tu les as lus, ses poèmes ? *Est-ce que je sais que je vis ou bien seulement que je le sais ?* C'est tout Pessoa, ça, alors pourquoi Lisbonne ? Pour Pessoa, pardi !

Le père d'Alex, qui veut le taquiner, lui suggère qu'il aurait pu choisir Durban en Afrique du Sud, Pessoa y a aussi vécu.

— Évidemment qu'il y a vécu, mais Pessoa, c'est Lisbonne, bordel de merde ! Et puis, à Lisbonne, j'ai l'intention de me dégoter une chaisière accrochée à un missel avec qui baiser en l'écoutant dire des prières.

Le père d'Alex admire, songeur… quatre-vingt-trois balais et toujours vert, le Marcel. Chapeau bas, mec ! Lisant dans ses pensées, Marcel précise :

— Si je suis à la peine, faut pas oublier qu'on me surnomme langue-de-velours.

Ils se sépareront sur une poignée de main botoxée à l'amitié. Que le destin en emporte un, l'autre sait où récupérer le trésor ou à qui le transmettre. De telles amitiés ne se bâtissent pas à l'emporte-pièce…

Le Gitan est resté à l'entrepôt avec Maria-Inès. Assoupi dans un hamac, il se tient prêt à toute éventualité. Sa part de vie en fuite perpétuelle le maintient constamment aux aguets ; quant à son butin, Maria-Inès est partie le planquer avec sa part là où nul n'imaginerait les trouver, pas même en s'y fracassant le nez.

# III

# 1

Tandis que le gang tourne une page de son histoire, au commissariat de Neuilly, le feuilleton du braquage libère la parole à tous les étages. On est frustrés de voir l'affaire confiée à l'Office central de répression du banditisme et à l'antigang. On n'est quand même pas des cons, au commissariat ! C'est toujours pareil, pour monter au casse-pipe toutes sirènes hurlantes dès qu'une alarme se déclenche, on sait vous trouver. Mais pour se voir confier une enquête sortant de l'ordinaire, là, on peut se brosser ! À nous les chiens écrasés par des branleurs en skate-board ; aux experts la traque de braqueurs chevronnés. On maugrée dans les bureaux, on ronchonne sur la main courante, cette affaire de braco va leur rester sur l'estomac. Le poulet de base n'a qu'une chose à faire : se badigeonner la langue à la sauce piquante en écoutant la conférence de presse d'un procureur. C'est à vous dégoûter de courir dès que tinte le 17.

Loin de ces blessures d'amour-propre, et bien qu'eux aussi soient dessaisis de l'affaire, le lieutenant Lacour et le capitaine Denis passent au crible le dossier de Marc Man, recensant tous ses contacts, y compris les plus anciens. Un travail de fourmis : dépoussiérer les archives est parfois payant.

Dans les locaux de la SAT à Levallois-Perret, l'effervescence n'est pas retombée. Antoine-Ziyad Kabbaj est dans tous les esprits. Le signalement de la Seat Ateca blanche dans laquelle il a pris la fuite avec son complice est sur toutes les fréquences. Sa traque aiguise les crocs de la section antiterroriste. Pierre Askyil organise la relève des collègues chargés de veiller sur Alex Talisker. Un devant la porte de sa chambre, le second installé dans le PC sécurité, où on voit sans être vu tout ce qui entre et sort de l'Hôtel-Dieu…

Que serait l'histoire de l'univers sans la découverte de la matière ? Ni Ahmed al-Khattabi, ni Hocine, son neveu, ni Tariq ne se posent la question en roulant vers l'Hôtel-Dieu. Une aube dominicale se lève mezza voce sur la capitale. La circulation est fluide, on pourrait enjamber les rails de sécurité du périphérique ou traverser en dehors de clous sans précipitation. Sur l'échelle du risque on serait plus proche du grand bleu que de la zone rouge. Dimanche 13 août, 6 h 13, la température extérieure est de 23 degrés, déjà le soleil assèche les lambeaux de quelques nuages. La journée sera chaude, la torpeur régnera sur les Parisiens et les touristes en villégiature, mais pour le trio l'objectif est à l'expédition punitive, quitte à faire virer au cauchemar la journée de ceux qui se mettraient en travers de leur route.

Tariq est le plus remonté des trois. Ressorts intérieurs tendus à l'extrême, il est pareil à une mécanique qu'un rien pourrait pulvériser. Assis à l'arrière de la Peugeot 308 d'Ahmed, il se remémore tout ce qui est advenu ces derniers jours. Silencieux, les yeux fixés sur la nuque d'Hocine, il cherche ce qui pourrait l'inciter à pardonner à la mécréante. Il se souvient d'un hadith disant comment une prostituée a été pardonnée de ses péchés ; il ne s'en remémore plus les détails, mais Dieu sait pardonner. Un autre hadith lui revient : pourvoir au besoin de la veuve et du démuni équivaut à combattre pour la cause de Dieu. Et qu'a fait la mécréante ? Elle a volé la zakat qui permet, entre autres, de subvenir aux besoins des veuves et des pauvres. Alors il a beau chercher, Tariq, il ne voit pas la plus infime parcelle de pardon à accorder à cette chienne. De toute façon, seul Dieu a le pouvoir de pardonner. Tariq l'a appris dans sa madrasa, où il comptait parmi les meilleurs élèves ; alors, non, il n'a pas à s'interroger sur le bon sens de sa mission. Châtier les déviants, châtier les athées, châtier les mécréants, châtier les voleurs, châtier l'agnostique et le non-croyant, châtier le blasphémateur et l'assassin, châtier la crapule et le moustique, voilà ce pourquoi Tariq roule vers l'Hôtel-Dieu. Tel un réconfort divin, l'harmonie des châtiments qu'il vient d'énumérer l'ensevelit dans une sorte de bien-être miraculeux. Tariq se détend, il va jusqu'à sourire à Hocine, qui se tourne vers lui pour lui indiquer les toits de l'hôpital. Hocine est heureux de la confiance qu'on lui accorde, si heureux de pouvoir enfin agir en bon croyant. Si heureux de remplir de bonheur le cœur de son oncle.

Ahmed sent aussi son heure arriver. Depuis des années, il soutient tous les radicaux qui viennent le trouver. Depuis des années, il agit en dévot de la foi et du djihad. Depuis des années, il donne du fil à retordre aux ennemis de l'islam, et ce n'est pas sans plaisir qu'il jette lui aussi un coup d'œil sur les toits de l'Hôtel-Dieu. Ahmed connaît bien l'île de la Cité, il est mieux averti du Palais de justice que de la cathédrale ou de l'hôpital, mais il la connaît et va discrètement se garer rue de la Colombe, à deux pas de la rue d'Arcole et de l'Hôtel-Dieu.

*6 h 28*

Tariq glisse le Smith & Wesson 357 Magnum entre sa peau et la toile du jean qu'il a enfilé. Tariq n'est pas à l'aise dans les vêtements occidentaux qu'Ahmed lui a recommandé de porter, mais il a compris que, pour atteindre sa cible, mieux valait passer inaperçu. Un chandail ample dissimule l'arme. Ses tennis ont une pointure trop grande, mais il a serré les lacets en un double nœud. Dans l'une de ses poches, son rasoir, et sous sa poitrine, scotché à son rythme cardiaque, l'écho intérieur de l'adhan « Allahu Akbar ».

Hocine a lui aussi un rasoir et le pistolet Glock 17 que l'émir lui a confié. Dans le coffre de la voiture, trois bonbonnes de gaz et un kilo de TATP relié à un détonateur artisanal par du fil électrique, réserve personnelle et millésimée d'Ahmed.

Ahmed attendra dans la voiture mais, si ça tourne au vinaigre, il la fera sauter pour détourner l'attention et permettre à son neveu et à Tariq d'aller au bout de leur mission : foncer récupérer la zakat, où qu'elle soit. Gloire à Dieu le Tout-Miséricordieux, le Très-Miséricordieux ! Ahmed a tout prévu, en revanche, qu'on ne compte pas sur lui pour rester dans la Peugeot au moment de l'explosion, ni aux abords. Ahmed a deux épouses et trois fils à nourrir. Si seulement ce Mohamed Aboubakr al-Din, alias Antoine-Ziyad Kabbaj, n'était pas recherché comme il l'est, avec sa photo probablement sur le tableau de bord de tous les véhicules de police, eh bien, rien que pour lui apprendre à être indicateur de la pénitentiaire, rien que pour lui apprendre à ne pas se bâfrer comme un porc, rien que pour lui apprendre à ne pas se croire au-dessus des lois de Dieu, il l'aurait embarqué, saucissonné au volant et *boum* ! désagrégé, l'émir, estourbi et éparpillé en enfer ! Ahmed en est là, et encore, il est loin de tout savoir sur ce dont Mohamed Aboubakr al-Din est coupable, sur ce dont il est capable et sur ses cabales.

*6 h 34*

Hocine et Tariq pénètrent dans l'hôpital. Depuis son poste d'observation au PC sécurité, le policier de la section antiterroriste les observe et demande à l'agent présent à ses côtés s'il les connaît. Ayant repéré Hocine, il répond que c'est un type du ménage.

— Et l'autre ?

— Sûrement un de ses collègues, on en voit tant.

Un coup d'œil au cadran de l'horloge.

— C'est l'heure d'embauche, ils vont aux vestiaires.

Le policier passe sur une autre caméra. L'agent leur prépare un café.

Hocine et Tariq entrent dans le local. Faire vite avant que d'autres agents d'entretien arrivent. Heureusement, l'établissement n'étant pas équipé de pointeuses, ça permet à certains de traîner à l'embauche. Unis par la fraternité de la foi, et amputés d'une partie de leur cerveau, Tariq et Hocine se dévêtissent. Tariq enfile les vêtements que lui tend Hocine, lequel a toujours deux tenues de rechange. Pressés par l'action, l'un et l'autre abrègent la seconde prière du matin, mais Tariq demande quand même à Dieu de le garder du mauvais œil, puis il s'empare d'un chariot de ménage tendu par Hocine, et ils quittent les lieux pour la chambre 603.

# 2

À Trappes, Mohamed Aboubakr al-Din a, depuis leur départ, laissé filer le temps en s'assoupissant sur le lit de camp mis à sa disposition. Un sixième sens, aiguisé par les regards furtifs mais hostiles de Tariq et d'Ahmed, l'a empêché de trouver le sommeil. La nuit lui a semblé longue, des images de meurtres et de trahisons se sont enchaînées dans son esprit. Le moindre mouvement de Tariq, qui dormait pourtant à poings fermés, le moindre bruissement de rongeurs grignotant des miettes de sang séché, le moindre grincement de portes aux étages, l'amenait à se broder des histoires à dormir debout. Quand est venue l'heure de s'agenouiller auprès de Tariq, d'Ahmed et de Hocine pour la prière du début de journée, bien avant l'aube, il était épuisé. Ensemble, ils prièrent. Ensemble, ils firent jeûne. Ensemble, ils préparèrent l'expédition, mais seul l'émir s'occupa des explosifs dans le coffre de la 308. En la matière, il n'a jamais été une lumière. Un sagouin, oui, comme en tout d'ailleurs, mais une lumière, tout au plus une ampoule 40 W/110 volts rouillée du culot.

Agacé par la diète imposée par Tariq au prétexte qu'on ne se goinfre pas avant de partir en expédition, pas même en buvant une tasse de thé, Mohamed s'est attaqué au détonateur en se rappelant que parmi ses pires cauchemars figure le ramadan. Bien obligé de s'y plier en prison pour sauver la face et noyer le poisson, mais en liberté… jamais ! Et ce matin, alors que le début du ramadan n'était pas encore annoncé par le Conseil français du culte musulman, il a fallu que ce moustique de Tariq lui impose le jeûne ! Mohamed lui aurait bien rappelé qu'on était en France et pas en Syrie, en Irak ou en Arabie saoudite, mais il s'est contenu, se rappelant in extremis que le trio partait kidnapper la mécréante et qu'un thé ne valait pas la peine de faire échouer leur projet. Autre raison de son courroux, la nouvelle lune à la mi-août… il n'est pas astronome mais quand même, il ne faudrait pas le prendre pour un con et croire qu'il peut confondre Bible et Coran, l'Assomption et la sourate II, 183-185.

Il en est là de ses réflexions quand, repris par ses démons après s'être laissé tirer de sa somnolence par une rumeur de conversation féminine, il se lève, quitte la cave, traverse la réserve et s'aventure vers l'arrière-boutique de son hôte. Poussant la porte, il se trouve nez à nez avec l'une des épouses d'Ahmed, laquelle, surprise, étouffe un cri et se cache le visage avec les mains. L'émir a tout juste le temps d'apercevoir son expression de stupeur et ses paumes teintées au henné. En un geste d'apaisement, il s'excuse et lui dit qu'il a faim ; n'aurait-elle pas quelque chose à grignoter ? Les lois de l'hospitalité étant les plus fortes, elle acquiesce mais recule et lui tourne le dos pour rabaisser son voile. La seconde épouse, portant niqab et gants, s'insurge de l'outrage. Son regard ourlé de khôl et cramé par la haine transperce celui de Mohamed Aboubakr al-Din. Non seulement cette épouse ne le craint pas, mais elle ose le défier. S'adressant à lui en arabe et avec virulence, elle le repousse vers la réserve de laquelle il n'aurait jamais dû sortir en l'absence de leur époux. L'émir obtempère en s'excusant et en rappelant qu'il souhaitait juste avoir quelque chose à se mettre sous la dent. Sa veulerie en accroche-cœur, il finit par calmer le coup de sang de la furie qui lui fait comprendre qu'elle lui apportera quelque chose, mais qu'il ne doit plus sortir de cette pièce.

Les minutes s'égrènent lentement. Mohamed fulmine d'avoir eu à encaisser cette humiliation. Repoussé, rembarré, acculé par une meuf devant une autre meuf ! Du jamais vécu ! Il n'est pas près de cicatriser, l'émir. Hors de lui ; ses yeux, tels ceux d'une mouche suceuse, lui en sortiraient presque de la tête. Il a beau se convaincre que la scène s'étant quasiment déroulée à huis clos, il n'y a pas de témoin, sa blessure d'amour-propre est plus toxique que la piqûre d'une veuve noire. Et ce charabia auquel il n'a rien compris, ce ton délirant ! Si ça se trouve, elle l'a insulté, rabaissé plus bas que terre, traité de chien ! Enchâssé dans cette certitude, l'émir en oublie la raison de sa présence ici, l'expédition du trio, la salope et la zakat. Bien décidé à ne pas se laisser traiter en bouffon et à lui faire ravaler ses insultes, il va taper l'incruste et verra bien qui l'emportera en enfer.

Il est en rage, Mohamed Aboubakr al-Din, alias Antoine-Ziyad Kabbaj. Une rage où se mêlent rancœur et colère, crasse et morgue, coup de sang et sortie de route, une de ces rages gorgées de nitroglycérine qui finissent toujours par puer le fait divers.

Les minutes s'écoulent dans ce déséquilibre pervers en lequel l'émir aime déraper et se vautrer. L'épouse au niqab entre, les bras chargés d'un plateau sur lequel sont disposés des gâteaux, une théière et un verre arborant un croissant de lune. À peine est-elle entrée et a-t-elle déposé le plateau sur une caisse de fortune qu'il la saisit à la nuque, lui plaque une main sur la bouche, la projette au sol et l'immobilise en la couvrant de sa masse graisseuse. Défiguré par sa dinguerie, et voulant l'empêcher de se débattre, il lui cogne à plusieurs reprises la tête contre le sol. Sentant sa proie étourdie, il lui maintient la nuque d'une main tandis que, de l'autre, il lui remonte le niqab jusqu'aux hanches. La concupiscence au bord des yeux, il baisse son ample pantalon et la pénètre brutalement. À demi assommée, le corps écrasé par le poids de son agresseur, et l'esprit carbonisé de honte, l'épouse subit son viol en grattant de ses doigts gantés le béton rugueux du sol. À cet instant, le déshonneur de vivre dans son corps atteint son paroxysme. Un sabre lui cisaille le muscle cardiaque et son cœur s'arrête de battre. Gisant sous le bourreau qui la besogne, elle n'est plus que de la chair livrée au boucher. Une odeur de charogne nauséabonde emplit la pièce ; c'est l'émir qui transpire par tous les pores, c'est Mohamed Aboubakr al-Din qui éjacule et s'épuise en ahanant. Après s'être déchaîné, la crapule se désencombre sans prendre conscience que sous lui gît une morte. Obnubilé par les plaisirs terrestres et oubliant que l'islam recommande d'apprécier le monde physique avec modération, l'émir au sexe assouvi sent venir le temps de se remplir l'estomac. Apercevant le plateau de pâtisseries, il se jette, affamé, sur les gâteaux.

Debout dans l'embrasure de la porte, la seconde épouse découvre la scène. Le mal absolu est sous leur toit. Elle fixe le cadavre, dont le niqab relevé découvre les fesses nues. Pas un son ne sort de sa gorge, dans ses yeux la terreur, sous son crâne la sidération, quand soudain un cri strident transperce les tympans de Mohamed, qui sursaute, fait volte-face et la voit. Réagissant au quart de tour, il fond sur elle, l'attrape à la gorge et la colle contre le montant de la porte. Implacable, il la fixe droit dans les yeux et commence à serrer des deux mains. Méthodiquement le garrot opère. L'oxygène se raréfie dans les poumons de la condamnée. Sa gorge broyée par la puissance de l'étau s'abîme, ses yeux se révulsent.

Le face-à-face est inégal et insoutenable. Le sadisme étant sa vertu, l'émir s'en délecte tandis qu'en elle l'affrontement de la vie et de la mort s'achève une fois de plus par la victoire de la mort, qui aura mis moins de deux minutes à congédier la vie. Le corps s'affaisse. L'ogre l'enjambe et se dirige vers l'officine, d'où émane le fumet du tajine de poulet savouré la veille. Trois paires d'yeux le stoppent net. L'émir est sur le cul : il avait oublié les marmots. Trois gamins qui n'ont pas froid aux yeux le dévisagent. Les petits Ali d'Ahmed lui décapent l'esprit. Faux-cul comme pas deux, l'émir se prétend savant religieux requis par leur père pour leur enseigner le Coran. Pas intimidés, les mouflets le fixent en silence. L'émir doit réagir. En deux temps trois mouvements, il les chope et les embarque direction la cave…

# 3

*6 h 55*

Les couloirs de l'hôpital sont déserts. Dans les infirmeries, l'heure est aux transmissions entre les équipes de nuit et celles du matin. Indifférents aux rares personnels soignants qu'ils croisent, Hocine et Tariq s'engouffrent dans un ascenseur. Dans sa chambre, Alex dort.

Parvenus à son étage, Hocine et Tariq échangent un coup d'œil dont la substance est à l'éclairage sombre. Les portes de l'ascenseur s'ouvrent. Poussant son chariot de ménage, Hocine sort. Tête basse, regard fuyant, l'analphabète leader d'un jour sent battre son sang dans sa gorge, sous sa tenue il dégouline de sueur, branle-bas de combat du palpitant qui s'emballe ; la peur s'empare de lui mais il avance, halluciné par la foi. Le suivant de près, Tariq se retourne à plusieurs reprises. Il est nerveux, le chariot qu'il doit pousser l'encombre, chaque pas ponctue les pensées qui lui encrassent l'esprit : la mécréante doit parler avant de mourir, le policier doit mourir sans parler. Sous les roues du chariot, le massacre se dessine sans bulle, glauque et glaçant.

Une infirmière chargée des premières prises de sang leur adresse un bref signe avant de leur couper la voie pour entrer dans une chambre. Les sans-grades progressent sans panache, encore 3 mètres, angle mort, prendre à gauche le couloir convoité, le cœur d'Hocine bat si fort qu'une oreille absolue l'entendrait cogner de là où le policier est assis.

Ce dernier tourne la tête vers eux, son attention oscillant une fraction de seconde entre sa perception d'une routine hospitalière et son professionnalisme : il a perçu d'instinct la peur d'Hocine. Une fraction de seconde de trop, et les canons d'un Glock 17 et d'un 357 Smith & Wesson le braquent à vif. Le policier se lève en étendant les mains devant lui en signe d'apaisement. Surentraîné depuis des années au poker menteur, Jules Markham, gardien de la paix au RAID avant de rejoindre la section antiterroriste, ponctue son geste d'un « Pas de bêtise, les gars » au ton neutre censé leur assurer sa coopération.

Sans le quitter des yeux et sans cesser de le braquer, Hocine et Tariq se délestent de leurs chariots en les poussant dans le couloir. Jules Markham, qui pense à la jeune femme dont il doit assurer la protection, en intercepte un et tente le tout pour le tout. Il le précipite sur Hocine, qui perd l'équilibre et s'affale entre deux chaises, puis fait un roulé-boulé vers Tariq, qui le vise en hurlant Allahu Akbar ! Touché au dos, Jules Markham s'immobilise. L'onde de choc se répand dans son corps, la balle heurte une côte et s'écrase entre deux vertèbres dorsales. Respirant avec difficulté, le policier, qui n'a pas perdu connaissance, pense renforts ; le raffut va déclencher l'alerte, les collègues vont tomber à bras raccourcis sur ces bouffons et la fille sera hors de danger. Il entend crier une infirmière, on le tire violemment sur le sol mais il ne sent ni ses jambes ni ses chevilles, ne sent plus qu'un froid polaire qui lui brûle la moelle épinière.

Brutalement réveillée par la détonation, Alex se redresse et, là, devant elle, un taré aux yeux exorbités exhibe un revolver en invoquant Allah. Un taré dont le visage est défiguré par la haine, un taré en décomposition, pense-t-elle, tandis que tout va si vite qu'elle n'a même pas le temps d'avoir peur. Derrière le taré, elle en découvre un second qui tire un type sur le sol. La peur soudain se met à rire en elle, résonance qui lui glace le sang et la plonge dans un nouveau cauchemar.

D'une main Tariq la saisit par les cheveux et, collant son visage au sien et le canon du 357 dans les côtes, il lui vocifère de rendre la zakat. Alex panique, se débat. Tariq lui enfonce le crâne dans l'oreiller et lui promet à fleur de joue mille enfers si elle ne lui obéit pas. Dans un réflexe d'autodéfense, Alex lui mord l'oreille. Tariq se dégage, mais Alex s'accroche à son lobe de chair et l'arrache. Tariq sautille sur place. De douleur il lâche le 357, qui heurte le sol.

Agenouillé sur le dos de Jules Markham, Hocine, rasoir en main, regarde bêtement Tariq péter les plombs. Ses pensées d'un naturel appauvri s'étiolent. Et son oncle qui n'est pas là pour lui dire ce qu'il doit faire ! Et Dieu qui ne lui parle pas, même par sous-entendus, juste pour le guider !

Hocine en est là quand il voit la fille sortir du lit, arracher sa perfusion et tenter de s'échapper. Tariq l'alpague juste avant qu'elle ne sorte. Brève suspension du temps. Alex veut sauver sa peau, elle se rebiffe et plante de nouveau ses dents dans la main qui lui serre l'épaule. Elle mord si cruellement que Tariq hurle de plus belle. Il lâche Alex, qui se précipite dans le couloir, où elle se heurte au collègue du flic et à deux agents de sécurité.

L'alerte transmise par l'infirmière a mis le feu aux poudres. Du siège de la section antiterroriste de Levallois-Perret, en passant par toutes les brigades et tous les commissariats du centre de Paris, des hommes armés jusqu'aux dents s'élancent vers l'Hôtel-Dieu.

Dans la chambre, Tariq ramasse le 357 et tire à deux reprises en direction du couloir. Une balle se loge dans le chambranle, la seconde, en ricochant, atteint le policier à la gorge. Charles Bodel, ex-GIPN récemment incorporé à la section antiterroriste, s'écroule.

Alex est embarquée par un agent de sécurité, tandis que l'autre porte secours au policier. Il le traîne dans une chambre, à l'abri des tirs, et lui prodigue les premiers soins d'urgence.

Tariq, ivre de fureur, ordonne à Hocine d'égorger le mécréant qui a tout fait foirer. Hocine, profane en matière d'exécution, ouvre son rasoir coupe-chou, agrippe la tête de Jules Markham par les cheveux, la tire en arrière et estropie plus qu'il ne tranche la gorge de sa victime. Voyant ça, Tariq le houspille en dialecte incompréhensible pour Hocine, puis il le pousse, prend sa place et sectionne le larynx et la trachée de sa victime. Jules Markham, policier valeureux, meurt d'un trauma respiratoire.

De tout côté retentissent des sirènes de police. À l'Hôtel-Dieu, les consignes de sécurité en cas d'attaque terroriste sont diffusées à tous les services. En cette heure matinale et dominicale, les couloirs sont vite évacués ; chacun se terre dans son unité, les uns auprès des patients, les autres dans les infirmeries. Au bloc opératoire on se mobilise et on attend.

Ahmed, auquel ce remue-ménage n'a pas échappé, allait tenter de faire diversion tout en priant Dieu, quand une patrouille de la BAC en îlotage rue Chanoinesse lui tombe dessus. Alerte attentat, plus un barbu à l'air chagrin près d'une Peugeot 308 dont le dernier contrôle technique doit remonter à 610 de notre ère… largement suffisant pour que les trois lascars de la BAC l'alpaguent avant qu'il n'ait le temps de prendre la moindre initiative en termes de destruction par engin explosif. Crissement de pneus, bruits de portières…

— Police ! Mains en l'air !

Ahmed se retrouve saucissonné manu militari sur le trottoir, un méga-gnon à l'œil droit pour n'avoir pas obtempéré assez vite. Il faut le voir s'agiter sur le bitume, mains menottées dans le dos et la gueule qui fait penser à l'affiche utilisée par Georges Méliès pour illustrer son *Voyage dans la Lune* en 1902, la barbe en plus.

Quand l'un des policiers ouvre le coffre de la Peugeot, son réflexe est instantané :

— On évacue !

Ahmed est embarqué sans ménagement dans leur véhicule, balancé sur le ventre entre les sièges avant et arrière. En perdition, il se demande pourquoi Dieu les a abandonnés, Hocine et lui. Ses viscères lui jouent la carmagnole et la vision de ses deux épouses et de ses trois petits Ali l'attendant au kebab achève de plomber sa foi.

La 308 est signalée aux démineurs. On va boucler le quartier, Paris sera une fois de plus en état de siège. Il en faudrait davantage pour filer le vertige à Tariq. Enfilant les couloirs les uns derrière les autres, prenant un escalier ici, un autre là, il suit Hocine, qui connaît mieux les lieux que les quatre-vingt-dix-neuf noms de Dieu.

Profitant de la confusion provoquée par la peur anxiogène des attentats, ils parviennent jusqu'au rez-de-chaussée avant que les forces de l'ordre n'aient bouclé les issues. S'éloignant d'un pas assuré, ils gagnent la rue d'Arcole. Des véhicules de police arrivent de tous côtés, charriant au pas de course leurs équipes d'intervention. Dans la pagaille, la seule info que retiennent les forces de l'ordre, c'est qu'une prise d'otages avec coups de feu est en cours dans le bâtiment. On presse les passants de dégager, il faut sécuriser le secteur.

C'est ainsi que Tariq et Hocine, le cul bordé de nouilles, obéissent aux injonctions des forces de l'ordre. Le duo emprunte le pont d'Arcole et disparaît vers la station de métro Hôtel-de-Ville. Hocine avait bien émis le souhait de rejoindre son oncle, mais Tariq l'en a dissuadé en lui rappelant qu'en cas d'alerte Ahmed devait faire exploser sa voiture ; alors on oublie qu'on est benêt et on marche droit devant sans se retourner. Hocine, littéralement à côté de la plaque, s'incline.

Tout à leur fuite, ni l'un ni l'autre n'ont remarqué qu'un homme est à leurs trousses. Cet homme, c'est Saïd Zamfin, le contact de Driss à Bobigny.

Sur les chemins de traverse qu'emprunte généralement le hasard, on trouve toujours une explication rationnelle à tout. Dès que Driss a appris par Louise l'hospitalisation d'Alex, il a contacté Saïd et lui a proposé ce job à hauts risques grassement rémunéré : planquer à l'Hôtel-Dieu, afin de voir si des barbus viennent y flairer l'appât. Saïd, qui estime n'avoir plus grand-chose à perdre, et qui voue une haine indestructible aux barbus pour ce qu'ils leur ont fait, à sa femme et à lui, a accepté, demandant simplement à Driss que, quoi qu'il arrive, l'argent soit remis à sa femme. Saïd a depuis si longtemps le cœur au cimetière que saisir cette occasion de se venger lui donnerait presque l'envie de croire en une force supérieure.

Se glissant dans la peau d'un interne, et faisant montre d'un mimétisme parfait, il s'est acclimaté à l'environnement, allant la veille jusqu'à se faufiler dans un groupe d'étudiants en visite de patients alités. C'est lors de cette visite qu'il a vu Alex et compris, en écoutant le médecin, qu'elle pourrait rapidement sortir. Plus tard dans la soirée, un infirmier, l'apercevant devant un tableau de garde, lui a proposé un café. La conversation ayant rapidement dévié sur le foot, ils se sont découverts fans du PSG, ont sympathisé, surtout l'infirmier, qui l'a invité dans la salle de repos.

Plus tard, Saïd est repassé à plusieurs reprises devant la chambre 603 sans éveiller la curiosité du policier en faction. Un interne, quoi de plus normal dans un hôpital ? Ce matin, entendant l'alarme, il s'est précipité vers la chambre d'Alex, parvenant à proximité au moment où Charles Bodel était atteint au cou. Entrant dans une autre chambre, il a rassuré les deux occupants qui, voyant un interne, ont levé les yeux au ciel avant de se laisser couler au fond de leur lit, draps et couvertures en guise de boucliers. L'œil collé à l'entrebâillement de la porte, Saïd n'a rien loupé du départ des ordures, qu'il a pris en filature, et le voilà descendant dans le métro en tenue d'interne.

Tandis qu'à l'Hôtel-Dieu même les plantes vertes ont intérêt à se planquer, dans la rame du RER C, direction Trappes, Tariq tire une gueule d'enterrement. Même un taon insignifiant ne s'aventure pas en terrain hostile pour des clopinettes, et lui, que fait-il ? Il accumule les déconvenues, d'oppresseur le voilà oppressé. Oppresseur ! Mais à quel titre ?

Tariq se ressaisit ; il n'y a d'oppression que crûment dirigée vers les fidèles, le vomi des infidèles n'atteint pas le martyr, ses éclaboussures disparaîtront avant qu'elles ne souillent le croyant. Hanté par ses déconvenues, Tariq se convainc qu'il est contaminé par cette terre de mécréants. Un court instant, il se laisse aller à rêver des grands espaces du Moyen-Orient, quand Hocine, en plein désarroi, le ramène dans la rame. Hocine pleure ! Il ne pleure pas discrètement, il pleure trash, larmoie, plaide coupable sans panache, et tout ça sous les yeux d'une prostituée aux ongles si rouges qu'ils abritent sûrement la pourriture incandescente de l'enfer. Tariq lui colle un coup de pied dans le tibia. Hocine encaisse, comprenant, au regard qui le transperce, qu'il doit camoufler sa détresse. Hocine venait d'imaginer son oncle réduit en cendres dans l'explosion de sa 308. Un choc dont il ne sortira pas indemne. Il contient sa douleur, ravale ses larmes. Ses yeux parcourent les faces humaines qui l'entourent pour s'arrêter net sur Saïd, assis au fond de la rame. Hocine n'a évidemment pas l'œil acéré d'un physionomiste de la police judiciaire, mais voir spontanément un interne de l'hôpital dans la rame du RER qu'il emprunte lui sèche illico les larmes en lui titillant les neurones. Dominant sa surprise, et ne voulant surtout pas se reprendre un coup de pied dans le tibia, il baisse la tête et s'exile dans le renoncement à comprendre ce qui lui est incompréhensible.

Tournant le dos à Saïd, Tariq creuse sa tombe en rentrant au bercail. Gare de Trappes, tout le monde descend. Les filles pourraient être en bikini, en burkini, en robe de mariée, exhiber leurs gambettes ou être en tchador, les mecs en blazer ampoulé, en colleurs d'affiches, en rasta aux dreadlocks tombant sur les guibolles, en agents d'entretien ou en interne d'hosto, en ce dimanche matin ensoleillé nul ne s'en préoccuperait. La preuve : Tariq et Hocine traversent Trappes, suivis à distance par un interne, sans que personne y trouve à redire, pas même une patrouille de la police municipale.

Tariq arrive au kebab, la cocotte-minute en ébullition. Hocine le suit, l'esprit embaumé par l'échec.

Saïd s'arrête, les voit disparaître à l'intérieur. Un sourire se dessine sur ses lèvres. En les créchant, il peut les livrer à Driss, mais il le fera à condition d'en être. Déjà, une odeur de cadavres pourrissant accentue son sourire…

Assis sur un sofa, Mohamed Aboubakr al-Din s'est décousu et recousu mille fois le cerveau pour affronter la réalité. Il a merdé, ça, il l'admet ; autour de lui, tout n'était pas propice à sa tranquillité d'esprit. En attendant, il fait quoi des déchets ? Parce que quand les autres vont rentrer avec la mécréante, faudra bien expliquer pourquoi les épouses sont un chouïa inertes, et pourquoi les trois porcelets sont enfermés dans la cave.

Il en est là, l'émir, quand il entend du bruit et reconnaît la voix de Tariq intimant au larmoyant Hocine de la fermer. Sa surprise est telle que sous son cou de catcheur on devine un afflux de sang, à moins que ce ne soit un reflux des cacahuètes dont il se gave…

# 4

À la Défense, allongé sur le lit d'une chambre d'hôtel où il prévoyait de s'assoupir après sa nuit au volant, Driss regarde une chaîne d'infos et y découvre l'attaque de l'Hôtel-Dieu, où, selon le reporter, une prise d'otages serait en cours. De source policière, un terroriste aurait été arrêté près d'une voiture bourrée d'explosifs. Les infos suivantes sont confuses : deux attaquants seraient retranchés dans une chambre avec des otages, des tirs auraient été entendus, il y aurait des blessés dont une jeune femme, cible des terroristes. Driss saisit son portable pour contacter Saïd en passant par la messagerie cryptée Télégram.

Saïd, assis sur un banc à distance du kebab, lui répond qu'Alex est hors de danger et qu'il a logé les crapules. La prise d'otages fera l'objet de railleries quand on découvrira que les terroristes en question ont quitté les lieux depuis belle lurette. Un sourire furtif traverse le regard de Driss. Il ne comprend pas comment ces salopards ont su, pour l'Hôtel-Dieu, à chacun sa technique de chasse, mais ce qui est sûr, c'est que le face-à-face semble imminent. Saïd sur place, il ne lui reste qu'à prévenir le père d'Alex, Paco, le Gitan, et à se préparer à la mise à mort.

En moins de temps qu'il n'en faut pour lancer six couteaux, un texto crypté s'affiche sur les portables du Gitan et de Paco, qui tend le sien au père d'Alex. Échanges de consignes. Driss rejoindra Saïd, le Gitan ira directement chez Petit Pierre après lui avoir confirmé l'arrivage prochain de nourriture. Le père d'Alex se prépare mentalement à trancher à vif et jusqu'à l'os les salopards qui s'en sont pris à sa fille.

Driss quitte discrètement l'hôtel. Au volant du Mercedes Crossover, il prend la direction de Rueil-Malmaison pour rejoindre Trappes. La circulation est d'une fluidité telle qu'il serait prêt à croire que le Saint Patron des voyous, à l'instar d'une escorte policière, lui ouvre la route. Songeant à l'enchaînement des événements, Driss se félicite d'avoir planqué Saïd dans cet hôpital. Ces connards ont commis une erreur de jeunesse : foncer tête baissée sans s'assurer que la voie est libre. Il sourit aussi à sa hantise des portables, mais, comme Paco et le Gitan, il en change régulièrement et ne communique que via Télégram. Seul le père d'Alex n'a pas cédé à cette technologie, et quand on argumente pour le convaincre d'y venir, il répond invariablement que les pigeons voyageurs lui inspirent plus de confiance…

Dans les couloirs de l'Hôtel-Dieu, les unités d'intervention, après avoir passé au peigne fin le moindre recoin et les accès permettant d'entrer ou de sortir de l'hôpital, progressent, cagoulées et casquées, vers la chambre 603. Un travail de titans au regard de l'architecture des lieux. Alex et l'agent Charles Bodel sont évacués vers les urgences. La blessure du policier, bien qu'à la gorge, n'inspire pas d'inquiétude. Alex n'a rien mais, choquée, elle est placée sous bonne garde en observation.

Le lieutenant Pierre Askyil et l'officier Rachel Rivière s'agacent de ne pouvoir l'interroger. Impossible que des types s'acharnent à la retrouver sans un réel motif. Elle sait forcément quelque chose ou détient quelque chose : l'argent bien sûr !

Ils s'apprêtent à repartir pour Levallois afin de participer à l'interrogatoire d'Ahmed al-Khattabi, quand ils apprennent la découverte du cadavre de Jules Markham dans la chambre 603. La rage les saisit, comme elle s'empare de tous les policiers présents sur l'opération. Elle s'amplifie quand ils découvrent avec quel acharnement les tueurs ont assassiné leur collègue. Le blesser par balle ne leur suffisait pas, ils l'ont égorgé ! Écœuré, Pierre Askyil se demande comment on peut tuer ainsi à tour de bras. En quittant les lieux, il songe à l'inégalable cruauté des hommes. Il a beau chercher un pendant dans le monde animal, les prédateurs n'exercent ni perversion ni sadisme sur leurs proies…

Le cul bien calé dans le sofa, et complètement éberlué, Mohamed regarde Tariq et Hocine traverser la cuisine et entrer dans la réserve. Un cri strident lui transperce les tympans. Avant qu'il n'ait le temps de lever son gros cul du sofa, Hocine, crevant de trouille, traverse les pièces et s'enfuit. Tariq réapparaît. L'esprit au trente-sixième dessous il le braque, chien du 357 Magnum relevé.

Le temps s'arrête pile au bord du déraillement. Deux fêlés s'observent. Tariq n'a pas besoin que l'émir lui fasse un dessin pour comprendre de quoi il retourne. Sa colère est froide, métallique, attisée par la vision dérangeante du cadavre troussé que Mohamed n'a même pas pris la peine de recouvrir. Faire ça aux épouses de leur hôte, c'est souiller jusqu'aux sources de l'islam, c'est mettre à bas les fondements de la foi, insulter le Prophète, mériter tous les feux de l'enfer sans qu'aucune purification puisse effacer le crime.

La détonation déchire le silence, la balle traverse l'épaule de Mohamed Aboubakr al-Din et va se ficher dans le dossier du sofa. Sous la puissance de l'impact, l'émir sursaute puis s'affaisse. Les yeux exorbités, il regarde le sang s'épanouir sur le tissu de sa tunique, puis Tariq, debout, immobile devant lui.

Tariq a les yeux hachurés de stries sanglantes, une multitude de hadiths tourbillonnent dans sa tête, où le cadavre pourrissant de l'émir prend forme. Voyant sa dernière heure arrivée, Mohamed s'éjecte du canapé et renverse Tariq. Une seconde détonation les assourdit tandis qu'une balle va se loger dans le plafond. Furieux, et surmontant la douleur qui lui vrille l'épaule, l'émir enserre le cou de Tariq, qui, dans un ultime effort, malgré le poids sous lequel il étouffe, tire encore à deux reprises. Une balle pénètre au niveau de la hanche de l'émir Mohamed Aboubakr al-Din alias Antoine-Ziyad Kabbaj, l'autre lui traverse le biceps gauche. L'émir serre plus fort le cou du moustique qui lui tire dessus. Un cliquetis lui fait comprendre que le barillet est vide, puis l'arme heurtant le sol lui indique que Tariq est HS. Il se relève en grognant de douleur, claudique jusqu'au sofa et s'y affale, à bout de souffle. Les yeux fixés sur Tariq, il en perçoit la respiration, reste à savoir ce qu'il va en faire, comment l'utiliser pour se barrer d'ici, où ça commence à sentir plus que le roussi.

Conscient de n'être pas en état de conduire, il fouille dans son tiroir à roublardises pour trouver un moyen de récupérer Tariq à sa cause, le temps nécessaire à son rétablissement. L'émir ne doute pas un instant de pouvoir, une fois de plus, s'en sortir. Un truc le turlupine : pourquoi sont-ils rentrés si vite et sans la mécréante, sans Ahmed et sans la zakat ?

Tiens, Ahmed, il est où, au fait ? Il s'est fait sauter dans la voiture ? Et ces douleurs à l'épaule, au bras et dans la hanche… Enfoiré de crevard ! Lui faire ça, à lui, Antoine-Ziyad Kabbaj, émir autoproclamé. Sale petite merde !

Pas le temps de pleurnicher sur son sort ; l'émir s'empare de la télécommande du téléviseur, l'allume et cherche une chaîne d'infos. Tout en zappant, il se demande pourquoi il ne s'est pas autoproclamé mollah, ça aurait eu une autre gueule et ce crevard lui aurait léché les sandales au lieu de lui tirer dessus.

Le crevard en question reprend connaissance, il tousse, contient deux trois spasmes, tousse encore puis, attiré par le son de la télévision, tourne la tête vers l'écran. On y voit l'Hôtel-Dieu, des véhicules de police gyrophares allumés par dizaines. On y voit des motards prêts à enfourcher leur engin pour courser le malfaisant. Et puis on y voit, crevant l'écran, les portraits successifs de l'émir et d'Ahmed, sous lequel un bandeau précise qu'il a été interpelé à proximité d'une voiture chargée d'explosifs.

Ahmed entre leurs pattes, il ne manquait plus que ça ! Pire, avec sa voiture et l'immatriculation, ils vont débarquer ici direct…

Mus par une virtuosité quasi siamoise, Tariq et Mohamed se regardent. Ils n'en sont pas à se faire des mamours mais, dans l'urgence, ils signent une trêve de circonstance dans laquelle on peut lire qu'ils doivent se barrer dare-dare. L'émir se soulève en serrant les dents. Tariq se remet debout et se dirige vers la cave pour y récupérer leurs affaires.

Dans la réserve, la vue dérangeante des corps des épouses ébranle sa foi. Comment Dieu peut-Il tolérer une telle monstruosité sans culpabiliser ? Un sentiment de répulsion l'empoigne… Douter de Dieu ? Abominable imbécile ! À moins que ce soit l'odeur pestilentielle qui lui donne ce haut-le-cœur.

Pas le temps de demander pardon à Dieu, il faut fuir, vite, descendre à la cave récupérer ses vêtements, quelques affaires, son Coran, les tapis de prière, la carabine, le fusil de chasse. Le Coran, sa hantise, ne pas l'oublier ! Il ouvre la porte, une détonation retentit, et Tariq s'écroule, une décharge de plombs dans le ventre. De l'autre côté du fusil de chasse à canon scié : le plus âgé des trois Ali. Tariq hurle de douleur. Le double 00, cartouche utilisée pour le sanglier, lui cisaille les tripes.

Les trois petits Ali bondissent hors de la cave, enjambent Tariq, traversent la réserve et foncent droit vers la cour. Attiré par la détonation, l'émir se dresse sur leur chemin. Second coup de feu et seconde décharge de chevrotine, dans le bide de l'ogre, cette fois, qui, le regard effaré, est catapulté contre un mur.

Trois ouistitis le contournent et s'échappent. Les détonations ont attiré les curieux, surtout de jeunes guetteurs au service d'Ahmed. Toujours assis sur son banc, Saïd observe de loin. Il a vu Hocine déguerpir en couinant, c'est au tour des ouistitis, qui se dirigent vers l'aire de jeux où Hocine a trouvé refuge.

Cinq adolescents approchent prudemment du kebab. L'imam Abdelkrim Aallaa, bête noire de l'émir, planqué non loin de là depuis les événements de la rue des Archives, ouvre la fenêtre d'un studio appartenant à Ahmed, et leur crie de déguerpir avant que la police n'arrive.

En fait de police, c'est Driss qui débarque. Il effectue un premier passage, repère les gamins, aperçoit l'imam gesticulant à la fenêtre, puis Saïd sur le banc. Il fait le tour du bloc et revient. Saïd accourt à sa hauteur et lui dit que l'un des agresseurs d'Alex est à l'intérieur, mais qu'il y a eu des coups de feu ; l'autre est en pleurs sur le terrain de basket.

Driss cogite un quart de seconde. Sa décision est prise : on entre, on regarde, et si l'enfoiré qui s'en est pris à Alex respire encore, on l'embarque.

Marche arrière ; il se gare devant le kebab, laisse tourner le moteur, enfile des gants, s'empare de son SIG-Sauer, tend un colt 45 à Saïd, et se rue dans la boutique. Saïd contient les gamins qui, après s'être éloignés, reviennent sur leurs pas. On ne s'en prend pas à Ahmed sans que ça coûte un bras à celui qui oserait. Leur leader demande ce qu'il veut à Ahmed alors qu'ils ont vu son arrestation à la télé. Si la réponse ne lui convient pas, il crame leur putain de caisse.

Saïd, qui courait déjà quand ils apprenaient à marcher, répond qu'ils sont là pour aider Ahmed, effacer des traces et évacuer du monde avant que les flics n'envahissent le kebab.

Qui aide Ahmed doit être aidé ! Cinq paires de bras se mettent à leur service.

Driss ressort, capte l'ambiance en un clin d'œil. Il n'y a pas de temps à perdre, et plus on est sur une scène de crime, plus on nuit aux investigations des limiers de la police scientifique. Deux blessés à embarquer, les gamins feront l'affaire.

Saïd reste près de la voiture, Driss prend le commandement des opérations en veillant à ne toucher à rien, à ne laisser aucune trace compromettante. Sur son ordre, trois adolescents s'emparent de Mohamed Aboubakr al-Din, deux de Tariq, et les trimbalent jusqu'au Crossover sans tenir compte de leurs râles et gémissements de douleur. Les ados ont bien tiqué en voyant le cadavre des épouses, mais Driss, qui avait rabaissé le niqab de la malheureuse victime de l'émir, leur dit que, comme elles ne portent pas de blessures par balle, la cause de leur mort lui échappe ; sans doute des crises cardiaques. C'est suffisant pour les ados. Habitués à la violence, ils ne vont pas se laisser perturber par deux mortes, fussent-elles les épouses d'Ahmed.

Dehors les rares passants détournent le regard et s'éloignent en trottinant.

Depuis sa fenêtre, l'imam n'en rate pas une miette. À la vue de l'émir et de Tariq, sa curiosité s'emballe. Prenant un crayon, il en imbibe la mine de salive, ouvre son Coran et y note l'heure, la marque, le type et l'immatriculation de la voiture.

Malgré leurs blessures et leurs douleurs, Mohamed et Tariq sont étrangement accommodants. Ils ne rechignent pas à coopérer du mieux qu'ils peuvent. C'est que

Driss leur a fait croire que, bossant avec Ahmed, il les emmenait dans une autre planque, où un médecin viendrait les soigner. L'émir, tel un éléphant de mer attaqué par un ours polaire, s'installe lourdement dans le vaste coffre, tandis que Tariq, qui contient ses tripes, est allongé sur la banquette arrière. On referme les portières, Driss sort une liasse de billets de sa poche, tend 2 000 euros au leader et, se désignant ainsi que Saïd, il lui conseille d'oublier jusqu'à leur visage.

— Sur la tête de ma mère, on ne vous a jamais vus !

Au moment où la Mercedes décolle du trottoir, on entend une sirène de police, puis celle des pompiers. Bien qu'aucun riverain du kebab ne veuille avoir maille à partir avec Ahmed, dont la réputation de salafiste pur et dur n'est plus à faire depuis que sa photo squatte les chaînes d'infos, l'un d'eux se sera sans doute décidé à appeler les secours. Ce n'est quand même pas courant de voir déménager des blessés après un récital de détonations.

Driss fronce les sourcils. L'approche des sirènes contrecarre son intention de choper l'enflure qui s'est réfugiée sur le terrain de basket. C'est égal, puisqu'il a montré patte blanche à cinq chiots du quartier, il reviendra.

Il ôte ses gants, tend son portable à Saïd et lui dit d'envoyer un message à Paco et au Gitan : « Ravitaillement fait, nous montons chez Petit Pierre. »

À Sèvres, le père d'Alex sourit en sentant suinter l'heure du règlement de comptes. Il entend déjà les cris de leur proie et hume l'odeur du banquet dont il a écrit la partition. Ces empaffés ont osé s'en prendre à sa fille en semant la terreur au nom de Dieu.

Charlatans ! Trous du cul dont les intestins grouillent de mensonges ! Le père d'Alex se souvient de cette sentence de Cioran : « Le suicide est la seule preuve de vérité des hommes. » Il prend Paco à témoin :

— Nous allons aider ces fumiers à se suicider !

Dans le coffre de la Mercedes, Mohamed Aboubakr al-Din s'apitoie sur son sort. Malgré les amortisseurs du Crossover, ses douleurs se ravivent sur les anfractuosités du bitume. Sous la plage arrière, où filtre un rai de lumière, il grince des dents en songeant que c'est sans doute en désespoir de cause qu'il fait confiance à ces types.

Sur sa banquette, Tariq sombre dans l'inconscience.

À l'avant, Driss s'excuse auprès de Saïd pour l'avoir embarqué dans cette histoire. Saïd tempère, il tient sa vengeance.

# 5

Petit Pierre est une vieille connaissance du père d'Alex et de Driss. Artisan faussaire et fourgue de longue date, il a connu la gloire dans les années 1980, avant de plonger pour contrefaçon de dollars. Cinq ans de placard au cours desquels, à la surprise générale, il s'est pris de passion pour les suidés. Petit Pierre a tout appris de cet ongulé à groin et fortes canines. Sa science du sanglier, du porc, du pécari et du phacochère n'a cessé de prendre de l'épaisseur, à tel point qu'à peine libéré il a misé tout son magot mal acquis sur l'élevage du sanglier. Petit Pierre aurait préféré élever des phacochères et se lancer dans la production de leur viande, mais dépeupler la savane africaine n'était pas une mince affaire, et en piquer dans une réserve animalière ou dans un zoo, trop peu pour lui après cinq piges de galère. C'est ainsi qu'honorablement installé dans un domaine clôturé de quarante hectares en Ardennes, il accueille Driss, Saïd, et leur chargement de viande avariée, selon les dires de Driss.

Il faut le voir, le Petit Pierre, velu d'épaules fièrement exhibées sous un débardeur. Il faut le voir, en short et bottes en caoutchouc, cuisses d'haltérophile pour 1,52 mètre au garrot et 82 kilos à la pesée. Le père d'Alex et Driss ne connaissent pas meilleur dépanneur quand le besoin se fait pressant. En le regardant sourire, Driss se demande comment Petit Pierre peut manger sa soupe au lard avec ses moustaches à la Nietzsche. La soupe au lard ! Un bol tous les matins, à l'entendre, là serait le secret de sa robustesse.

Refermant le portail de son domaine, il leur indique où se garer. Driss avance lentement. Il contourne un premier corps de ferme, puis un second, et se dirige vers un bloc de trois hangars d'où s'échappent des grognements et des grommellements. L'odeur typique produite par les glandes carpiennes des sangliers sort à peine Mohamed Aboubakr al-Din alias Antoine-Ziyad Kabbaj de sa léthargie. La route a été longue, propice à l'assoupissement malgré des douleurs à clouer en abîme tout individu ordinaire, mais l'émir, dont la constitution est en béton, résiste en s'accrochant à la vie. On ne peut en dire autant de Tariq gisant, livide et sans connaissance, sur la banquette ensanglantée. La climatisation du Crossover a permis de contrer la chaleur qui, en grimpant au fil des heures, aurait transformé l'habitacle en zone de décomposition irrespirable.

À son habitude, Petit Pierre ne pose aucune question. Si ses amis ont fait appel à lui, c'est qu'ils ont de bonnes raisons, point barre ! C'est sans hésitation qu'il a isolé et mis à la diète ses six verrats, dont un albinos de 80 kilos, croisement de porc et de sanglier dont il n'est pas peu fier.

Driss regarde des marcassins et des laies en vadrouille dans leurs enclos. Plus loin, en lisière de bois, un grand vieux solitaire et son page les observent. Dans le hangar derrière lequel Driss s'est garé retentissent claquements de mâchoires et cris. Petit Pierre lui explique qu'affamés les verrats ont tendance à se battre et à se mordre. La faim, le stress et le manque de repos en bauge les rendent agressifs. Il est temps de les nourrir, avant qu'ils ne s'entre-dévorent. Petit Pierre en est même à se demander s'il a bien fait de mettre son albinos avec les autres, sa belle robe crème risque d'être salement endommagée.

Un bref coup de klaxon met un terme à son interrogation. Petit Pierre crapahute jusqu'au portail sur ses courtes pattes. Il l'ouvre sur le Range conduit par le père d'Alex, à côté duquel se trouve Paco, et sur une Audi Q3 noire, au volant de laquelle il reconnaît le Gitan. Le gang est au complet, ça sent le sang sévèrement remonté.

Petit Pierre les salue de la main. Quelques mots échangés, on prend des nouvelles sans s'attarder, moins on est bavard, moins il y a risque de maldonne. Petit Pierre précise simplement qu'ils ne pouvaient mieux choisir que ce long week-end férié, ses deux employés étant en congé, puis il revient à ses bêtes :

— On les nourrit quand ?

— Tu connais tes pensionnaires, alors tu décides du moment le plus propice pour être sûr qu'ils n'en laissent pas une miette, répond le père d'Alex.

Petit Pierre pose un doigt sur ses lèvres, et les invite à écouter. Chacun prête l'oreille, à l'exception de Tariq. L'émir, dont les membres sont ankylosés mais pas l'ouïe, est estomaqué par ce qu'il entend. Nourrir qui et avec quoi ? Les grognements qu'il entend ne sont pas ceux d'un toubib. C'est quoi, ces cris de bête ? Mohamed respire difficilement, son cœur en s'emballant lui fait reperdre du sang, mais si ce meskine qui l'a berné est un viandard, lui est loin d'être le mouton qui se laissera saigner sans ruer. Mohamed Aboubakr al-Din rassemble ses forces et ses idées. Il va leur en coller, de l'aspirine, à ces enfoirés ! Attends un peu qu'ils le sortent de cette bagnole, il va en faire des poulets à la broche, parole de Kabbaj !

Aux alentours, les grognements des affamés inquiètent les autres sangliers. Le grand vieux solitaire et son page disparaissent dans le bois, les laies et leurs marcassins montrent des signes de nervosité, dans les deux autres hangars on entend des gémissements et des souffles rauques. Petit Pierre propose de boire un verre et de se préparer au service en salle. Le gang n'a pas soif, mais accepte un verre d'eau. Désignant les amortisseurs du Crossover, Driss fait remarquer que l'émir remue à l'arrière. Chacun s'accorde à l'ignorer.

Petit Pierre disparaît dans le hangar. Le père d'Alex demande à Saïd de surveiller Mohamed, puis, avec Driss, ils s'emparent de Tariq, l'extraient de l'habitacle sans ménagement et l'entraînent derrière le hangar en le tirant par les bras face contre terre. Sa tête brinqueballe au ras du sol. Le cerveau bombardé par les douleurs de son ventre troué raclant la terre, Tariq sort de son apathie. Il ouvre les yeux, gémit, ne sait plus où il est, ne trouve même pas la force de se débattre. Seules les lacérations de son ventre lui indiquent qu'il est vivant.

Le Gitan prend un jerrican d'essence et une corde dans le coffre de l'Audi, puis les rejoint. Saïd les observe tout en surveillant le Crossover. L'émir ne bouge plus, il écoute.

Forçant Tariq à se tenir sur les genoux, le père d'Alex le saucissonne contre le montant d'un enclos.

— C'est l'égorgeur ?

— À ce que j'en sais, ça pourrait bien être lui. D'après Saïd, il menait la danse à l'hôpital, et il correspond au signalement du mec qui était partout avec l'autre enfoiré, répond Driss.

De loin, Saïd acquiesce. Le père d'Alex se penche sur Tariq, le palpe et trouve le rasoir. Il l'ouvre, l'observe, puis son regard rencontre celui de Tariq, qui semble l'implorer. Tariq comprend que le kouffar va l'exécuter. Il ne le suppliera pas, la mort ne l'effraie pas, il veut juste implorer Allah. Mais le père d'Alex, qui n'a pas l'intention de lui faciliter l'accès au paradis, lui écarte les mâchoires, saisit sa langue et la lui tranche d'un coup de rasoir. Le sang afflue, Tariq se cabre, mais, solidement attaché au montant, il ne peut que subir. Le père d'Alex lance le bout de langue dans l'enclos le plus proche. Un marcassin se précipite et l'avale.

Rasoir replié, il le confie au Gitan, qui lui tend le jerrican. Il s'en saisit et asperge le visage et la tête de Tariq. Placé derrière l'ordure, Driss lui rouvre la bouche et y coince un morceau de bois. L'essence coule, Tariq régurgite, s'étouffe. Son ventre saigne, son cœur s'épuise, son cerveau est assailli par les djinns que toute sa vie il a redoutés. L'essence ruisselle dans sa gorge, sa trachée, son tube digestif. Le père d'Alex craque une allumette, la regarde s'enflammer, croise les yeux fous de Tariq suspendus aux siens, puis la laisse tomber dans la bouche et recule.

L'embrasement est instantané. La tête de Tariq se transforme en torche vive, les flammes voraces consument ses cheveux, les brûlures internes asphyxient ses hurlements, sous ses liens son corps est agité de contorsions grotesques, l'odeur de chair brûlée couvre celle de ses sphincters, qui se sont relâchés. Dieu est aux abonnés absents, seul l'hydrocarbure inhalé par ses poumons abrège les souffrances de Tariq. En flammes, il s'éteint. Secoué d'un spasme ultime son corps se rend, grillon au tiers cramé, promis à l'appétit des suidés.

Le père d'Alex ne s'attarde pas. Il se dirige vers le hangar où Petit Pierre, assis sur une rambarde métallique, étudie le comportement des six verrats en gobant un œuf. Au régime sec depuis un moment, à peine quelques insectes et vers de terre glanés ici et là à se mettre sous les canines… Petit Pierre fait l'inventaire des blessures qu'ils se sont infligés. L'un d'eux a un testicule salement écorché. Isolé dans un coin, il gémit. Cinq cents grammes de couille mordue, ça doit mettre les nerfs à vif. Les autres fouillent le sol de leur groin, coups de boutoir nerveux dans la terre, c'est à celui qui débusquera un autre ver. Son albinos n'est pas abîmé ; il faut dire qu'il en impose avec sa taille et ses 20 kilos de plus.

Le père d'Alex s'approche. L'odeur de leurs glandes est si forte qu'elle envahit ses narines et recouvre celle de la chair brûlée de Tariq. Appuyé contre les rambardes, il pense à Alex, songe à la mort de son petit ami, aux traumatismes que ces fumiers ont fait subir à sa fille. Aucun n'est innocent.

— Ils sont prêts ?

La question amuse Petit Pierre.

— S'ils sont prêts ? Ils crèvent de faim, oui ! Encore une nuit à la diète et je prends le pari qu'ils se mettent à cinq contre un. Tu vois celui qu'a une couille esquintée, là-bas ? Ils l'auront bouffé avant l'aube.

— Il a plutôt l'air sympa, on va lui éviter ça…

Le père d'Alex et Petit Pierre échangent sur la façon de faire. L'émir sera amené dans le premier enclos, déshabillé, allongé sur le dos à même le sol et attaché par les poignets à une rambarde. Petit Pierre ouvrira les sas qui séparent cet enclos de celui où se trouvent les six affamés, et on aura juste à prier pour que ce fumier ne leur refile pas la grippe salafiste.

— Tu es sûr qu'il n'en restera rien ?

— Les dents. Ces cochons-là bouffent tout, sauf les dents. T'en retrouve de rongeurs et de taupes qu'ils boulottent entre champignons, glands, châtaignes, baies, grenouilles, framboises, lapereaux, têtards et myrtilles… il n'y a pas de mouron à se faire, il ne restera pas un os à ronger pour les chiens.

— À propos, ils sont où, tes chiens ?

— Au chenil. Pourquoi, tu veux des témoins ?

Petit Pierre lui sourit, saute de sa rambarde puis, s'adressant à ses verrats en tapant dans ses mains :

— Les garçons, on va passer à table et on ne se bouscule pas ! Il y en aura pour tous.

Le Gitan ouvre le haillon arrière du Crossover. Aveuglé par le soleil, Mohamed Aboubakr al-Din alias Antoine-Ziyad Kabbaj plisse les yeux et détourne la tête. C'est suffisant pour que Driss, le Gitan et Saïd l'alpaguent et le tirent hors de la malle. La chute au sol est lourde. En heurtant la terre l'émir étouffe un cri de douleur. Pile sur son épaule, son biceps et sa hanche fouillés par les balles. Ne lui laissant pas le temps de réagir, Driss et le Gitan le saisissent par les chevilles et l'entraînent vers le hangar. L'émir se tortille sur les cailloux qui lui raclent le dos et l'arrière du crâne. Tâtonnant des mains, il cherche fébrilement à s'accrocher à quelque chose, quand il aperçoit le corps saucissonné de Tariq, dont la tête est encore en combustion. Le choc est si violent qu'il en oublie ses multiples douleurs et agonit ses bourreaux d'injures. L'une de ses mains agrippe un piton métallique fiché dans le sol. Il rassemble ses forces et s'y accroche. Peine perdue, Saïd, qui les suivait, lui décoche, en bon footballeur qu'il est, un coup de pied à envoyer n'importe quel ballon au fond des filets. Doigts brisés, l'émir lâche prise.

Encore quelques mètres. L'odeur singulière des cochons lui fait l'effet d'un antidouleur. Il ne ressent plus rien, n'imagine que ce qui l'attend, n'ose même pas y croire. Il est sans voix, manchot incapable de freiner sa progression vers l'inéluctable.

De zigzags en chicanes, le voilà dans le hangar. L'odorat aiguisé par les affres de la faim, les verrats, sentant l'odeur du sang, couinent comme s'ils étaient cent.

Petit Pierre, qui n'a pas envie d'en perdre un sous la mâchoire des autres, demande qu'on accélère le tempo. L'émir est traîné dans le premier enclos. Il se débat comme il peut, gueule à tout-va, les insultes pleuvent, il y perd même son charabia et s'étrangle à moitié. Le père d'Alex lui lie les poignets à la barre inférieure. Driss et le Gitan cherchent à le déshabiller. L'émir leur complique la tâche en remuant tel un taureau sanglé pour un rodéo. Il se reprend un coup franc en plein nez. Saïd a shooté comme il l'aurait fait d'un penalty. Le sang gicle et l'on voit son nez complètement déboîté pendre sur le côté. L'émir perd connaissance. Driss et le Gitan le mettent à poil, ses vêtements et ses sandales seront brûlés dans l'un des braseros de Petit Pierre.

Assez de frivolité. Chacun se retire derrière les barres métalliques de l'enclos. Petit Pierre s'active sur les sas ; un, deux, trois, c'est la ruée des verrats enivrés par l'odeur du sang. L'albinos est le premier à foncer sur l'émir. Poussant des cris assourdissants les cinq autres verrats se précipitent, et la curée peut commencer. Gueules ouvertes, les défenses s'enfoncent dans la chair sanguinolente de Mohamed Aboubakr al-Din. Cruellement mordu par trente-six incisives et vingt-quatre prémolaires, l'émir se réveille et pousse un hurlement tel que Saïd en a un violent haut-le-cœur et quitte précipitamment le hangar.

Impassibles, le père d'Alex, Driss, le Gitan et Petit Pierre assistent sans ciller au carnage. Dieu est toujours aux abonnés absents. L'émir hurle qu'on l'achève, supplie qu'on le tue, agite les jambes en tous sens, tire sur ses poignets, gigote tel une baudroie prise au filet, tandis que les groins le fouillent, les défenses l'évident, les canines le dépècent, les incisives le charcutent et les prémolaires le mâchent.

Six morfals affamés l'avalent morceau après morceau. L'albinos, s'attaquant à sa gorge, va mettre fin à son supplice en lui déchirant la trachée et l'œsophage. On entend craquer les os entre les mâchoires comme autant de pop-corn. Les estomacs se remplissent dans une débauche d'insatiable gourmandise.

Le père d'Alex quittera le hangar le dernier. Un à un, Driss, le Gitan et Petit Pierre se sont retirés, rejoignant Paco resté à l'écart des exécutions. Pas lui… Jusqu'au bout il a assisté, imperturbable, à la mise en pièces du connard qui a osé s'en prendre à sa fille. Jusqu'au bout, il l'a regardé se faire dévorer par les bêtes. Jusqu'au bout, il a savouré…

# Épilogue

Alex a réintégré son appartement. Avec Louise, elle l'a retapé, a réorganisé le désordre et relooké le décor. Pierre Askyil et Rachel Rivière n'ont pas cru à ses dénégations, elle possède ou sait forcément quelque chose. Tant qu'on ignore le sort fait à Mohamed Aboubakr al-Din et à Tariq, dont les cadavres n'ont pas été retrouvés, elle est toujours sous surveillance rapprochée.

Pierre Askyil et Rachel Rivière ont essoré sans résultat tous les prévenus et témoins de cette affaire. L'arrestation d'Ahmed al-Khattabi, un monologue de sourds. Ils ont vite compris qu'ils n'en tireraient rien. L'œil noir d'Ahmed ne leur renvoyait que l'écho du silence. Son mutisme valait confession.

Avec Hocine Doueri, ce fut tout le contraire. Récupéré sur le stade de basket, il est apparu totalement décérébré, en lévitation, du grand n'importe quoi, aimanté par la folie ; ils l'ont expédié à l'hôpital psychiatrique de Villejuif. Reconnu par les vigiles, puis par ses collègues, et identifié en tant qu'agent d'entretien à l'Hôtel-Dieu, il est, tout comme son oncle Ahmed, inculpé d'association de malfaiteurs en vue de commettre un attentat terroriste, de complicité du meurtre de Jules Markham et de complicité de tentative de meurtre sur Charles Bodel.

Tout est allé très vite, ce fameux dimanche à Trappes. Quand policiers et pompiers ont découvert le corps des épouses d'Ahmed, vu le profil du bonhomme, la section antiterroriste a été immédiatement informée. Une ronde dans le quartier a permis de retrouver les trois petits Ali, Hocine et la Seat Ateca blanche volée à Pantin. Branle-bas de combat autour du kebab. Les techniciens de la police scientifique ont prélevé de multiples indices confirmant la présence de Mohamed Aboubakr al-Din, alias Antoine-Ziyad Kabbaj, et de son complice présumé, dont les empreintes, relevées sur tous les lieux où ils ont commis un crime, ne figurent pas dans leurs fichiers. Et pour cause, il n'a jamais été arrêté. Dans la cave, les démineurs ont mis la main sur des bonbonnes de gaz, du fil électrique et du peroxyde d'acétone P37 identiques à ceux retrouvés dans la Peugeot 308 d'Ahmed. Dans un sac, des vêtements, 13 000 euros en espèces et deux téléphones portables, dont celui de Ludo. Les experts les ont fait parler, et Pierre Askyil a écouté le message qu'Alex lui adressait à propos du sac d'argent. Ils ont remonté la date et l'origine de l'appel, la brasserie de la rue des Archives. De nouveau convoquée, Alex a fini par répondre à la question :

— Pourquoi nous avez-vous menti et qu'avez-vous fait de cet argent ?

— Quand je l'ai appelé je ne savais pas d'où venait ce sac, et dès que j'ai su, j'ai eu peur. La mort de Ludo m'a brouillé les idées, j'ai jeté le sac dans la Seine.

À la question « Où l'aviez-vous caché ? » Alex refuse de répondre. Présentée à un juge d'instruction elle est inculpée de recel de vol et devra comparaître devant les magistrats du tribunal de grande instance. Pas grave, son père connaît plus d'avocats que de concertos de Mozart.

Bref, pour la brigade antiterroriste, l'affaire est loin d'être bouclée. Un mandat d'arrêt international a été lancé contre Antoine-Ziyad Kabbaj, alias Mohamed Aboubakr al-Din car, depuis le début de l'histoire, c'est dans ce sens qu'il aurait fallu le noter. Les recherches pour identifier Tariq avant de lancer un second mandat d'arrêt s'enlisaient quand la gendarmerie et le commissariat d'Évaux-les-Bains informèrent leurs hiérarchies que des habitants de ce chef-lieu de canton de la Creuse assimilaient formellement Cédric Cadet au portrait-robot diffusé dans les médias. Stupéfaction à la brigade antiterroriste. Pierre Askyil et Rachel Rivière furent sidérés en se rendant compte que celui qu'ils prenaient pour un boutefeu de Daech étaient un Creusois bon teint inconnu des services et passé sous les radars malgré un séjour en Irak et en Syrie. Entendus en tant que témoins, ses parents et ses sœurs confirmèrent en précisant que depuis des années il avait coupé tout lien avec eux et avec les Évahoniens.

Un autre protagoniste s'est empressé d'embrouiller l'affaire. L'imam Abdelkrim Aallaa, cherchant à s'échapper en profitant de la confusion autour du kebab, a été repéré par un policier à l'œil suspicieux. Arrêté et rapidement identifié, il s'est retrouvé illico dans les locaux de la section antiterroriste.

— Pourquoi cherchiez-vous à fuir ?

La question de Rachel Rivière le cueille à froid. Il ne voulait pas fuir, mais étant hébergé dans une chambre appartenant à Ahmed, il s'est dit que, compte tenu du remue-ménage au kebab, mieux valait s'éloigner.

— Pourquoi ? Vous avez quelque chose à vous reprocher ?

— Non. La preuve, j'ai tout vu de ma fenêtre. Regardez, j'ai même noté le numéro de la voiture des hommes qui ont emmené les blessés…

Il lui tend son Coran ; un avis de recherche du 4 × 4 Mercedes Crossover est lancé. Véhicule non retrouvé à ce jour, mais deux questions subsistent : qui sont ses hommes et qu'ont-ils fait des suspects ?

La mauvaise surprise, ce jour-là, fut pour le propriétaire du 4 × 4 Mercedes Crossover portant la même immatriculation, mais authentique. Une arrestation musclée par les forces antiterroristes, une perquisition en règle de son domicile et quelques heures de garde à vue, de quoi vous traumatiser un honnête joaillier ayant pour livre de chevet la Torah et pratiquant le shabbat avec femme et enfants.

Pour en revenir à l'imam, son problème est que son numéro de portable a été retrouvé : 1/ dans celui de Messaoud Messaoui, son chauffeur exécuté par Tariq ; 2/ sur celui de Tariq, récupéré avec celui de Ludo ; 3/ sur le portable d'Ahmed. Trop de coïncidences pour les limiers de la section antiterroriste. Conséquence, bien que protestant de son innocence, l'imam a été expédié à Fleury-Mérogis et son portable confié aux techniciens de la brigade.

Dans les locaux de la brigade criminelle, en ce 15 septembre, on n'a guère progressé sur l'enquête concernant le braquage de Neuilly. La brigade antigang et l'Office central de répression du banditisme sont toujours sur le coup, mais leurs investigations n'ont débouché sur rien de concret. Plusieurs jours de filature de Driss dès son retour à domicile n'ont rien donné. Retors, l'animal s'est consacré à sa famille et à son commerce. De guerre lasse, l'ordre a été donné de le sauter. Arrestation à peine palpitante en milieu d'après-midi rue du Chemin-Vert, à croire que Driss s'y attendait. Perquisitions, comptes bancaires passés au crible, garde à vue de quatre-vingt-seize heures, confrontations avec les employés de la banque et les convoyeurs de fonds… tout ça pour rien. Les parloirs ne sont pas à l'ordre du jour. Relâché et se sachant étroitement surveillé, Driss vaque banalement à ses affaires légales.

Le Gitan et Maria-Inès ont incendié le Range Rover, le Mercedes Crossover et l'Audi Q3 avant de s'envoler pour des vacances bien méritées dans les grands espaces de la pampa argentine. Saïd a été grassement payé, mais ce qui lui importe est, en quelque sorte, de s'être vengé d'ordures comme ceux qui les ont brisés, son épouse et lui, épouse qu'il a rejointe et dont il prend grand soin.

Le père d'Alex et Paco sont redescendus à Barcelone au volant d'une Jaguar F-Pace dérobée fin juillet avenue Georges-V par Maria-Inès. Même quand elle se promène, la tentation est parfois trop forte et, l'occasion faisant le larron, Maria-Inès ne laisse rien passer.

Sortant de la Sagrada Família, le père d'Alex s'installe à la terrasse d'un café, commande un sirop d'orgeat et regarde le soleil caracoler en son zénith. Ne pas compter sur lui pour une prise de conscience face à la vie qu'il mène et à ses conséquences. Quant à sa fille, il a trop de pudeur pour en parler, pourtant, quand il pense à elle, une lueur éclaire son regard, un sourire s'y dessine, mais, sans doute par manque de clairvoyance sur ses sentiments, il se mutile un peu plus et sans se retourner reprend le cours de son existence.

Déjà, il songe au prochain coup, ne pas s'ankyloser et maintenir à flot cette belle équipe à laquelle il a parlé kidnapping… Driss, Paco et le Gitan ont répondu présents comme un seul homme. D'ici là, il ira peut-être se mettre au vert en Irlande, là où le patron d'Alex a des attaches. Y savourer un bon whisky single malt, respirer la campagne irlandaise et goûter les tripes et le pied de porc de Cork.

Ce projet lui rappelle Petit Pierre et leur dernière entrevue. L'émir, il n'en restait que quelques taches de sang en début de soirée. Les verrats l'avaient entièrement dévoré.

— Et les dents ? lui a demandé le père d'Alex.

— Ils vont les chier, mais t'inquiète, je les récupérerai et les réduirai en poudre, que je revendrai à mes employés en leur faisant croire que c'est un aphrodisiaque importé direct d'Asie. Ils sont tellement cons qu'à peine avalé ils courront aux putes, et nous, ici, il n'y aura plus le moindre ADN de tes salopards.

Tariq faisant partie du lot, Petit Pierre, qui n'a pas été apprenti charcutier pour rien, l'a découpé consciencieusement dans une auge. S'il avait eu un peu de temps, il se serait refait la main en lui suturant les plaies du ventre, mais, les heures s'envolant à tire-d'aile, il a paré au plus pressé, passant les gros morceaux à la broyeuse, transformant Tariq en magma sanguinolent destiné à nourrir ses laies et, accessoirement, le grand vieux solitaire et son page qui réintègrent chaque soir leur bauge.

Petit Pierre ne les a pas laissés repartir sans leur avoir servi les saucisses de sanglier qu'il avait mijotées. De la bonne viande de sanglier, de la gorge de porc, des boyaux, de la graisse de canard, quelques ingrédients mais pas d'harissa, le tout servi avec une purée de patates douces, de quoi reprendre la route l'estomac ravi. Avant de le quitter, le père d'Alex lui a remis quelques milliers d'euros, que Petit Pierre s'est empressé de planquer dans un bréviaire.

Quittant la terrasse du café où il vient de boire son sirop d'orgeat, le père d'Alex pense à sa fille et à Driss, à qui il a demandé de lui dire que tout danger est écarté sans lui préciser qu'ils se sont un peu embourbés dans de la viande avariée. Driss n'a pas encore pu rassurer Alex ; entre sa garde rapprochée et la surveillance dont il est l'objet, mieux vaut la jouer fine et patienter. Alex a repris ses habitudes, elle est allée se recueillir sur les tombes de Ludo et d'Antony, elle revoit Manu récemment sorti de l'hôpital, mais n'a plus le cœur à batifoler avec Louise dans les rues de Paris. Elle passe faire ses courses chez Kalid, son épicier trésorier de la rue Sainte-Croix-de-la-Bretonnerie, lequel l'accueille toujours avec affection. Il gardera son sac aussi longtemps qu'il le faudra, pas d'inquiétude. Kalid Kabir est un brave homme, plutôt l'estropier que de lui faire trahir un secret.

Pour Alex, ce sac est une épée de Damoclès, que les flics l'arrêtent avec et c'est un aller simple pour la MAF de Fleury-Mérogis, mais tant pis : dès qu'elle pourra, elle le récupérera et en distribuera le contenu à tous les nécessiteux à la rencontre desquels elle ira. C'est Ludo qui sera content. Alex ne croit pas en l'au-delà, mais elle ne peut s'empêcher de penser que, quelque part, Ludo la regarde et lui sourit. Ludo se prépare à lui raconter une histoire, peut-être même à lui parler du *Discours sur l'origine et les fondements de l'inégalité parmi les hommes* de Rousseau, ou encore de *L'Être et le Néant* de Sartre. Allez savoir, avec Ludo, capable d'évoquer *Jacques le Fataliste et son maître* tout en regardant *Le Kid* de Charlie Chaplin, puis de rebondir sur le *Manifeste du parti communiste*. Avec Ludo, tout était relatif et/ou absolu, politique et/ou morale, exigence et/ou devoir, même l'art, mais Ludo a oublié un truc : dire à Alex comment se servir de ses repères.

Elle se dirige vers le musée Picasso. La violence et la mort lui barrent le cœur. Elle marche en songeant à l'existence humaine, à son père, à sa mère, de nouveau à Ludo, et rêve de le retrouver pour vivre une autre histoire en dehors de cette l'histoire… oui, c'est ce qu'elle veut Alex… Vivre une autre histoire en dehors de cette histoire…

## Remerciements

Merci à la littérature qui, en nourrissant mon imaginaire, m'a permis d'échapper au naufrage de l'esprit en friche. Mes immersions littéraires ont aboli le temps carcéral pour l'inscrire dans une perspective où, de livre en livre, le réel s'estompait au profit d'une saine abondance intellectuelle.

Merci à Glenn Tavennec, pour son écoute et sa confiance.

Merci à Nathalie Théry, mon éditrice et guide, tant pour la relation humaine que pour ses judicieux conseils, grâce auxquels ce texte a évolué.

Merci à Daniel Martin pour ses encouragements.

Merci à Nathalie, infirmière urgentiste, pour son aide concernant les questions médicales.

Merci à Gilles Planchon pour la confiance qu'il m'a accordée.

Merci enfin à Alexandra, ma fille, à laquelle j'ai promis de tourner définitivement le dos à mon passé.

*Cet ouvrage a été composé et mis en pages*
*par* ÉTIANNE COMPOSITION
*à Montrouge.*

*Imprimé en France par* CPI
en décembre 2020
N° d'impression : 3041399

Pocket – 92 avenue de France, 75013 PARIS

S31366/01